PAGES OF LOVE
Rainside Valley

Gabriella Queen

Ich war schon immer ein Träumer. Mit dem Erbe meines Vaters eröffne ich ein Buchcafé im wunderschönen Rainside Valley, das im Schatten der Rocky Mountains liegt. Es gibt nur drei Probleme:

Erstens: Die Bewohner der Kleinstadt gehen lieber campen und jagen als in Büchern zu schmökern. Banausen.

Zweitens: Seit meiner Ankunft tauchen überall mysteriöse Texte auf, die die Stadt in Aufruhr versetzen. Gerüchte über einen Stalker oder gar einen Mörder machen die Runde – und der Hauptverdächtige bin ich. So rücke ich ins Visier des Sheriffs mit dem kantigen Gesicht, der mir mehr unter die Haut geht als gut für mich ist. Ich hatte schon immer eine Schwäche für Sherlock Holmes.

Drittens: Mein Bruder Ryder hat mir ein Ultimatum gestellt. Wenn das Buchcafé nicht bald läuft, muss ich meinen Traum begraben.

So einfach gebe ich aber nicht auf. Zwischen Buchseiten, leckeren Muffins, Kaffeeduft und dem Rauschen des Herbstregens kämpfe ich für das Café - und für meine wachsenden Gefühle gegenüber Sheriff Hank. Ich versuche, bei den Ermittlungen zu helfen, denn eines steht fest: Wenn das Buchcafé scheitert, muss ich Rainside Valley wieder verlassen und dann verliere ich nicht nur meinen Traum, sondern auch diesen besonderen Mann.

Über den Autor:
Gabriella Queen schreibt über Pizzaboten, Pornostars, Piloten und alles dazwischen. Ihre Romane sind nie 'bloß' Liebesgeschichten. Zwischen den Zeilen verbergen sich alltägliche Probleme genauso wie Tabuthemen, bei denen sie regelmäßig großes Fingerspitzengefühl beweist. Es geht um Sex und Liebe, Angst und Mut, Freiheit und Grenzen. Was alle Geschichten vereint, sind die Protagonisten: Stets Männer, von asexuell bis schwul, immer authentisch.

GABRIELLA QUEEN

PAGES
OF
Love

RAINSIDE
VALLEY

Bibliografische Information der Deutschen Nationalbibliothek: Die Deutsche Nationalbibliothek verzeichnet diese Publikation in der Deutschen National-bibliografie; detaillierte bibliografische Daten sind im Internet über dnb.dnb.de abrufbar.

Covergestaltung: Casandra Krammer – www.casandrakrammer.de
Covermotiv: © Shutterstock.com, PixelSquid360 – envato.com, pikisuperstar, upklyak – freepik.com
Szenenillustration: Katarina Sato
Verlag: BoD · Books on Demand GmbH, In de Tarpen 42, 22848 Norder-stedt, bod@bod.de
Druck: Libri Plureos GmbH, Friedensallee 273, 22763 Hamburg

ISBN: 978-3-7597-0680-5

Du bist vielleicht nur ein großer Träumer,

doch mit Träumen fängt es an.

KAPITEL 1

Wyatt

EIN REGENVORHANG LIEGT über der Stadt, die sich unten im Tal vor uns erstreckt. Rötliche Dächer und helle Fassaden – alles ein wenig abgedämpft vom Grau des Wetters. Es ist nicht die Art Regen, die in dramatischen Filmszenen fällt. Der Himmel weint nicht. Rainside Valley heißt uns willkommen.

Ich lächle. Das sanfte Trommeln der Tropfen auf der Windschutzscheibe gefällt mir. Als Kind habe ich gerne die Muster auf den Autofenstern mit den Fingern nachgemalt.

Der Wagen rollt die Straße hinunter und wir sinken immer tiefer zwischen die Berge, die alles umgeben. Als würde die Erde diese kleine Stadt umarmen. Ich blicke zu Ryder, der das Lenkrad fest in beiden Händen hält. Seine Augen sind vor Konzentration etwas verengt und der Blick klar geradeaus gerichtet.

»Mistwetter«, murmelt er. »Dem Namen nach hast du das hier wohl öfter zu erwarten.«

Das Schmunzeln verweilt auf meinen Lippen, als mir mal wieder klar wird, wie verschieden wir sind.

»Viel Regen ist gut. Es ist das beste Wetter zum Lesen, wenn du mich fragst.«

Er schnaubt. »Dann könnte es ja sogar förderlich für dein Geschäft sein. Du kannst jede Hilfe brauchen, und wenn es die vom Wettergott ist.«

Natürlich glaubt mein Bruder nicht an irgendwelche Götter oder höheren Wesen. Er glaubt an harte Arbeit und an alles, was man in Zahlen messen kann. Im Moment ist er dabei, eine IT-Firma aufzubauen. Mit dem Geld, das unser Vater uns vererbt hat. Ryder würde es lieber sehen, wenn ich mit meinem Teil etwas Solideres machen würde als das, was ich vorhabe. Aber das ändert nichts.

Das Navigationsgerät lotst uns durch die schmalen Straßen des Örtchens. Neugierig beobachte ich die Leute auf den Gehwegen. In Anbetracht der Wetterlage sind viele Menschen unterwegs. Sie tragen gelbe Regenjacken und Kapuzen, Gummistiefel, manche auch Regenschirme. Ich entdecke keine einzige mürrische Miene. Den Rainsidern macht der Regen nichts aus.

Ich werde mir auch solche Ausrüstung kaufen. In meiner Fantasie male ich mir schon aus, wie ich hier lebe, ein echter Rainsider werde. Ich gehöre dann dazu, grüße die Leute auf den Straßen, streichle nasse Hunde und empfehle die besten Neuerscheinungen. Und natürlich habe ich Freunde, die ich auf einen heißen Tee einladen kann. Oder Ale, wenn sie wollen. Vielleicht von einer der Craftbier Marken aus der Umgebung. Ich muss mich umhören, was gut ist.

Mein Tagtraum verflüchtigt sich wie der Qualm einer Zigarette, als Ryder verkündet: »Wir sind da. Ich hoffe, es ist nicht das dort.«

Ich blicke auf das Gebäude links neben uns. Es ist recht groß und würde sicher leicht für eine vierköpfige Familie ausreichen, aber es wirkt baufällig. Die Fensterläden hängen schief, was ein bisschen traurig aussieht, die Regenrinne auch, die Fassade hat eine vollkommen undefinierbare Farbe, wahrscheinlich ein ausgeblichenes Gelb oder ein verhangenes Grau oder Blau. Die Blumenkästen vereinsamen. Ich werde sie neu bestücken.

Mein Blick streift das kleine Schildchen mit der Hausnummer – ich wusste vorher schon, dass wir hier richtig sind, aber jetzt habe ich die Gewissheit. »Doch, das ist es«, sage ich und öffne die Tür. Ich gehe ohne Schirm raus, nur mit meiner dünnen Übergangsjacke. Meine Neugier ist so groß, dass ich auf einmal keine Minute mehr warten kann.

Lächelnd gehe ich ums Auto und auf das Haus zu. Es mag baufällig sein, aber es gehört mir. Es wird das Zuhause meines großen Traumes: Ein Buchcafé. Klar, es wird Arbeit bedeuten, das wusste ich ja vorher. Wäre es in einem besseren Zustand, hätte ich es mir wohl auch nicht leisten können. Aber ich bin bereit, anzupacken.

Der Regen durchnässt mich und die Haare kleben mir längst in der Stirn, als ich die Tür erreiche und den Schlüssel aus der Tasche ziehe.

Mein Herz schlägt schnell. Das Klacken beim Öffnen ist lauter als der Regen. Ich trete über die Schwelle und stehe in einem großen, nahezu quadratischen Vorraum von dem drei, nein vier, Türen in weitere Räume führen. Die Wände sind wahnsinnig hoch. Sicher hätte hier noch ein Obergeschoss Platz gehabt. Aber so gefällt es mir auch. Ich überlege schon, wie ich das nutzen kann. Vielleicht mit

Blumenampeln, die von den Balken hängen. Oder Tabletts mit Snacks. Oder natürlich Bücher. Kleine, fliegende, Bücherstapel.

Der Boden ist staubig, ich hinterlasse Spuren auf dem Parkett. Die Tür quietscht laut, als ich den vorderen linken Raum betrete. Das wird der Hauptraum, das habe ich zu Hause schon entschieden, als ich den Grundriss studiert habe.

Hier ist genug Platz für Tische, bequeme Stühle und Sessel und natürlich einen Tresen, an dem die Leute auch sitzen und Eiscafé und Milchshakes trinken können. Außerdem werde ich eine Vitrine aufstellen, in der ich Kuchen und Muffins und alles Mögliche präsentieren werde.

Gebäck und Bücher waren immer schon das Größte für mich. Hier werde ich den Zauber von beidem vereinen. Vor meinem inneren Auge verwandelt sich der Raum. Ich sehe frisch gestrichene Wände in freundlichen Farben, neue Möbel und restaurierte Sessel, süße Tischdecken, und die Menütafeln. Oh, und natürlich eine Menge Bücherregale. Aber ich will sie nicht nur ordentlich auf Brettern stehen haben, sondern auch im Raum verteilen, auf Stapeln, auf den Fensterbrettern und auf Kissen. Ich will, dass es immer etwas zu entdecken gibt und das nächste Buch immer griffbereit ist.

Lächelnd drehe ich mich um mich selbst und lasse mein Traum-Buchcafé auf mich wirken. Dann ächzt irgendwo der Boden und ich sehe Ryder, der im Türrahmen lehnt. Seine Miene drückt wenig Begeisterung aus.

»Kannst du noch zurücktreten?«, fragte er mich unumwunden. Ich nehme es als Scherz. Mein Bruder pflegt einen sehr trockenen Humor.

»Und wenn ich könnte, würde ich es nicht wollen.« Ich strecke die Arme hoch. »Das wird großartig. Ich weiß schon, wo alles hinkommt und wie ich es haben will.«

Er seufzt und das Geräusch scheint den ganzen, hohen Raum bis unter die Decke zu füllen. Ich kenne das. Es ist der Klang von normalen Menschen, wenn sie auf einen Träumer wie mich blicken. Einen unvernünftigen Mann, der naiven Fantasien hinterherläuft.

Ich erhalte mir mein Lächeln, so gut ich kann, und inspiziere den nächsten Raum, der die Küche sein muss. Tatsächlich sieht es hier noch ganz gut aus. Die Fliesen können bleiben. Meine Geräte werden gut hineinpassen. Der Raum ist nicht riesig, aber ich bin gut organisiert, wenn ich backe. Das wird klappen.

Ryder ist verschwunden, als ich in den anderen Raum zurückkehre. Ich finde ihn im Zimmer gegenüber, wo er mit in die Seiten gestemmten Fäusten steht und zur Decke aufschaut.

»Stand das auch in den Unterlagen?«, brummt er. »Das kann ja nicht deren Ernst sein.«

Vor uns wächst eine Pappel. Fast mittig im Raum. Nicht nur ein Schössling, sondern ein richtiger Baum mit Ästen und Zweigen, die sich bereits Richtung Dach vorgearbeitet haben und so den Regen einlassen.

»Es stand drin, dass das Dach in diesem Raum Schäden aufweist.«

»Das muss eine Firma machen«, murmelt Ryder. »Du kannst den nicht einfach fällen, der reißt dir das Dach nur noch weiter auf. Man muss ihn Stück für Stück zersägen.«

Stirnrunzelnd betrachte ich die Pappel. Die Beschreibung, die mein Bruder da abgibt, gefällt mir nicht. Der Baum war vor mir hier. Irgendwie kommt es mir falsch vor, ihn zersägen und abtransportieren zu lassen. Aber mir wird wohl nichts anderes übrigbleiben. Nun bin ich derjenige, der seufzt, aber es klingt nicht so gewichtig wie bei Ryder. Er hat da einfach mehr Übung.

»Ist nicht schlimm. Das kann ich auch selbst machen mit einer guten Leiter und einer scharfen Säge.«

Er schüttelt den Kopf, sagt aber nichts weiter dazu. Eigentlich ist der Raum toll. Er hat große Fenster und wäre gut für Aktionen und Events geeignet. Vielleicht könnte ich hier Lesungen veranstalten oder alles nach saisonalen Themen gestalten. Ideen habe ich genug.

Die letzten Türen auf dem Flur führen zu einem Lagerraum ohne Fenster und einem Zimmer, das am ehesten als Bad taugt. Hier gibt es nicht so viel zu sehen. Am Ende stehe ich wieder in dem Hauptraum und nehme einen alten Besen in die Hand, der wohl einfach vergessen worden war. Mit den Borsten entferne ich einige Spinnweben von den Fenstern. Immerhin sind Rahmen und Gläser heil.

Sie reichen schön weit hoch. Wenn die Sonne scheint, entsteht hier bestimmt ein spannendes Lichterspiel auf dem Boden. Und wenn es regnet, so wie jetzt, haben die Tropfen viel Fläche, auf der sie ihre verschlungenen Bahnen ziehen können.

Vielleicht kann ich die Fensterbretter verbreitern und so ausstatten lassen, dass sie sich ebenfalls als Leseplatz eignen. Das wäre doch was. Ich werde diesen Ort zum wahrgewordenen Traum aller Menschen machen, die gerne lesen. Nichts wird mich davon abhalten.

»Willst du dir das wirklich aufbürden?«, fragt mein Bruder. Er hat die Arme verschränkt und blickt sich im Raum um. Ich weiß, dass er mich zu gern davon abhalten würde.

Er findet es unvernünftig. Wir haben die Gespräche schon vor Wochen geführt, immer wieder.

»Ja, das will ich.«

Er nickt langsam. »Damit habe ich gerechnet.« Seine Züge werden etwas weicher, wenigstens für einen Moment. Er schaut mich an und ich sehe seine Sorge, aber genauso seine Zuneigung.

»Du hast viel Arbeit vor dir und nur wenig Zeit.«

Wir haben uns auf sechs Wochen geeinigt. Sechs Wochen ab Eröffnung, um auszuprobieren, ob dieser Traum trägt. Mein Lebenstraum. Es ist ein Kompromiss. Ryder will mich davor bewahren, mich in einem Business zu verlieren, das mich in den Ruin treibt. Aber er will mir auch die Chance geben, mich auszuprobieren. Ich habe vor, ihn zu überzeugen. Träume können wahrwerden.

»Deswegen werde ich auch sofort anfangen.«

»Willst du nicht erst deine Wohnung ansehen?«

Ich schüttele den Kopf. »Die sehe ich noch früh genug.« Als Unterkunft habe ich eine Hütte angemietet, die eigentlich als Ferienunterkunft gedacht ist. Da ich noch nicht weiß, ob ich für immer in Rainside Valley bleiben werde, schien das am praktischsten zu sein. Vielleicht werde ich mir in den nächsten Tagen einfach einen Schlafsack hier reinlegen und erstmal hier bleiben.

»Gut, dann ... liefere ich deine Sachen ab.«

Während ich mit den Spinnweben weitermache, geht mein Bruder zurück zum Auto und trägt die Werkzeugkoffer herein. Ich habe mir einiges an Ausrüstung gekauft und in den letzten Monaten viele Do-it-Yourself-Videos angesehen. Außerdem habe ich einen Handwerkerkurs gemacht.

Mit den Händen zu arbeiten, bin ich ohnehin gewohnt. Dennoch wird das hier eine Herausforderung.

Ich zupfe als erstes die Handschuhe aus den Koffern. Der alte Besenstil hat mir schon einen Splitter verpasst, aber um den kümmere ich mich später.

»Ich bringe deine Sachen in die Wohnung«, ruft Ryder mir aus dem Flur zu. Ich rufe ihm meinen Dank hinterher und widme mich nun den anderen Wänden.

Als er wiederkommt, sieht der Raum schon besser aus, finde ich. Ich habe das Licht angeschaltet, die Fensterbretter und -rahmen abgewischt und den Boden gekehrt. Das Haus braucht einfach nur jemanden, der sich kümmert, und ein bisschen Liebe.

»Es ist seltsam, dich hier zurückzulassen«, murmelt Ryder.

»In meinem neuen Leben?«

»In einer Bruchbude.«

»Es wird schön aussehen, wenn du das nächste Mal herkommst.«

»Hoffentlich wird es gut besucht sein.« Er zieht die Brauen zusammen, ein Zeichen dafür, dass er seine Worte abwägt. »An deinen Muffins wird es nicht liegen, wenn du scheiterst. Nur, damit du es weißt.«

»Ich werde nicht scheitern«, erwidere ich. »Das hier wird das beste Buchcafé auf dieser Seite der Rockys.« Ehrlich gesagt weiß ich gar nicht, wie viele es in dem Bereich überhaupt gibt, aber ich weiß, dass ich alles dafür geben werde.

»Ich wünsche dir, dass du Erfolg hast«, sagte Ryder. Ich höre auch das, was er nicht sagt. Das ist einfach, wenn man jemanden so lange und innig kennt wie ich meinen Bruder. Dadurch, dass unsere Eltern nie besonders viel Zeit für uns hatten, sind wir besonders nah zusammengerückt – obwohl wir so verschieden sind.

»Gute Heimfahrt, großer Bruder.« Ich gehe auf ihn zu und umarme ihn, weil ich sehe, dass er immer noch zögert. Ich will es ihm leichter machen.

Er drückt mich an sich und wuschelt mir durchs Haar. Für einen Moment sind wir wieder vierzehn und sechzehn. Ich grinse und klopfe ihm auf den Rücken, bevor wir uns voneinander lösen.

»Geh zurück zu deinen Computern und Programmcodes«, sage ich. »Die sind bestimmt einsam ohne dich.«

Ein letzter Blick, dann geht Ryder und ich schaue durchs Fenster zu, wie er zum Auto geht. Die Tür knallt, der Motor jault auf. Mein Bruder fährt nach Hause. Vor ihm liegen mehrere Stunden Fahrt.

Und vor mir liegen sechs spannende Wochen, jede Menge Staub und eine Pappel, die einfach durch das Dach meines Buchcafés wachsen will. Ich wische mir mit dem Ärmel übers Gesicht und greife wieder zum Putzlappen.

KAPITEL 2

Hank

ICH STARTE GERADE meinen Computer, als der Regen beginnt. Er trommelt aufs Dach – ein vertrautes Geräusch, das ich jetzt zwei Wochen lang nicht mehr gehört habe. In San Francisco herrschte während meines Aufenthalts die ganze Zeit nur Sonnenschein.

Als Andenken daran habe ich einen Sonnenbrand mitgebracht. Stirn, Nase und Unterarme sind rot und empfindlich, obwohl ich schon seit ein paar Tagen Creme drauf schmiere. Ein paar Kollegen haben mich bereits deswegen aufgezogen.

Bei Regen kann einem sowas eher nicht passieren. Regen macht dich nur nass, durchweicht deine Klamotten und klebt sie an deine Haut. Irgendwie durchdringt er dich auch ... aber eben anders als die Sonne.

Ich trete ans Fenster und sehe zu, wie Gehsteig und Straße zuerst mit einem Punktmuster verziert werden und sich dann gänzlich dunkel färben. Die Stadt bekommt einen etwas geisterhaften Touch, wenn der Himmel sich so zuzieht. Dadurch, dass das Örtchen in einem Tal liegt, das schon eher einer Schlucht gleicht, ist es hier sowieso schon immer ein wenig dunkler und die Schatten länger, aber wenn es regnet, dann noch mehr.

Einsam hat mein Bruder Rainside Valley genannt. Dabei kann selbst dieses Wetter die Leute nicht dazu bringen, in den Häusern zu bleiben. Sie sind nicht einsam. Sie gehen auch jetzt einkaufen, wandern oder campen, treffen ihre Nachbarn und Freunde. Der Regen gehört bei uns einfach dazu.

Das liegt an den geografischen Gegebenheiten hier. Die Wolken regnen sich bei uns ab, weil sie durch die Schwere des Wassers nicht weiterkommen. Dafür ist es dann im nahen Grenzbereich der Rocks sehr trocken. Wir sind sozusagen der letzte Gürtel Land, auf dem es oft regnet, und trotzdem noch nahe genug dran, um die wunderschöne Natur zu genießen.

Wenn ich daran denke, schmecke ich fast die Luft in den Rocky Mountains. Die schneebedeckten Gipfel, Wälder so tief wie Schluchten und Seen von einem schöneren Blau als der Himmel. Es ist eine kühle, unendlich reine Luft, dünn in den Höhen aber voller klarer Gedanken.

Könnte ich das aufgeben? Meine Großeltern haben schon hier gelebt, sogar in dem Haus, das ich jetzt allein bewohne. Aber sie sind nicht mehr da und der Rest meiner lebenden Familie befindet sich in der Großstadt an der Küste.

Chester will, dass ich auch wieder dorthin ziehe. Und er hat ein Angebot bei der Hand, das mich wirklich schwach werden lassen könnte. Er hat mir einen Platz bei einem Abendessen mit dem hiesigen Polizeichef gesichert. Sie gründen eine neue Hundestaffel und ich könnte dabei sein. Das wäre ein Traum. Ich wollte immer in so eine Staffel, bin überhaupt nur deswegen Polizist geworden. Offiziell gab es damals auch einen Platz für mich ... aber es kam anders. Irgendjemand hat über gute Kontakte den Platz bekommen, der für mich vorgesehen war und ich war raus. Das hat mich damals so sehr frustriert, dass ich weg wollte und als unsere Großmutter starb und die Frage nach dem Haus aufkam, war das mein Zeichen, zurückzukehren zu meinen Wurzeln.

An meinem Lebenstraum vorbeileben, das kann ich auch hier – dafür muss ich nicht in San Francisco sein. Und ehrlich gesagt gefielen mir die riesigen Gebäude, breiten Straßen und der immerwährende Lärm sowieso nie. Ich empfand es stets als Erleichterung, nach Rainside zu kommen, schon als Kind, als wir unsere Ferien hier verbrachten und die ganze Stadt unser Spielplatz war.

Es fiel mir leicht, zurückzukehren und hier einen neuen Anfang zu machen. Inzwischen bin ich Sheriff in unserem Bereich. Meistens sind es Kleinigkeiten, um die ich mich kümmern muss, vor allem Verkehrsdelikte oder mal ein Ladendiebstahl. Es ist nicht viel los, in Rainside herrscht die meiste Zeit eine friedliche Stimmung und die Einheimischen kennen einander und kommen gut aus. Bis auf eine Handvoll Nachbarschaftsstreits vielleicht.

Die Polizeistation hier mag nicht die Hundestaffel sein, die ich mir gewünscht habe, aber es ist eine Aufgabe. Ich werde hier gebraucht. Oder?

Die Tür zu meinem Büro schwingt auf. Darren stürmt herein, ohne auch nur angeklopft zu haben. Er atmet laut, so als sei er den ganzen Weg von seiner Metzgerei hierher gerannt. Er ist ein Schrank von einem Mann und ich ziehe die Augenbrauen hoch, weil ich ihn noch nie so aufgebracht gesehen habe.

»Was ist los? Wirst du verfolgt?« Ich werfe einen Blick zur Tür, die er offen gelassen hat.

Darren folgt meinem Blick und geht langsam zurück, um sie zu schließen. Jetzt wirkt er, als würde ihm klarwerden, dass sein Auftritt etwas zu schwungvoll war.

»Ich habe einen anonymen Brief bekommen«, sagt er und stellt sich wieder vor meinen Schreibtisch. Mit einer Hand wühlt er in seiner roten Schürze, die wie der Gehweg vorhin ein dunkelrotes Regentropfenmuster abbekommen hat.

»Da.« Er hält mir ein knittriges Stück Papier hin. Ich greife danach und glätte es auf der Tischplatte. Die Buchstaben sind nicht handgeschrieben, sondern aufgedruckt. Aber wie ein Brief wirkt es nicht. Das ist ein Fließtext ohne Anrede und ohne Verabschiedung – das wirkt eher wie eine Seite aus einem Buch, aber der Inhalt sagt mir nichts.

Es geht um Genuss. Irgendetwas mit Gaumenfreuden und Lust am Leben.

»Das steckte in meiner Schürze, als ich kam.«

»Dein Lehrling…«, setze ich an, aber Darren fährt dazwischen.

»Ist im Urlaub. Seit zwei Tagen in Florida. Hat mir sogar Selfies von da geschickt. Der war es nicht. Niemand sonst hat einen Schlüssel.«

Er spricht schnell und seine Stimme ist eine halbe Oktave höher als gewohnt.

»Gibt es Einbruchsspuren?«

»Nein. Gar nichts. Die Tür war abgeschlossen, die Fenster zu. Keine Spuren von irgendwas. Nur dieser Text.«

Stirnrunzelnd schaue ich nochmal das Papier an. »Also hat es dir jemand zugesteckt, ohne, dass du es gemerkt hast?«

»Anders kann ich es mir nicht erklären. Sonst müsste eins der Rindviecher zum Leben erwacht sein und es da hin getan haben.«

»Dann müsste das untote Rindviech aber auch einen Computer, eine Tastatur und einen Drucker bedienen können«, gebe ich zu bedenken. Irgendwie ist dieser Fall skurril.

»Ein Brief ist es auch nicht direkt«, überlege ich weiter. »Es ist einfach nur ein Text.«

Darren schüttelt den Kopf. »Ein Text darüber wie man sich am Leben erfreut und es genießen soll ... von einer unbekannten Person in meine Schürze geschmuggelt. Ich finde das gruselig, Hank.«

»Ich kümmere mich drum«, sage ich. »Setz dich hin.«

In den nächsten Minuten befrage ich unseren hiesigen Metzger dazu, wer am Tag vor dem Fund in seinem Laden war, wann er sich die Schürze ausgezogen hat, wann der Laden geschlossen wurde, und so weiter.

Ehrlich gesagt glaube ich an eine Art Streich, nicht an ein Verbrechen, aber ich verspreche, die Sache zu untersuchen. Darren macht sich eindeutig Sorgen und das ist mir Anlass genug, um tätig zu werden. Zumal das mit Abstand der spannendste Fall ist, den ich in den letzten zehn Jahren hier bearbeitet habe.

Noch spannender wird die Sache, als ich am Nachmittag auf dem Heimweg bin. Das Licht, das sich auf den hellen Gehwegen spiegelt, ist von einem sanften Goldrot und es schwimmt leuchtend in den letzten Pfützen, die noch übrig sind.

Ich genieße es, dass die Häuser um mich herum nicht mehr am Himmel kratzen. Stattdessen kann ich die Berge sehen, wenn ich den Blick schweifen lasse. Sie wirken grün und blau in der Dämmerung und sind teilweise von kleinen Wäldern bewachsen. In mir regt sich die Lust auf einen Wanderausflug. Das sollte ich auf jeden Fall bald machen.

Mein Plan ist, noch kurz beim Markt vorbeizuschauen und frischen Fisch fürs Abendessen zu kaufen. Ich habe Lust auf etwas Herzhaftes. Dazu geschmortes Gemüse. Mein Magen knurrt bei der Vorstellung, ich habe bis auf ein Croissant heute noch nichts zu mir genommen. Irgendwie war ich mit den Gedanken immer woanders, nur nicht in meinem Alltag.

Eine entfernte Stimme ruft meinen Namen und ich blicke wieder die Straße entlang. Es ist Dorothy. Jeans und hochgeschlossene Bluse, die Haare streng zusammengebunden. Sie kommt vielleicht gerade von der Arbeit in der Arztpraxis.

Sie wirft die Arme hoch und läuft schneller. Ich gehe ihr weiter entgegen und hebe die Brauen. Erst glaube ich, sie will mich nur begrüßen, immerhin bin ich frisch aus dem Urlaub zurück, aber darum geht es ihr nicht.

»Hank, hier gehen seltsame Dinge vor«, ist der erste Satz, den sie an mich richtet. »Jemand hat mir eine anonyme Nachricht hinterlassen.« Das klingt vertraut. Eigentlich habe ich Feierabend, aber was solls.

»Was für eine Nachricht? Und wo hast du sie gefunden?«

»In meinem Briefkasten. Aber nicht über die Post zugestellt, sondern eingeworfen. Das war schon vor drei Tagen. Ich habe mir erst nicht so viel dabei gedacht, hielt es für ein falsch ausgeliefertes Kuvert oder eine komische Werbung.«

»Und dann?«

»Na ja, ich habe es ein paar Leuten erzählt, und jetzt bin ich mir nicht mehr so sicher, ob es nicht doch etwas Bedenkliches ist. Auf jeden Fall würde es mich sehr beruhigen, wenn du dir das näher anschaust.«

»Was steht denn drin?«

»Ich kann es dir zeigen, wenn du kurz mitkommst. Ich habe den Brief zu Hause.«

Kurz schweifen meine hungrigen Gedanken zu dem gebratenen Fisch und dem Pfannengemüse, das ich mir zubereiten wollte. Dann seufze ich und folge Dorothy zu ihrem Haus.

Dorothys Wohnzimmer ist winzig klein und bietet gerade so dem Kamin, dem Schaukelstuhl und den Schränken Platz, die sämtlichen freien Wandplatz bedecken. Der Raum fühlt sich an, als hätte jemand einen menschlichen Wohnraum in eine Bärenhöhle gepresst, nur ohne den strengen Geruch.

Statt nach Bär riecht es nach kalter Asche und der Teppich gibt eine staubige Note von sich. Meine Gastgeberin zieht ein Blatt Papier unter dem Schaukelstuhlkissen hervor und gibt es mir.

Wieder keine Anrede, keine Schlussformel, nur gedruckter Text. Der Inhalt klingt lyrisch, poetisch. Ich bin kein Literaturkenner, wirklich nicht. Mir kommt das vor wie etwas, das wir früher im Unterricht gelesen und analysiert hätten. Aber ich lese die Worte Leben und Tod heraus.

»Denkst du, es könnte eine Anschuldigung sein? Vielleicht habe ich einen Patienten verärgert. Ich zerbreche mir schon den ganzen Tag den Kopf darüber.«

»Das steht hier nicht«, brumme ich.

»Nicht direkt, aber ... irgendeine Bedeutung muss es haben, richtig? Es wird sich keiner die Mühe machen, mir so etwas zukommen zu lassen, wenn er keinen Sinn darin sähe, denke ich.«

»Gibt es denn jemanden, der Anlass dazu hätte, verärgert zu sein?«

Sie streicht ihre Bluse glatt, obwohl ich keine Falten erkennen kann.

»Ich denke nicht. Ich *hoffe* nicht. Ich tue meine Arbeit gewissenhaft, aber vielleicht habe ich etwas übersehen oder vertauscht, ohne es zu bemerken und ohne, dass mich jemand darauf hingewiesen hat.« Sie seufzt und spricht dann etwas lauter, so als würde sie denken, der Verfasser würde uns gerade zuhören und sie könne so eine Botschaft an ihn richten. »Wenn man mir einfach mitteilen würde, was ich falsch gemacht habe, könnte ich den Fehler vielleicht berichtigen.«

Nachdenklich mustere ich das Blatt Papier. Zwei Rainsider, zwei Texte, die aus dem Nichts auftauchen, aber keine klare Botschaft, kein Motiv. Es wird nichts gefordert, nichts angeprangert, nicht gedroht, nichts vorgeworfen ...

»Wann hast du den Briefkasten zuvor zuletzt geleert?«, fragte ich und notiere mir die Angaben der Arzthelferin. Das Zeitfenster, in dem der Brief eingeworfen worden sein kann, ist ziemlich großzügig. Es wird wenig bringen, aber ich beschließe dennoch, die Nachbarn zu befragen, ob jemand etwas gesehen hat.

Als wir fertig sind, ist es bereits dunkel draußen. Das ging jetzt sehr schnell, aber so ist es immer in Rainside. Dorothy bietet mir an, zum Essen zu bleiben, aber ich lehne es reflexhaft ab. Als ich draußen stehe, weiß ich nicht, warum überhaupt. Eigentlich habe ich einen Riesenhunger. Ich bleibe noch auf dem Pflasterpfad stehen, der von ihrer Haustür durch einen kleinen Vorgarten bis zum Gehweg führt, weil ich hoffe, dass mein Hunger noch den Stolz überwindet, aber ich drehe mich nicht um. Es wäre nur ein kurzes Anklopfen und das Eingeständnis, dass ich tatsächlich Hunger habe und gerne noch kurz bleiben würde. Ich bringe es nicht über mich.

Stattdessen gehe ich nach Hause. Leider ist es jetzt auch schon zu spät, um Fisch zu kaufen. Der Markt ist um diese Zeit geschlossen.

Ich atme die kühle Nachtluft tief ein. Leider füllt sie meinen Bauch nicht.

Meine Schritte werden schneller und größer.

Vielleicht hat Chester Recht. In diesem Moment stelle ich fest, dass es mehrere Arten von Einsamkeit gibt. Es gibt die, bei der keine Menschen in deiner Nähe sind und es gibt die, bei der du ihre Nähe einfach nicht zulässt.

Ich bin einsam.

Und vielleicht sollte ich diese Erkenntnis als Zeichen dafür nehmen, Rainside Valley den Rücken zu kehren. Ich kann das Haus verkaufen und nach San Francisco gehen. Ein Platz in der Hundestaffel ...

Ich schüttelte den Kopf. Irgendetwas in mir sträubt sich noch, macht die Entscheidung schwerer, als sie auf dem Papier sein sollte. Ich hänge an diesem Ort. Aber ist das genug, um zufrieden zu sein? Verschwende ich nicht mein Leben, wenn ich ewig hierbleibe? Einsam?

Ich brauche mehr Zeit zum Nachdenken.

Und als ich zu Hause ankommen, in meinem fischlosen und gemüsepfannenlosen Wohnzimmer, da setze ich mir selbst ein Ultimatum: Ich bleibe noch, bis ich diesen Fall aufgeklärt habe. Bis zu dem Abendessen mit dem Polizeichef sind es sowieso noch etwa vier Wochen. Das sollte reichen, um den Texteschreiber zu finden.

Danach ... werde ich vielleicht klarer sehen.

KAPITEL 3

Wyatt

DAS RASCHELN VON Buchseiten, die umgeblättert werden, erfüllt den Raum genauso wie der Duft von frischem Gebäck. Schokoladenmuffins sind die Muffins des Tages. Außerdem ist da eine Note von Puderzucker und vor allem Friedlichkeit, Glückseligkeit, Geborgenheit. Die Besucher meines Buchcafés sind geborgen in den Geschichten zwischen den Zeilen, in fremden Welten, in Liebesgeschichten oder in spannenden Krimis, in denen sie die Fälle lösen.

Draußen regnet es. Das Trommeln der Tropfen auf dem Dach ist die Musik dieses Ortes, das habe ich inzwischen gelernt. Mit einem glücklichen Lächeln auf den Lippen rühre ich den frischen Teig in der Schüssel.

Dann seufze ich verträumt und aus dem Rührbesen wird wieder die Schleifmaschine, die ich frisch mit Papier bespannen muss. In der Luft hängt nicht der Duft von leckerem Gebäck, sondern von Holzspänen ... nur der Regen ist wirklich da.

Das Café hat noch nicht geöffnet, aber meine Tagträume sind allgegenwärtig und versüßen mir die Arbeitszeit, die morgens beginnt und erst dann endet, wenn ich zu erschöpft bin, um einen Besen oder Lappen zu halten.

Morgen kommen die Geräte und der Tresen, ein zentraler Teil der Einrichtung. Die Bücherregale am Tag danach. Bis dahin muss ich eine Basis geschaffen haben. Ich habe den ganzen Fußboden des Hauptraumes abgeschliffen, ebenso die Fensterrahmen, es war eine Heidenarbeit und meine Armmuskeln brennen davon.

Allerdings bin ich noch nicht fertig. Vor mir auf den Böcken liegen die Fensterläden, die ebenfalls ihre alte Haut verlieren sollen. Ich werfe die Schleifmaschine also wieder an und fahre die Flächen und Kanten sorgsam nach. Es kostet mich Mühe, dabei nicht zu zittern. Langsam verlässt mich wirklich die Kraft.

Eine Schweißperle kitzelt an meiner Schläfe und tropft herunter.

Ich bin nicht bereit, hier aufzuhören und es auf morgen zu verschieben.

Als ich endlich fertig bin, fühlen sich meine Arme wie Gelee an. Ich schaffe es noch, die Maschine auf dem Fensterbrett abzulegen, dann kann ich sie von einem Moment auf den anderen kaum noch heben. Ein Lachen entkommt mir, weil ich mich so seltsam hilflos fühle.

So ist das also, wenn man den eigenen Körper an seine Grenzen bringt. Ich werde wieder still, als ich daran denken muss, dass mein Vater so etwas wahrscheinlich oft gespürt hat. Die völlige körperliche Erschöpfung.

Er hat sich bei der Army verpflichtet, war monatelang, jahrelang in schlimmsten Kriegsgebieten und hat dort sicher anstrengendere Dinge getan, als eine Schleifmaschine zu bedienen. Ich verdränge die bittere Mischung aus Schuld und Verantwortung, die in mir aufsteigt, stelle mir vor, wie ich in den Regen trete und mir das Gefühl von den prasselnden Tropfen abwaschen lasse. Es hilft. Meine Vorstellungskraft hilft mir oft, wenn nichts anderes es kann.

Dann wende ich mich meinem Werk zu und versuche, stolz auf mich zu sein. Die Fensterläden sind jetzt ganz hell und auf dem Boden liegt natürlich eine gute Schicht Holzstaub. Ich nehme mir fünf Minuten zum Durchatmen, dann muss ich den Sauger schwingen und das beseitigen.

Es nieselt nur noch, als ich das Buchcafé abschließe und mich auf den Heimweg mache. Wie gestern gehe ich zuerst nur sehr langsam, damit ich das Gebäude noch eine Weile von außen betrachten kann. Aber ich muss mich losreißen – wenn ich trödele, verschwende ich nur Zeit, die ich zum Duschen oder Schlafen nutzen sollte.

Also vergrößere ich meine Schritte. Ich denke daran, das Handy aus der Gesäßtasche zu ziehen, aber meine Arme baumeln so schwer an mir herunter, dass ich mich nicht dazu durchringen kann, es zu nehmen und zu halten. Das muss einfach warten. Ryder wird mein Schweigen im Nachrichtenfenster wohl so deuten, dass ich sehr viel arbeite, und das als etwas Positives wahrnehmen.

Die Häuser in Rainside Valley sind rechteckige, größtenteils cremegelbe Klötze. An manchen lehnen Fahrräder, über die farbige Planen gezogen wurden. In manchen Gärten entdecke ich kleine Zelte. Hier und da stehen Eimer, in denen die Regentropfen singen.

Auch um diese Zeit kommen mir noch Leute entgegen oder stehen vor Schaufenstern. Hier sind die Geschäfte nicht nur im Kern der Stadt, sondern auch zwischen den Wohnhäusern zu finden. Auf meinem kurzen Weg vom Buchcafé zu meiner Ferienwohnung komme ich zum Beispiel an einer Imkerei und einem Handarbeitsladen vorbei, der wie ein ganz normales Wohnhaus aussieht, ohne Schaufenster oder so etwas. Stattdessen gibt es ein kleines Schild, auf das Häkeldeckchen gemalt sind. Das bringt mich zum Lächeln. Vielleicht sollte ich dort mal nachsehen, ob ich etwas aus dem Sortiment in meinem Café unterbringen kann.

Das wäre irgendwie schön, denn mein Paradies für Buch- und Gebäckfreunde soll ja auch ein richtiger Teil von Rainside Valley werden.

Meine Erschöpfung weicht Neugier und Entschlossenheit und ich schlage einen anderen Weg ein. Meine Beine tragen mich weiter in den Stadtkern, wo noch ein paar Geschäfte geöffnet sind.

Vor einem Bekleidungsgeschäft stehen zwei Frauen, die meiner Meinung nach wie perfekte Buchcafé-Gäste aussehen. In meiner Fantasie werden sie zu zwei Tanten aus einem dieser Generationen-Romane, die die Töchter einer reichen Familie verhätscheln. Ich komme lächelnd näher und begrüße sie freundlich.

»Hallo, mein Name ist Wyatt und ich bin neu in der Stadt.«

Beide schütteln mir zögerlich die Hand. Ich schätze sie auf Mitte bis Ende sechzig. Eine trägt eine Brille mit großen, runden Gläsern, die andere fällt mir vor allem durch ihren roten Kurzhaarschnitt auf. Junggeblieben, das mag ich.

Sie stellen sich als Donna und Janet vor und erwidern mein Lächeln, doch es wirkt etwas zögerlich.

»Ich wollte nicht beim Shopping stören«, entschuldige ich mich mit Blick auf das Schaufenster, in dem Jacken und Mäntel an den Puppen hängen. »Aber ich habe mich gefragt, was sie wohl gerne lesen. Und welche Snacks und Getränke sie am liebsten zu sich nehmen, um sich zu entspannen.«

»Mein Snack zur Entspannung ist Baldrian«, scherzt Donna, aber nach kurzem Gelächter überlegt sie doch genauer.

»Eine heiße Suppe vielleicht«, sagt sie dann. »Zur Denver Daily.«

Ich nicke. »Und Bücher? Romane?«

»Romane!«, wiederholt sie. »Wie Jane Austen, meinst du? Mache ich nicht mehr. Das dauert so lange, dass ich dabei einschlafen würde.«

Enttäuschung steigt in mir auf, aber ich lasse es mir nicht anmerken. Mein Blick wandert zu Janet.

»Oh, ich … na ja, meine Enkelin schenkt mir hin und wieder ein Buch, wenn sie herkommt. Vermutlich weiß sie nicht, was sie mir sonst geben soll. Das sind immer Familienromane. Eine Schar von Töchtern, die in alle Himmelsrichtung verstreut aufwachsen und ihre Schicksale bestreiten.« Sie zuckt mit den Schultern. »Wenn mir danach ist, verbringe ich den Nachmittag mit so etwas.«

Donna sieht sie zweifelnd an, woraufhin Janet noch nachschiebt: »Wenn du mal wieder zu deinen Pferderennen kutschiert wirst.«

»Ach so«, sagt ihre Freundin. »Verstehe.«

Immerhin eine Leserin! Die Liebe zum Buch kann man ja noch wachsen lassen.

»Und wie sieht es mit einem Stück Kuchen aus? Oder einem Donut? Muffins?«

»Fragst du, ob wir gerne naschen?« Janet lacht und deutet vage an sich und Donna hinab. »Das beantwortet sich wohl von selbst.«

»Bis vor zwei Jahren war ich noch gertenschlank«, wirft Donna mit spitzer Stimme ein.

»Die Sache ist die: Ich eröffne in Kürze ein Buchcafé in der Riverstreet. Dort kann man bei Muffins, Kaffee, einem Eis oder heißer Schokolade in Büchern schmökern oder mit anderen Buchfreunden ins Gespräch kommen. Es ist ein Ort zum Träumen und Entspannen. Im Moment stecke ich noch in den Renovierungen, aber bald feiere ich Eröffnung und würde mich natürlich freuen, wenn viele Rainsider vorbeikommen.«

»Was es nicht alles gibt«, sagt Janet, während Donna ihre Brille zurechtrückt. Die beiden tauschen einen Blick, der mich unruhig macht. Habe ich etwas Falsches gesagt?

»Seit wann genau wohnst du nochmal hier?«

Ich kratze mich am Hinterkopf. »Seit einer knappen Woche?«

Sie nickt und lächelt wieder. »Verstehe. Wir danken natürlich sehr für die liebe Einladung. Vielleicht schauen wir vorbei.«

Dann lassen mich die beiden Ladys stehen und in mir bleibt ein seltsames Gefühl zurück. Irgendwas stimmt doch nicht. Dachten sie vielleicht, ich will sie zu einer Religion überreden? Klang meine Beschreibung des Cafés irgendwie nach Sekte?

Ich schüttele den Kopf und gehe weiter. Vorn an der Bushaltestelle steht ein Mann, ungefähr in meinem Alter, vielleicht ein oder zwei Jahre jünger. Mit seinem Hut und den dunklen Haaren erinnert er mich an Harry Dresden aus Jim Butchers Romanen. Ich lächle ihn an.

»Hi, ich bin Wyatt.«

Er schaut mich an, runzelt die Stirn. »Möchten Sie wissen, wie die Busse fahren?«

Ich hebe die Hände. »Nein, ich ... bin quasi von hier. Also seit Neustem. Zugezogen sozusagen. Ich versuche nur, Leute kennenzulernen.«

»Ach so.« Er mustert mich. »Ich heiße Rudolph.«

»Freut mich. Hast du in letzter Zeit ein gutes Buch gelesen?« Ich lasse es wie Smalltalk klingen, aber er sicht mich an, als wäre die Frage ziemlich verdächtig.

»Ich lese nicht wirklich viel.«

»Okay, was ... machst du dann so in deiner Freizeit?«

»Angeln, wandern, klettern, arbeiten.«

»Verstehe. Ich arbeite im Moment auch sehr viel. Da bleibt keine Zeit, sich mit einem Buch hinzusetzen.«

Er nickt und wendet den Blick ab. Es wirkt, als wolle er das Gespräch hier enden lassen. Ich seufze innerlich. Ich mache eindeutig etwas falsch.

»Ich werde bald ein Café in Rainside Valley eröffnen. Backen war schon immer eins meiner Hobbys. Ich bin nicht so sportlich, weißt du. Lieber drinnen. Obwohl ich schon sagen muss, dass die Umgebung mir hier gefällt. Also, vielleicht gehe ich auch mal wandern.«

»Du kannst ja erst was backen und das als Wegzehrung mitnehmen, wenn du wandern gehst.«

Ich schenke ihm ein Lächeln. »Werde ich machen. Aber am liebsten backe ich eigentlich für andere. Und ich backe gerne nach Themen, also wenn ich jetzt 'Angeln' nehmen würde, dann würde ich vielleicht etwas Fischförmiges machen, oder mit einem Schuppenmuster.«

Rudolph lacht kurz. »Interessant. Na, vielleicht kann sich dein Café damit tatsächlich gegen die Konkurrenz durchsetzen.«

»Es ist nicht nur ein Café«, sagte ich schnell. Ich will nicht den Eindruck erwecken, dass ich andere Läden von hier verdrängen möchte. Mein Buchcafé soll die Stadt eher ergänzen. »Es geht auch um Bücher. Also es ist gleichzeitig ein bisschen wie eine Bibliothek oder eine Buchhandlung. Man kann leckere Sachen essen und trinken und nebenbei lesen.«

»Ah«, macht er und die Gelöstheit von gerade eben ist wieder fort. Sein Blick geht in die Ferne und ich erkenne, dass er nach dem Bus Ausschau hält. Er wünscht sich, schnell aus dieser Situation herauszukommen. In mir verkrampft sich etwas.

»Okay, na dann ... schönen Abend noch, Rudolph«, sage ich. »Hab den ganzen Tag das alte Haus renoviert und bin echt müde. Guten Heimweg dir.«

Damit gehe ich und erlöse uns beide.

Jetzt bin ich noch verwirrter. Früher fiel es mir nicht so schwer, Anschluss zu finden. Die Leute hier scheinen anders zu sein. Ich habe wohl irgendetwas an mir, das ihnen missfällt. Ich muss rausfinden, was das ist.

Mit etwas gesenktem Kopf schlendere ich die Straße hinunter und will wieder auf meinen Heimweg einbiegen, da tritt jemand vor mich.

»Entschuldigung«, sagt eine männliche, etwas streng klingende Stimme. Ich schaue auf und blicke in ein kantiges Gesicht. Stahlblaue Augen mustern mich mit einer Eindringlichkeit, die mich auf einen sehr aktiven Geist schließen lässt. Unwillkürlich muss ich an Sherlock Holmes denken. Seine schmalen Lippen sind zu einer geraden Linie zusammengepresst. Ich sehe den Fremden fragend an.

»Ja?«

»Sie sind der neue Eigentümer von Riverstreet 12? Wyatt Thompson?«

»Das bin ich.« Unruhe kribbelt in meinen Fingern. Gibt es irgendein Problem? Ist eine der Lieferungen zu früh gekommen und liegt jetzt auf dem Gehweg vor dem Café? Falls ja muss ich wohl nochmal zurück. »Was ist los?«

Er schüttelt den Kopf. »Ich habe gesehen, wie Sie die Leute hier befragt haben.«

»Na ja, ich bin neu in der Stadt und ...«

»Sie wollen ein Buchcafé eröffnen. Bücher und Backwaren.«

Trotz meiner Anspannung lächle ich. »Ja, genau. Zwei Dinge, die ich liebe.«

Einen Moment lang zögert er und die strenge Fassade bröckelt, als wäre mein Lächeln überraschend für ihn. Dann fängt er sich wieder.

»Und Sie sind erst seit wenigen Tagen in Rainside Valley, richtig?«

»Auch das stimmt«, sage ich. »Aber ehrlich gesagt, klingt das, was Sie gerade machen, deutlich mehr nach einem Verhör, als das, was ich gemacht habe.«

Er greift in seine Jacke und zeigt mir eine Polizeimarke. Meine Augen weiten sich.

»Ich bin der Sheriff hier. Und ich untersuche ...« Die nächsten Worte höre ich nicht richtig, weil ich ihn auf das Wort Sheriff hin genauer ansehe. Es passt alles zusammen: Die etwas strenge Ausstrahlung, die kantigen Züge, die kleinen Spuren von Grau an seinen Schläfen, während das Deckhaar noch voll und dunkel ist, der Dreitagebart. Die

Krawatte, der Schnitt seines Mantels, unter dem sicherlich auch eine Pistole steckt. Ich sehe ihn Leute befragen und in Handschellen legen, Spuren suchen und Opfer trösten. Der Mann ist ein Sheriff. Mein Herz schlägt schneller. Mit Sherlock Holmes lag ich gar nicht so falsch.

»Wie ... ähm, wie war noch gleich Ihr Name?«, fragte ich, vollkommen ungeachtet dessen, was er mir erzählt hat, während ich nicht zugehört habe.

»Hank. Hank Doherty.« Hank ... ich mag seinen Namen.

»Freut mich, Sie kennenzulernen.«

Wieder zögert er.

»Haben Sie mir zugehört, Mister Thompson?«

Er hat mich erwischt. »Ich bin ein wenig erschöpft von der Arbeit«, räume ich ein. »Könnten Sie es nochmal wiederholen?«

Da ist wieder die gerade Linie. Seine Lippen sind wirklich ganz schön schmal. Okay, dieses Mal sollte ich besser lauschen.

»Ich untersuche einen Fall, bei dem Anwohner seltsame Briefe von einem Unbekannten erhalten haben. Das geschieht seit einigen Tagen und versetzt die Leute in Unruhe.«

Ich schlucke und jetzt klopft mein Herz aus einem ganz anderen Grund so aufgeregt. »Denken Sie, dass die von mir kommen?«

»Sagen wir mal so: Das Timing ist zumindest auffällig, nicht wahr? Vielleicht glaubten Sie ja, das sei eine gute Werbung für Ihr Buchcafé. Ist es nicht. Die Leute haben Angst. Deswegen würde ich empfehlen, dass Sie es sofort sein lassen. Im Grunde schaden Sie Ihrem Business damit nur.«

»Ich schreibe keine Briefe an die Rainsider«, erwidere ich stockend. »Also, ich habe Flyer geplant. Werbeflyer.

Aber die sind nicht anonym. Würde ja auch keinen Sinn ergeben – die Leute sollen ja wissen, wo sie hingehen sollen, wenn das Buchcafé eröffnet ist.«

Hank – Mister Doherty, nein Sheriff Doherty – sieht mich abschätzend an. Er verschränkt die Arme. Es gehört nicht viel dazu, daraus zu schließen, dass er mir nicht glaubt.

Ich schüttele den Kopf. Langsam ergibt es auch Sinn, wie die anderen auf mich reagiert haben, sobald die Sprache mehr auf die Bücher kam. Neu in der Stadt und Bücher ... das klingt für sie direkt verdächtig.

»Wirklich, ich ... schließen Sie mich an einen Lügendetektor an!«

Etwas, das wie ein unterdrücktes Lachen klingt, kommt aus Sheriff Dohertys Kehle. Er löst seine steinerne Haltung. »Aus welchem Film haben Sie das denn?«

»Eher aus einem Buch«, erwidere ich kleinlaut. »Aber wie kann ich Ihnen denn beweisen, dass ich damit nichts zu tun habe? Wie Sie sagen ... es scheint meinem Vorhaben zu schaden, dass das gerade passiert. Das will ich nicht.«

»Tun Sie, was ich gesagt habe. Stellen Sie diese Aktivitäten ein. Vielleicht beruhigen sich die Leute dann wieder.«

»Aber ich habe doch gar nichts gemacht, Sher...iff.« Fast hätte ich *Sherlock* gesagt.

»Wir werden sehen. Ich untersuche die Sache. Wenn das mit den Briefen jetzt aufhört ... in Ordnung. Wenn es weitergeht, dann sprechen wir uns sicherlich nochmal. So oder so behalte ich Sie im Auge und das werden die anderen auch tun.«

Hilflos sehe ich ihn an, den Sheriff, der mir auf Anhieb so gut gefallen hat. Nur würde ich mir wünschen, dass er mich als Opfer erkennt und nicht als Verdächtigen betrachtet.

»Guten Abend, Mister Thompson.«

Ich grüße kleinlaut zurück und sehe ihm nach. Vorhin dachte ich noch, dass er meiner Vorstellung von einem Traummann ziemlich nahe käme, aber jetzt fühle ich mich eher wie in einem Albtraum.

Wenn wegen dieser Sache alles platzt ... mein Buchcafé ... wegen irgendwelcher anonymen Briefe ... Das kann ich nicht zulassen. Ich muss dafür kämpfen, dass es funktioniert und wenn ich dafür neben der Renovierung und allem auch noch zum Watson werden muss, um meine Unschuld zu beweisen – dann werde ich das tun!

KAPITEL 4

Hank

FÜNF BRIEFE IN sieben Tagen, das war die bisherige Bilanz. In dieser einen Woche, die ich jetzt wieder zurück in Rainside Valley war, hatte ich mit mehr Leuten gesprochen als im letzten halben Jahr – so kam es mir zumindest vor.

Kopien der fünf Briefe steckten zusammengefaltet in der Innentasche meiner Jacke. Stift und Notizblock hatte ich immer in den Händen und auf einer langen Liste hakte ich Namen ab, wann immer sich eine Haustür hinter mir Schloss und ich wieder auf dem Gehweg stand.

Für jeden Empfänger einer dieser Botschaften hatte ich gut ein Dutzend Leute aus dem Umfeld befragt. Niemand hatte etwas gesehen. Es gab keinen vermummten Fremden, der durch die Straßen schlich und die Briefe verteilte. Nicht einmal einen Hauch davon.

Als Nächstes steht Harvey auf meiner Liste, der Besitzer des Jagd-Geschäftes. In seinem Schaufenster präsentieren sich polierte Gewehre und Messer, Fallen und Köder, Tarnkleidung und Netze.

Wie immer steigt mir ein muffiger Geruch in die Nase, als ich den Laden betrete. Es hat was von nassem Wild, aber ich kann nie sagen, woher genau das kommt. Manche behaupten scherzhaft, dass Harvey heimlich eine Bärenfamilie bei sich hausen lässt, und manchmal bin ich geneigt, das zu glauben.

»Hey Hank, altes Haus, wann geht es auf den nächsten Jagdausflug?«

Harvey hebt eine seiner Pranken zum Gruß und ich erwidere die Geste. »Hoffentlich bald«, sage ich. Das sage ich immer. Zur Jagd gehe ich trotzdem nur selten.

»Im Moment jage ich einen Briefeschreiber.«

Auch wenn ich immer noch finde, dass es eher Texte als Briefe sind, hat der Name sich etabliert. 'Der Briefeschreiber' klingt griffiger als 'der Texteschreiber'. Aber es klingt auch gefährlicher, persönlicher.

Mir ist nicht entgangen, dass die Leute sich in die Sache reinsteigern und das gefällt mir nicht. Sowas führt leicht zu falschen Entscheidungen, zu Panik, zu Unfällen.

»Ah, ja, hab davon gehört. Hab mehrere Leute, die Kameras bei mir bestellt haben deswegen.«

»Keine schlechte Idee«, murmele ich. »Durch dein Schaufenster kann man Susans Schreibwarenladen gut sehen. Hast du irgendwas Verdächtiges beobachtet? Etwas oder jemanden? Einen unüblichen Besucher? Oder Kunden zu ungewöhnlichen Zeiten? Ich nehme alles, was auch nur ansatzweise auffällig ist.«

Aber Harvey schüttelt den Kopf, wie fast alle, die ich bisher befragt habe. »Es war alles genau wie immer. Hab die Waffen poliert, die Ecken abgestaubt, meine Kunden beraten ... und drüben waren die Muttis und Kids, die ihr Zeug für die Schule kaufen, Stifte und Malkästen, viel Gelächter und Hüpferei.«

»Also waren in der letzten Woche nur Frauen und Kinder da?«

Er schüttelt wieder den Kopf. »Ne ... auch ein paar Männer. Aber ich habe keine Anwesenheitsliste geführt, Hank. Warte einfach auf die Kameras, dann habt ihr den Kerl sicher schnell gefasst.«

Ich stoße den Atem aus.

»Ein kleiner Jagdausflug würde dir echt gut tun«, sagte Harvey und kommt um den Tresen herum zu mir. »Ein bisschen Dampf ablassen ... deinen Verstand und den Adlerblick mal für was anderes einsetzen.« Er legt kurz eine Hand auf meine Schulter. Er hat wirklich riesige Hände.

»Wie gesagt ... werde ich bald machen«, spule ich mein übliches Programm ab.

Harvey reicht mir einen Handzettel von denen, die neben seiner Kasse liegen. Darauf steht ein Datum. Es ist eine Einladung zu einem Wochenendtrip in die Wälder nahe Rainside. Campen, Wandern, Fischen und Jagen. Genau Harveys Element.

Ich stecke den Zettel zu den Briefen. »Ich denk' drüber nach. Danke für die Einladung. Muss dann weiter.«

Seufzend wende ich mich der Tür zu.

»Für so was hat leider noch keiner Fallen und Netze erfunden«, ruft Harvey mir noch nach. Ich nicke und schließe den Laden hinter mir. Dann streiche ich Harveys Namen von der Liste der Leute, die ich befragen muss.

Auf der Straße beäugt mich eine Gruppe Jugendlicher, die an der Ecke neben dem Schreibwarenladen versammelt ist. Vier Jungs und zwei Mädchen.

»Mister Doherty, steckt in den gesammelten Briefen eine geheime Nachricht? So eine Art Geheimcode?«, ruft eins der Mädchen mir zu. Ich bleibe stirnrunzelnd stehen.

»Woher hast du das denn?«

Ein Junge wendet sich mir zu. »Wir haben darüber gewettet.«

Kinder.

»Ich kann zu den laufenden Ermittlungen nichts sagen, aber macht nicht mehr daraus, als da ist«, brumme ich. »Das schürt nur Unruhe und Unruhe ist nie gut.«

Sie grinsen und tuscheln miteinander. Ich gehe weiter.

Die Kids sind nicht die einzigen, die haarsträubende Theorien aufstellen. Mich halten auch immer wieder Erwachsene und Ältere an, um sich zu erkundigen, wie der Stand der Ermittlungen ist. Manche sehen richtig blass dabei aus und zwei sagen mir ganz deutlich, dass sie sich fürchten. Sie scheinen es wirklich für möglich zu halten, dass in Rainside Valley ein Serienmörder seine ersten Taten plant und das hier der Auftakt dazu ist. Ich beruhige die Leute so gut ich kann und gehe dann schnell weiter.

Als ich endlich vor Debbies Haus stehe, kommt mir das wie die Rettung vor. Wir sind Kindheitsfreunde und Deb ist eher der ruhige, besonnene Typ Mensch.

»Hank!« Sie umarmt mich freundschaftlich und bittet mich sofort hinein. »Ich dachte erst, du hast deinen Urlaub verlängert, ohne mir etwas davon zu sagen, aber dann habe ich mitbekommen, dass du beruflich so eingespannt bist wie wahrscheinlich schon lange nicht mehr.«

Es tut gut, ihre Stimme zu hören. Sie leitet mich ins Wohnzimmer, wo mich der vertraute Geruch von Karamell empfängt. Debbie liebt Karamellbonbons und lutscht bestimmt zwölf Stück pro Tag. Außerdem wählt sich auch ihr Waschmittel und alles andere nach dieser Vorliebe aus. Man braucht gar nichts zu essen oder zu trinken, um als ihr Besucher einen kleinen Zuckerrausch zu bekommen.

»Die Leute fantasieren einen Serienmörder herbei«, erkläre ich unter einem schweren Seufzer. »Dabei ist es wahrscheinlich nur ein schiefgelaufener Werbegag von einem Zugezogenen.«

»Kaffee?« Deb kommt mit einer Kanne an den Tisch und auf mein Nicken hin schenkt sie uns beiden ein.

»Danke.«

Im Moment scheint sie kein Bonbon im Mund zu haben, aber ich bewundere den karamellfarbenen Schmuck um ihren Hals. Wahrscheinlich Bernstein.

»Ich mache es kurz und knapp: Hast du irgendwas gesehen, das dir auch nur ansatzweise seltsam vorkam? Jemanden, der herumschleicht oder zu einer unüblichen Uhrzeit an einem Ort ist, wo er sonst nie zu finden ist? Du weißt schon. Ich nehme alles.«

Deb ist Lehrerin an unserer Grundschule und hat ein gutes, aufmerksames Auge, vor allem für Menschen. Doch es wundert mich nicht, als sie den Kopf schüttelt. Niemand hat etwas gesehen. Absolut niemand.

»Gebräunte Eltern, aufgedrehte Kinder, Postkarten, die miteinander getauscht werden ...« Sie zuckt mit den Schultern. Etwas piepst und sie greift nach einem kleinen Gegenstand. »Und das hier ... neue Mode seit zwei Wochen. Ich habe mich anstecken lassen.« Sie schmunzelt und dreht das eiförmige Gerät zu mir um.

Ich runzle die Stirn. »Ist das ein Tamagotchi?«

»Ja, genau.«

»Deins?«

»Ja. Ich bin eine coole Lehrerin, wusstest du das nicht?«

Ich schnaube belustigt. »Kein Wunder, dass deine Wachsamkeit nachlässt. Ich hätte gedacht, wenn jemand einen Hinweis für mich hat, dann du. Mit deinem Blick, der durch die Suche nach Spickzetteln so außerordentlich trainiert ist ...«

»Ich wünschte, ich könnte helfen.«

Sie tippt auf dem kleinen Gerät herum und lächelt dabei. »Was ist das für eins? Eine Katze?«

»Nein, das sind eher Fantasiewesen. Sieht eher wie eine Reh-Katze aus.«

»Ah ja.« Ich seufze und lehne mich auf dem Stuhl zurück. Eine Weile schweigen wir, während das Tamagotchi fröhlich piept.

»Chester hat mich gebeten, wieder nach San Francisco zu ziehen. Er hat konkrete Pläne. Wo ich wohnen kann ... und wo ich arbeiten kann.«

Sie hebt sofort den Kopf und die Reh-Katze ist vergessen.

»Wirst du gehen?« Ihre Augen sind auf einmal groß und das bewegt etwas in mir.

»Ich weiß es nicht. Vielleicht. Chester hat schon Recht, wenn er sagt, dass ich hier nicht so richtig mein Glück finde. Ich meine, schau mich an. 33jähriger Single-Mann auf der Jagd nach einem anonymen Texteschreiber.«

»Ist ja nicht so, als hättest du keine Chancen gehabt, jemanden zu finden«, erwidert Debbie.

»Ah ja?«

Sie sieht mir einen Moment lang abwartend in die Augen, dabei wird ihr Ausdruck immer zweifelnder. »Steven?«

»Was ist mit deinem Bruder?«

Sie zieht eine Braue hoch. »Er war verknallt in dich.«

Ich verschlucke mich fast und drehe mich hustend weg. »Du veralberst mich.«

»Absolut nicht. Es gab eine Zeit, da hat er von dir geschwärmt. Aber du warst vollkommen unempfänglich für seine Flirtversuche.«

Ich kann das nicht glauben. Ja, wir haben früher öfter miteinander gequatscht – über Stevens Ferienwohnungen ... über Sicherheitskonzepte und ... er hat Anekdoten über skurrile Bewohner erzählt und viel dabei gelacht. Aber ...

»Hat er dir das gesagt?«

»Hat er, aber man hat es auch so bemerkt. Himmel, er hat eins seiner Biere nach dir benannt.«

»Ich wusste nicht, dass das der internationale Code für 'Gehst du mit mir aus?' ist«, brumme ich. Jetzt wo ich so über die einzelnen Situationen nachdenke ... vielleicht stimmt es. Vielleicht mochte Steven mich. Aber ich habe nichts bemerkt.

Debbie schnaubt belustigt. »Kaum zu glauben, dass du als Sheriff gut darin bist, Menschen zu lesen und Fakten zu kombinieren – aber im Privatleben siehst du den Regen vor lauter Tropfen nicht.«

Inzwischen wohnt Steven nicht mehr in Rainside. Seit er die Brauerei gekauft hat, bekomme ich ihn kaum noch zu Gesicht.

»Na ja, das hat wohl auch abgenommen. Meine Menschenkenntnis und die Kombinationsgabe meine ich. Ich verdächtige den Fremden. Wyatt Thompson. Hast du ihn schon getroffen?«

Kopfschütteln. »Ehrlich, Hank ... ich glaube nicht, dass Rainside das Problem ist. Du musst den Menschen auch eine Chance geben, an dich heranzukommen, wenn du dir Nähe wünschst. Empfänglich sein.«

Ich gebe ein zustimmendes Brummen von mir. Sie hat Recht. Ich habe wenig dafür getan, etwas an meiner Lage zu ändern. Ich war und bin meistens für mich, ergreife nie die Initiative. Ich warte einfach, dass alles auf mich zugeflogen kommt, wie ein Vogel der mit offenem Schnabel auf einem Ast sitzt und auf herabfallende Würmer wartet.

»Kannst du mir das nächste Mal ein subtiles Zeichen geben, wenn sich ein attraktiver Mann für mich interessiert und ich es nicht bemerke?«

Wir grinsen uns an. Eigentlich möchte ich nicht fortgehen, solange Deb noch hier ist.

KAPITEL 5

Wyatt

ZWEI DINGE KONNTE ich in den letzten Tagen nicht vergessen. Erstens: Die Sache mit den anonymen Nachrichten, die die Bewohner von Rainside anscheinend seit einer Weile erhalten und dass man mich verdächtigt, diese zu verteilen.

Zweitens: Sheriff Hank.

Natürlich ist Punkt Eins weitaus wichtiger, weil der Erfolg meines Buchcafés davon gefährdet ist. Die Leute haben zurzeit Angst vor jedem, der irgendwie mit Büchern zu tun hat, glaube ich. Deswegen gehe ich es jetzt seriöser an und verteile Flyer.

Ich gehe von Laden zu Laden und stelle mich vor, erzähle von mir und hoffe, dabei so harmlos wie möglich zu wirken.

»Ich liebe Bücher schon seit ich klein bin und meine Oma hat mir das Backen beigebracht. In einem Buchcafé lässt sich beides miteinander verbinden. Es soll einfach ein schöner Ort zur Entspannung und Geselligkeit sein«, erkläre ich immer wieder.

Die Leute reagieren zwar freundlich und nehmen höflich meine Flyer an, aber ich sehe, dass sie mich genau beobachten und dass ihre Augen leicht geweitet sind. Sie trauen mir nicht.

In der Metzgerei, die meine fünfte Anlaufstelle für heute ist, rutscht mir vor Verzweiflung sogar heraus: »Ich bin nicht derjenige, der die anonymen Briefe verteilt.«

Der große, breite Mann hinter dem Tresen schaut mich zweifelnd an. Wir schweigen, bis ich sage: »Na ja, das würde der Täter vermutlich auch sagen, nicht wahr?« Ich gebe ein Lachen von mir, das vermutlich nur verdächtig und nicht sympathisch klingt. Dann ergreife ich die Flucht.

Draußen biege ich um die Ecke und muss mich erstmal einen Moment an der Wand abstützen, um mich zu sammeln. In meinem Kopf dreht sich alles. Das ist die Angst, die ich schon seit Tagen von mir schiebe, aber sie kommt immer wieder zurück.

Dass ich scheitern könnte – damit habe ich mich schon vor Wochen und Monaten befasst, als dieser Traum immer klarere Formen annahm. Aber was mir richtig zusetzt, ist der Gedanke, dass ich vielleicht gar keinen Einfluss darauf habe.

Was nützt es, wenn du alles zu tun bereit bist, Tag und Nacht arbeitest ... und dann scheiterst du an irgendeinem äußeren Umstand, an dem du nichts ändern kannst? Wie zum Beispiel an einem Fremden, der herumgeht und den Leuten Angst einjagt.

Für eine Sekunde glaube ich, dass mir Tränen in die Augen steigen werden und drücke mit den Fingern auf die Augenwinkel. Es hilft. Ich darf jetzt nicht verzweifeln. Das kann ich später immer noch. Ich muss jetzt kämpfen. Weitermachen. Die Eröffnung steht erst noch bevor und vielleicht wird es gar kein so großer Flop, wie ich im Moment glaube.

Vielleicht lassen sich die Leute von meinen süßen Backwaren überzeugen, wenn es die Bücher nicht können. Darauf muss ich einfach hoffen.

Ich wische mir mit beiden Händen übers Gesicht, ordne mir die Haare und ziehe weiter.

Milde Sonnenstrahlen streicheln mein Gesicht, während ich die Einkaufsstraße langsam hinunterlaufe. Rainside kann auch Sonnenschein. Das Licht ist weich und tanzt auf den Blüten der Blumen, die oft auf Fensterbrettern oder neben Eingängen leuchten. Ich fasse es als Ermutigung auf.

Vor dem nächsten Geschäft zögere ich, lasse die Flyer von einer Hand in die andere wandern. Mut sammeln.

Hinter der Fensterfront befindet sich ein Friseursalon. Eine Frau sitzt in einem der Stühle, das Cape um die Schultern geschlungen wie einen Regenmantel. Der Friseur redet mit ihr, während er mit einigen Sprays hantiert. Beide lachen und das fröhliche Geräusch dringt gedämpft bis zu mir nach draußen.

Ich möchte das auch. Menschen in meinem Buchcafé zum Lachen bringen, zum Träumen, zum Bangen. Mut und Entschlossenheit richten mich auf und lassen mich die Schultern selbstbewusst zurücknehmen. Im letzten Moment, bevor ich loslaufe, hält mich jemand auf, indem er mich auf die Schulter tippt.

Überrascht drehe ich mich um und blicke in ein mir unbekanntes Gesicht. Es gehört einem Mann in meinem Alter. Er ist blond und hat sehr attraktive Züge. Die Augen stehen leicht schräg, was seiner ansonsten eher unschuldigen Mimik etwas Neckisches verleiht. Er erinnert mich an einen Fuchs aus alten Fabeln.

»Hey, bist du Wyatt? Der mit dem Haus in der Riverstreet?«

Ich nicke. In meiner Fantasie redet er längst weiter und erklärt, dass er der Briefeschreiber sei und sich bei der Polizei gestellt habe, sodass ich jetzt unbehelligt mein Café eröffnen kann. Aber das sind nur Hirngespinste.

Dennoch regt sich die naive Hoffnung in mir, dass dieser Fremde gute Nachrichten für mich hat. Sein Grinsen versprüht Optimismus.

»Ich hab' von deiner Idee mit den Büchern gehört.« Er deutet auf meine Flyer. »Kann ich einen haben?«

Ich reiche ihm einen. »Du bist der Erste, der Interesse daran zeigt«, bemerke ich. »Hast du zufällig noch ein Dutzend Freunde, die so denken wie du?«

Er lacht. »Ich habe eine schwäche für Krimis und Thriller«, erzählt er mir. »Vor allem True Crime. Ich verschlinge alles aus dem Bereich, Dokus, Podcasts, Bücher.«

»Dann weiß ich schon, was für Bücher ich für dich auslegen kann.« Ich lächele und male mir den Stapel aus, den ich ihm zu einem Kaffee servieren würde. Bestimmt trinkt er ihn schwarz.

»Ich wollte dir einen Tipp geben. Falls das erwünscht ist. Ich will natürlich niemandem in seine Marketingstrategie reinreden. Nur so ... von Rainsider zu Neu-Rainsider.«

»Ich kann jeden Tipp gebrauchen.«

»Lern sie als Mensch kennen. Nicht als Buchcafébesitzer. Werde erst ein Bewohner von Rainside Valley, ein Nachbar, ein Freund, ein Kunde ... bevor du versuchst, sie zu Kunden zu machen.« Er hält sich den Flyer vors Gesicht. »Du kannst das alles hier anpreisen, wie du willst ... Entspannung, leckere Backwaren aus eigener Herstellung und nach Familienrezepten ... diese Großstadt-Marketingkonzepte funktionieren hier nicht. Die Leute wollen in erster Linie einen Menschen kennenlernen und wissen, wer du bist. Du musst erst Vertrauen aufbauen. Dann werden sie ganz von allein dein Café besuchen.«

Was er sagt, klingt glaubhaft und ich würde es gerne so machen. Das Problem ist nur, dass ich keine Zeit habe. Ich habe keine Wochen mehr, die ich in so einen Vorlauf investieren kann. Also muss ich wohl damit leben, dass das Café diesen schweren Start hat. Ich darf mich davon nicht entmutigen lassen und muss das Kennenlernen und Vertrauenaufbauen nebenbei machen.

»Da ist sicher was dran«, murmele ich und blicke von den Flyern in meiner Hand wieder zum Schaufenster des Salons. Der Friseur nimmt der Dame gerade schwungvoll den Umhang ab und beide scheinen prächtige Laune zu haben. Dahinter steckt sicherlich mehr als nur gut gemachte Arbeit.

»Tja, aus True Crime kann man eine Menge lernen.«

»Oh ja, bestimmt wissen geübte Mörder sehr gut, wie man Leute erstmal umgarnt und dazu bringt, einem zu folgen«, sinniere ich. Dann entfährt mir ein Seufzen. »Einige der Leute denken sowieso, dass ich irgendwas Zwielichtiges im Schilde führe. Der Sheriff hält mich für verdächtig wegen dieser Texte, die gerade in Umlauf sind. Ich hatte das Pech, das die gleichzeitig mit meinem Einzug hier aufgekommen sind.«

Sein Lächeln schrumpft ein wenig, aber ganz weicht es nicht. Ich bin mir nicht sicher, ob er vollkommen ernst schauen kann. »Das ist wirklich schlechtes Timing. Tja, aber da haben wir was gemeinsam – ich werde auch aufmerksam beäugt. Wer sich derart für echte Kriminalfälle interessiert, muss ja auch selbst gefährlich sein.« Er zuckt mit den Schultern. »So sind die Spielregeln in Kleinstädten, schätze ich. Haben ihre Vor- und Nachteile.«

»Ich habe mir das so viel einfacher vorgestellt.« Ich lächle schief, fühle mich aber auch gestärkt durch das Gespräch. Zu wissen, dass ich nicht der einzige Verdächtige bin, erleichtert mich ein wenig.

»Gib mir ein paar von denen«, sagt er auf einmal und streckt die Hand aus. »Ich verteile auch ein paar.«

»Oh, das ist nett, danke.« Ich halbiere einen der kleinen Stöße und reiche ihm die Flyer. »Ich weiß noch nicht mal, wie du heißt.«

»Colt. Ich habe einen Laden für Sportausrüstung in der Lakestreet.«

Ich gebe ein leises Glucksen von mir, als mir auffällt, dass ganz Rainside aus solchen Straßennamen besteht. Riverstreet, Mountainstreet, Lakestreet. »Freut mich, dich kennenzulernen, Colt.«

Er hebt die Hand zum Gruß und wedelt mit den Flyern. »Ich lege welche bei mir aus und erzähle meinen Freunden von deinem Vorhaben.«

Mein Herz füllt sich mit dem Sonnenschein, der auf uns herableuchtet. »Danke! Wirklich.«

Colt nickt. »Dann mach mal weiter. Wir sehen uns.«

Beschwingt und ermutigt wende ich mich wieder dem Friseursalon zu, stecke die Flyer in meine Gesäßtasche, wie um sie zu verbergen, und trete ein – bereit, um mir einen Termin fürs Haareschneiden zu holen.

So gehe ich es auch den Rest des Tages an. Ich putze nicht mehr Klinken, sondern sehe mir die Geschäfte an. Ich kaufe eine Flasche Craftbier, einen Sonnenhut und beinahe auch eine Angel und eine Campingausrüstung. Der Mann vom Campingladen, Bruce, kann kaum fassen, dass ich noch keine besitze.

»Du kannst nicht in Rainside Valley wohnen und kein Zelt besitzen, Sportsfreund«, dröhnt seine bärige Stimme durch den Raum. Sein halbes Gesicht ist hinter einem dichten Bart versteckt, aber sein Lächeln und seine Augen leuchten trotzdem hervor.

»Da will ich gar nicht widersprechen«, erwiderte ich. Das Zelt ist hellblau und hat alle möglichen Extras. Der Geruch und das Glänzen des Stoffes erinnern mich an früher, als wir im Garten unserer Großeltern gezeltet haben. Das war natürlich nicht dasselbe, wie echtes Camping, aber ich fand es spannend.

»Ich werde mir definitiv eins kaufen, wenn sicher ist, dass ich bleibe.«

Er lacht und wendet sich dem Fenster neben uns zu, deutet hinaus. »Wenn du dir da noch nicht sicher bist, dann rate ich dir zu einem Besuch bei Joanne. Ihre Pasteten werden dich zum Bleiben bewegen, egal, was du sonst für Argumente hast.« Er fährt sich durch den Bart. »Ist zwar meine Schwester, gebe ich zu. Bin vielleicht voreingenommen. Aber frag die anderen – ihre Pasteten sind die besten auf der Welt.«

»Gut, also erst Pasteten, dann Zelt und Schlafsack.«

Er zeigt mir einen Daumen nach oben und ich erwidere das Lächeln, das er mir zuwirft. »Wohnt eure ganze Familie hier in Rainside Valley?«

Bruce bewegt sich zwischen den im Laden aufgebauten Zelten hindurch, als sei er nur halb so groß, wie er tatsächlich ist. »Unsere Großeltern leben in Boulder, ist besser für sie wegen der Versorgung. Also medizinisch und kulturell.« Er schnaubt. »Die lieben die Theater und Museen da so sehr wie ich unsere Wälder hier im Tal. Kann man nichts machen.«

Ich nicke und überlege, ob ich Ryder auch irgendwie von Colorado überzeugen könnte. Auch wenn es 'nur' Boulder oder Denver wäre. Ihn in der Nähe zu haben, wäre schön, falls ich mir hier niederlasse.

»Aber es ist ja nicht so weit«, sage ich noch und Bruce gibt ein zustimmendes Brummen von sich.

»Familie is wichtig«, murmelt er. »Aber auch, was man selbst will.« Er tätschelt das größte Zelt im Laden liebevoll. Es ist waldgrün, soll wahrscheinlich im Unterholz nicht auffallen.

Ich hocke mich davor und spähe durch den aufgerollten Eingang. Ryder kann ich mir selbst in so einem Luxuszelt nicht wirklich vorstellen. Er war nie das, was man einen Naturburschen nennt. Ich eigentlich auch nicht ... aber ich stelle mir lesen im Wald eigentlich ganz schön vor. Ausprobieren würde ich es.

»Es wartet auf dich, bis du dich entschieden hast«, sagt Bruce. »Und wenn's vorher einer kauft, habe ich ein Neues da, wenn du kommst. Mir gehen die Zelte nie aus.«

»Gut, dann ziehe ich mal weiter. War mir eine Freude, dich kennenzulernen, Bruce.«

»Genieß Rainside, Sportsfreund. Und denk an die Pasteten.« Bruce hebt die Hand zum Gruß und ich erwidere die Geste, während ich rückwärts Richtung Tür gehe. Dann bin ich draußen und der Geruch von Zeltplastik verflüchtigt sich.

Inzwischen ist die Sonne untergegangen und die Luft merklich abgekühlt. Ich ziehe die Jacke enger um mich und schließe den Reißverschluss.

Hunger grummelt in meinem Magen. Soll ich jetzt noch den Pastetenladen suchen? Ein Gähnen kriecht aus meiner Kehle und lässt meine Kiefergelenke knacken. Besser, ich gehe direkt nach Hause und esse kalte Pizza. Das geht schneller.

Am nächsten Tag teile ich mir meine Zeit wieder so ein, dass ich bis mittags am Buchcafé arbeite und danach Rainside erforsche. Inzwischen ist zumindest der Hauptraum in einem besucherfreundlichen Zustand. Boden, Wände und Fenster sind sauber und die Tische und Stühle warten darauf, benutzt zu werden. In den Regalen drängen sich die Bücher, die ich ausgewählt habe. Einige liegen auch in Körben und auf Tabletts. Mir gefiel die Idee, die Geschichten wie Leckereien zu behandeln. Immerhin ist dies ein Buchcafé.

Vorhanden sind natürlich nur die Besten, die ich kenne, plus einige vielversprechende Neuerscheinungen. Fantasyromane, Liebesgeschichten, Krimis und Thriller, ein paar bewegende Klassiker und historische Romane fehlen auch nicht.

In meinen Vorratsschränken lagern die Dinge, die ich brauche, um am Tag vor der Eröffnung alles vorzubereiten. In meinem Bauch kribbelt es, wenn ich daran denke.

Den Baumraum sollte besser keiner betreten – dort habe ich nur den gröbsten Schmutz beseitigt und die Fenster geputzt, damit es von außen okay aussieht. Für das Problem mit der Baumkrone im Dach habe ich noch keine Lösung. Aber eins nach dem anderen.

Ich poliere die alte Registrierkasse, die auf meinem Tresen thront. Sie ergänzt das Ambiente herrlich. Mein Lieblingsplatz im Raum ist allerdings das Fensterbrett

Richtung Grundstück, das ich wie geplant so ausgebaut habe, dass man dort jetzt sitzen oder liegen kann, um auch das letzte Tageslicht noch zum Lesen zu nutzen.

Für heute bin ich hier fertig und spaziere langsam durch den Raum.

Neben dem Fensterbrett und den Caféstühlen gibt es auch noch ein Sofa und mehrere Sessel, die im Raum verteilt einzeln oder an Tischen stehen und zusätzlich einige Kissen und Decken auf dem Boden, falls das jemand bevorzugt. Ich habe auch Kinderbücher und Malbücher da, falls jemand seinen Nachwuchs mitbringt.

Ich schiebe einen der Stühle näher an den Tisch und schüttele ein Kissen auf, bevor ich mich für heute von meinem Buchcafé verabschieden kann.

Es ist noch nicht ganz das Paradies, von dem ich geträumt habe, ... das kann es ohne Besucher nicht sein. Aber es ist nahe dran. Wenn das Café läuft, werde ich von den Einnahmen Stück für Stück noch etwas mehr Feinschliff vornehmen.

In der Stadt grüße ich jeden, den ich kenne und lächele allen freundlich zu. Es tut gut, dass nicht mehr in jedem Blick Misstrauen zu liegen scheint. Aber ich weiß auch, dass ich zu langsam bin.

Die Eröffnung ist übermorgen und es reicht nicht aus, dass vier oder fünf Leute nicht sofort davon ausgehen, dass ich ein Serienmörder bin. Zu wenig Leute wissen von meinen Plänen und ich sorge mich, ob hier überhaupt genug Buchfreunde leben. Die Zweifel wechseln sich stetig mit Wellen aus Vorfreude ab.

Joannes Laden befindet sich am Rand des Stadtkerns an einer Kreuzung. Draußen sitzen ein paar Leute mit ihren Hunden. Ich lächle automatisch. Mir ist schon mehrmals aufgefallen, dass es viele Vierbeiner in Rainside gibt. Eine weitere Sache, die mir den Ort sympathisch macht. Wer Tiere liebt, sollte meiner Meinung nach auch Bücher mögen. Man kann doch wunderbar den felligen Liebling kraulen, während man schmökert. Oder man liest ihnen vor. Hat das schon mal jemand ausprobiert?

Sofort schießen mir Ideen durch den Kopf, die sich um ein Event mit Tierbesitzern drehen. Ich könnte alle Hundebesitzer von Rainside einladen und wir veranstalten eine Leserunde. Die Geschichte muss natürlich irgendwas mit Hunden zu tun haben. Vielleicht eine bewegende Schlittenhundgeschichte oder doch etwas lustiges mit einem fremden Mischling? Ich finde sicherlich etwas Passendes. Die Leute könnten auch darüber abstimmen. Und natürlich backe ich dann neben meinen Muffins auch Leckerchen für die Hunde meiner Besucher! Dafür brauche ich natürlich ein paar Rezepte. Hunde dürfen nicht alles essen, was wir Menschen zu uns nehmen, das muss ich vorher recherchieren. Mein Herz klopft freudig und aufgeregt gegen meine Rippen.

»Kann man Ihnen weiterhelfen?« Die Frage ist an mich gerichtet und reißt mich aus meinem Tagtraum. Ich lächele der Frau freundlich zu und schüttele den Kopf.

»Ich wollte die Pasteten probieren«, sage ich und nicke in Richtung Laden.

»Na, dann sollten Sie hineingehen.« Sie lacht und einige der anderen Gäste stimmen mit ein. Ich reibe mir den Nacken.

»Stimmt wohl. Danke für den Tipp.«

Drinnen begrüßt mich eine Duftmischung aus süß und herb, je nachdem, wohin ich den Kopf drehe. Der Laden ist komplett mit hellgrauem Holz verkleidet, was ihm einen rustikalen Flair verleiht, ohne zu düster zu wirken. An den Wänden leuchten Malereien in hellgrünen Bilderrahmen. Viele davon zeigen Fische, Hirsche und andere Tiere.

Hübsche Trockenblumensträuße zieren die Tische. Ich gehe an ihnen vorbei bis zur Theke und begrüße die Frau dahinter. Ehrlich gesagt kann ich nicht feststellen, ob ihre Gesichtszüge denen von Bruce ähneln, weil ich seine aufgrund der vielen Haare kaum genauer betrachten konnte – aber sie hat dasselbe Lächeln, breite Unterlippe, schmale Oberlippe. Was bei mir ankommt, ist vor allem ihre Ausstrahlung: warm und liebevoll. In meiner Fantasie rückt sie das in die Nähe von Mary Poppins.

»Hallo mein Freund, wonach steht dir der Sinn?«

»Bruce hat mich geschickt, um mich mit einer Pastete von Rainside Valley zu überzeugen«, sage ich und lasse den Blick über die verschiedenen Pasteten in der Auslage wandern. Ich muss zugeben, dass ich nicht viel Ahnung von Pasteten habe, obwohl ich gerne backe.

Ich sehe verschiedenfarbige Krusten und Ränder. Einige sehen aus, wie geflochtene Zöpfe. Manche sind eckig, andere oval. Ich bücke mich ein wenig, um die Schildchen zu entziffern.

»Die meisten Rainsider haben ihre Lieblingsorte, aber wenn du neu bist, helfe ich gerne bei der Auswahl. Mal schauen ... Möchtest du denn lieber eine süße oder eine herzhafte Füllung probieren?«

»Mir ist nach etwas Herzhaftem.«

»Dann empfehle ich dir diese Krustenpastete«, sagt sie und hebt eins der Exemplare aus der Auslage nach oben auf die Theke. Dampf steigt aus den kleinen Löchern auf, die in die Kruste gestochen wurden.

»Da ist Fisch drin. Forellen aus dem Colorado River. Gut gewürzt natürlich, schnupper mal.« Ich beuge mich vor und fächele mir den Pastetenduft zu. Tatsächlich riecht es richtig lecker nach Fisch und Zitrone. Mir läuft das Wasser im Mund zusammen und ich nicke.

»Diese?«, fragte sie und nickt dann ebenfalls. »Such dir einen Platz, du wirst gleich bedient.«

Ich setze mich ans Fenster und drehe die kleine Vase mit den Trockenblumen, um sie genauer zu studieren. Bestimmt stammen die einzelnen Blumen auch hier aus dem Ort oder der Umgebung. Alles in Joannes Laden passt zusammen.

Keine Minute später steht ein Teller vor mir. Ich nehme Messer und Gabel in die Hand und schneide die Pastete auf. Der Geruch wird noch stärker. Ein bisschen komme ich mir vor, als würde ich ein kulinarisches Geschenk öffnen. Die Kruste ist dünner, als sie von außen wirkte. Trotzdem knuspert sie, als ich abbeiße. Lecker.

Der Teigmantel ist bereits gut gewürzt. Ich schmecke Ingwer und Kardamom und dann natürlich den leckeren Fisch, verfeinert mit der Zitronennote. Wirklich gut. Ich nehme gleich mehrere große Happen hintereinander, versinke für einige Minuten ganz in dem Genuss.

Bruce hat nicht zu viel versprochen. Wenn Joannes süße Kreationen genauso lecker sind wie das hier, dann muss ich mich bei meinen Backwaren ordentlich reinhängen.

Ich bin so ins Essen und Nachdenken vertieft, dass ich leicht zucke, als jemand eine geöffnete Flasche neben den Teller stellt. Das Getränk darin ist von einem sonnigen Goldgelb und ich blicke fragend auf.

»Apfelsaft mit Holundersirup, eine Hausmarke. Das Getränk ist inklusive, keine Sorge, mein Freund.« Joanne schenkt mir ein und ich ergreife dankend das Glas.

Für einen Moment kann ich nicht glauben, dass ich gestern lieber kalte Pizza gegessen habe, als herzukommen. Aber ich wusste ja auch gar nicht, wie lange geöffnet ist ... Jedenfalls ist das hier wahnsinnig gut und ich weiß jetzt schon, dass ich öfter herkommen werde.

Heute traue ich mich noch nicht, Joanne von meinem Buchcafé zu erzählen. Ich will nicht wirken, als würde ich die Konkurrenz auskundschaften oder so. Ich mache ihr nur Komplimente für ihre Pastete und verspreche, bald wiederzukommen. Dann gehe ich und werfe nach einigen Schritten nochmal einen Blick zurück auf die Kreuzung und die Besucher, die mit ihren Hunden draußen an den Tischen sitzen und Pasteten essen. Joannes gelebter Traum ... Ich beglückwünsche sie in Gedanken dazu und nehme mir umso stärker vor, das auch zu schaffen.

KAPITEL 6

Wyatt

DANN KOMMT DER Tag der Eröffnung. Ich schließe das Café bereits um zwanzig nach vier Uhr
morgens auf, weil ich einfach nicht mehr schlafen konnte. Ich trage mein schickstes Hemd und meine
Glücksstrickjacke, die meine Tante für mich gemacht hat,
übrigens auch eine Buchfreundin. Sie ist dunkelgrün und
aus groben Maschen gemacht – so wie die Jacke eines meiner liebsten Buchhelden beschrieben wird.

Ryder bekam auch eine Strickjacke von ihr, in die eine
Zeile Programmcode eingestickt war, die er sich selbst ausgesucht hat. Ich fühle mich mit meiner Familie verbunden,
wenn wir diese Jacken tragen.

Mein Bruder kann heute nicht hier sein, aber das macht
nichts. Für meinen Traum reiche ich allein. Ich schließe die
Tür vorerst wieder hinter mir ab und schalte das Licht ein.
Das Gebäude liegt ganz still da, doch für mich fühlt es sich
so an, als wäre es mit Erwartung gefüllt.

Ich betrete den Hauptraum und strebe direkt nach hinten in die Küche. Die wichtigsten Sachen habe ich gestern schon vorbereitet. Ich habe mehrere Teige fertiggemacht und auch schon eine Fuhre Muffins vorgebacken. Da ich jetzt schon hier bin, kann ich mich schon um die beiden Kuchen kümmern, die ich heute anbieten möchte.

Mit der Fernbedienung aktiviere ich die Lautsprecherboxen, die ich geschickt im Raum versteckt habe – hinter künstlichem Efeu und einen sogar in einer Buchattrappe – und wähle meine Lese-Playlist aus.

Leise Pianoklänge schweben durch den Raum. Zum Lesen höre ich am liebsten Musik ohne Text, weil ich mich dann besser konzentrieren kann. Die Songs sind ebenso handverlesen wie meine Buchauswahl. Ich kann nicht anders, als kurz an den Regalen vorüberzugehen und mit den Fingern über die Buchrücken zu streichen.

Seid ihr bereit, meine Bücher? Bereit, die Leute zu verzaubern? Ich verlasse mich auf eure Magie.

Ich grinse und Ryder würde wahrscheinlich sagen, dass ich wie ein kleines Kind aussehe, das kurz davor steht, das Papier von seinen Geburtstagsgeschenken zu reißen. Dabei bin ich geduldig.

Hier und da knarrt eine Bodendiele, während ich durch den Raum gehe und hier und da etwas verändere. Den Platz eines Buches, die Lage eines Kissens. Ich poliere noch einen Fleck am Fenster fort und hänge ein Mobile aus kleinen Holzfiguren woandershin.

Dann begebe ich mich in die Küche und kümmere mich um die Kuchen. Über meine Handgriffe muss ich nicht nachdenken. Das Backen liegt mir nach all den Jahren so sehr im Blut, das alles präzise und automatisch abläuft, selbst während ich meinen Tagträumen hinterher hänge.

In den ersten Kuchen backe ich Apfelstücke mit ein und verziere ihn mit Himbeeren, der zweite kommt ohne Früchte aus. Als ich den Puderzucker rieche, fühle ich mich richtig in meinem Element und lächle versonnen.

Während der Ofen seine Arbeit tut, beschreibe ich die Schildchen von Hand und dekoriere die Auslage mit kleinen Holzfiguren, die ich schon seit Jahren sammle. Sie sind geschnitzt und bemalt und stellen lesende Menschen in allen möglichen Positionen dar. Ich wusste immer, dass ich sie mal für mein eigenes Buchcafé benutzen würde.

Mir fällt auf, dass ich tierischen Besuchern gar nichts anzubieten habe, also stelle ich zumindest zwei Schüsseln mit frischem Wasser auf den Boden und nehme mir vor, beim nächsten Mal auch Leckerchen im Vorrat zu haben.

Draußen dämmert der Morgen und die ersten goldenen Lichtstrahlen fallen durch die Fenster, malen die Schatten der Mobile-Figuren auf den Boden. Ich stoße sie sanft an, damit sie tanzen, und beobachte verträumt das Spektakel.

Dann gehe ich nach draußen und bringe dort die Dekoration an. Zwei bunte Girlanden säumen bald die Fenster und den Eingang und ich hieve einen Aufsteller nach draußen, der das Konzept des Buchcafés erklärt.

Als ich hineingehe, lasse ich die Tür offen. Es ist jetzt kurz nach sechs. Das Café öffnet offiziell zwar erst um sieben, aber ich bin bereit, die Leute zu empfangen. Mit kribbeligen Fingern trommele ich auf jedes Tischchen, an dem ich vorbeilaufe.

Ich ändere nochmal die Reihenfolge der Muffins in der Auslage. Ich habe fünf verschiedene Sorten da von Blaubeere bis Zimt und jeder Einzelne ist liebevoll dekoriert. Ich habe sie verschiedenen Buchgenres zugeordnet – Erdbeere für Liebesromane zum Beispiel – aber natürlich kann jeder essen und lesen, was er möchte.

Ich bin so gespannt, welche Sorte am beliebtesten sein wird.

Alles ist bereit. Die Leckereien, die Getränke, die Bücher ... und ich.

Was fehlt, sind nur die Gäste. Immer wieder spähe ich zum Fenster. Anfangs sage ich mir noch, dass ich ja sowieso viel zu früh geöffnet habe und es deswegen kein Wunder ist, dass noch niemand kommt. Dann aber vergeht die Zeit und es taucht immer noch niemand auf.

Irgendwann regt sich draußen etwas, aber die Frau geht einfach vorbei. Ich lasse die Schultern hängen. Wie kann man an diesem wundervollen Buchcafé einfach vorbeilaufen? Nicht mal einen neugierigen Blick wagen?

Vielleicht hat sie es eilig. Ich versuche, mich nicht gleich ins Boxhorn jagen zu lassen. Dann, zehn vor acht, steuert jemand zielgerichtet auf den Eingang zu und ich fühle mich wie ein Hefeteig, der im Ofen hochgeht.

Es ist Colt, der durch die Tür tritt und sich mit in die Hüften gestemmten Fäusten umsieht. Ich bin dankbar, ein bekanntes Gesicht zu sehen und hoffe, dass sein Auftauchen nur der Anfang ist.

»Guten Morgen«, rufe ich ihm entgegen. »Schön, dich zu sehen. Lust auf einen Krimi und einen Blaubeermuffin?«

Colt grinst auf seine füchsische Art und kommt näher. Sein Blick gleitet immer noch hin und her, bleibt dann aber an der Auslage hängen.

»Ja, gib mir so einen Muffin. Die sehen gut aus.«

Ich nicke eifrig und lege den Muffin auf einen Teller. »Setz dich. Was möchtest du trinken? Ich mische Milchshakes, aber es gibt auch alle Arten von Kaffee, Kakao oder heiße Schokolade. Oder Tee.« Ich merke selbst, dass ich zu schnell spreche und Colt grinst, als ich kurz rot werde. »Du bist mein erster Gast. Ich übe das noch.«

»Ein ganz normaler Kaffee wäre gut.«

»Kommt sofort. Schau dir ruhig die Lektüre an.« Ich deute grob auf eins der Regale und laufe hinter die Theke, um Colt seinen Kaffee zuzubereiten.

Die Freude über meinen ersten Besucher überhaupt lenkt mich für ein paar Minuten davon ab, ständig aus dem Fenster zu sehen.

»Wie gefällt es dir?«, will ich wissen und setze mich an einen Tisch in seine Nähe, von dem aus ich gut die Straße beobachten kann.

Es dauert einen Moment, bis Colt mir antworten kann, weil er den Mund voller Muffin hat. Dann sagt er: »Also der Muffin ... spitze. Schön locker und saftig.« Er nimmt einen Schluck aus seiner Kaffeetasse und leckt sich über die Lippen. »1A Frühstück.«

Ungeduldig gestikuliere ich in den Raum hinein. »Und das Ambiente? Fühlst du dich hier wohl? Was ist mit den Büchern?« Ich lache, als mir klar wird, dass ich gerade nicht unbedingt zum Wohlfühlen beitrage. »Entschuldige«, sage ich nochmal. »Ich bin aufgekratzt. Normalerweise bin ich nicht so.«

Colt verzeiht es mir. »Der Raum sieht gut aus. Die hohe Decke hat was. Das Mobile ist hübsch.« Er blickt über die Schulter. »Das da hinten sieht nach einem coolen Leseplatz aus.« Genießerisch beißt er erneut vom Muffin ab. Ich lasse ihm die Zeit und nehme selbst ein Buch in die Hand, um mich ein wenig zu beruhigen. Es ist die unendliche Geschichte von Michael Ende. Langsam streiche ich über die Kanten.

»Hab jetzt leider keine Zeit zum Lesen, weil ich noch wohin muss. Aber ich wollte unbedingt reinschauen.«

Meine Schultern wollen sich hängenlassen, aber ich verbiete es ihnen. Es ist toll, dass Colt überhaupt gekommen ist und mein Muffin schmeckt ihm ja, also wird er bestimmt öfter hier einkehren.

»Was steht denn noch an?«, frage ich daher lieber und wische imaginäre Krümel von dem Tisch, an dem ich sitze.

Colts Augen leuchten auf. »Heute geht es auf einen Klettertrip mit zwei Freunden. Hab schon alles gepackt. Sobald ich daheim bin, geht's los. Wir treffen uns in Colorado Springs.«

Ach ja, Klettern. Eine der Hauptdisziplinen der Leute hier. Klettern, Wandern und Campen. Ich sollte wirklich bald wenigstens eins dieser Dinge ausprobieren, damit ich mitreden kann.

»Bist du gut im Klettern?«

Colt wollte gerade noch einen Schluck Kaffee trinken. Sein Lachen kräuselt die Oberfläche des dunklen Getränks. »Ich denke schon.«

»Also bezwingt ihr zusammen eine Steilwand und genießt dann die Aussicht«, sinniere ich. »Fühlt sich bestimmt toll an, auf so einen Berg geklettert zu sein. Da schaut man nach unten, und sieht direkt, was man geschafft hat.«

Colt schlürft und nickt. »Wenn du mal mitkommen willst ...«

»Oh, ich bin noch nie geklettert. Also vielleicht mal über eine Mauer, aber nicht so richtig wie du. Ihr müsstet mich unten zurücklassen, fürchte ich.«

Er schmunzelt. »Dann kriegst du erst ein Training, bevor wir ernstmachen. Überleg's dir.« Damit leert er die Tasse ganz, wischt sich über den Mund und steht auf. »Ich muss dann jetzt. Was macht das?«

Nachdem Colt bezahlt hat und gegangen ist, sehe ich ihm durchs Fenster nach. Da geht er hin, mein erster Kunde. Und er hat nicht mal ein Buch angefasst. Seufzend räume ich ab und reinige den Tisch, obwohl es da nichts zu reinigen gibt.

Im Laufe des Morgens kommen noch zwei Leute, von denen einer aber nur in den Raum späht und dann wieder geht, während der andere lediglich einen Kaffee trinkt, sich umschaut und dann verschwindet. Es ist ernüchternd und ich kämpfe darum, meine Enttäuschung zu verbergen.

Mittags schreitet eine vertraute Gestalt über die Schwelle: Bruce vom Campingladen. Ich hebe überrascht die Brauen, als Joanne sich an ihm vorbeischiebt.

»Hallo ihr beiden. Wie schön, dass ihr zur Eröffnung kommt!« Ich wusele vor der Theke herum und präsentiere meine Auslage mit übertriebenen Gesten. »Es gibt fünf Sorten Muffins, Apfelkuchen und Rührkuchen. Milchshakes, wenn ihr wollt. Oder Eiscafé. Oder Tee. Und jede Menge Bücher – aber nicht zum Essen natürlich.«

Bevor ich wieder überdrehe, mache ich den Mund zu und warte ab.

Bruce mustert die Muffins in der Auslage prüfend. Eine Sorte nach der anderen. Dann wählt er direkt zwei aus – Pudding-Vanille und Erdbeer-Streusel. Joanne entscheidet sich für den Schoko-Klassiker und sie setzen sich zusammen an einen Tisch beim Fenster, dort wo das Mobile tanzt.

Freudig serviere ich Kaffee und Tee wie gewünscht und lasse Joannes Miene keine Sekunde aus den Augen. Ich bin so gespannt, wie sie meine Backkünste bewerten wird. Nachdem ihre Pastete so toll geschmeckt hat, ist mir ihr Urteil wirklich wichtig. Und auch Bruce möchte ich zufrieden sehen.

Aber ich halte mich davon ab, die ganze Zeit neben ihnen zu stehen oder zu sitzen und sie anzustarren. Stattdessen bleibe ich hinter dem Tresen und tue beschäftigt.

Die beiden unterhalten sich leise und wirken entspannt. Wenn es ihnen nicht schmecken würde, hätte ich das schon wahrgenommen, oder? An verzogenen Gesichtern oder getuschelten Worten. Trotzdem stehe ich unter Strom. Der erste Eindruck ist der wichtigste. Wenn es heute nicht schmeckt – warum sollte man dann wiederkommen?

Ich nehme mir selbst ein Buch, um mich zu beruhigen, und setze mich in einen der Sessel, etwas abseits. Das Polster knarrt angenehm unter mir und erinnert mich an früher, als ich bei meinen Großeltern in deren alten Büchern geschmökert habe, von denen ich natürlich nicht mal die Hälfte verstand. Aber ich mochte das einfach so gerne ... das Buch in meinen Händen, den Geruch des Papiers, das Geräusch beim Umblättern und das Wissen, dass hinter diesen Worten und Sätzen ganz andere Welten steckten. Dass ich sie lesen und damit in etwas weit Entferntes eintauchen könnte. Reisen, ohne sich wegzubewegen. Reisen in meiner Fantasie. Bücher waren für mich immer Zeugnisse davon, dass es noch andere Träumer wie mich gab. Mir das bewusst zu machen, gab mir stets ein Gefühl von Sicherheit und Geborgenheit.

»Was würdest du denn im Moment so empfehlen?«, fragt Joanne. Ich habe gar nicht gemerkt, dass sie aufgestanden ist. Sie steht vor den Regalen und hat nachdenklich einen Finger unters Kinn gelegt. Ich springe auf und eile an ihre Seite.

»Das kommt darauf an, in welchem Genre du gerne liest. Liebesgeschichte? Krimi? Familienroman? Horror?«

»Kochbücher«, sagt sie und grinst. »Normalerweise. Aber vielleicht sollte ich mal was anderes versuchen. Was kannst du jemandem empfehlen, der nicht weiß, ob er die Muße hat, sich stundenlang hinzusetzen und zu lesen?«

Ich überlege. Etwas Kurzweiliges, das schnell zum Punkt kommt und dabei immer spannend bleibt. Schließlich ziehe ich ein Buch von Agatha Christie aus dem Regal. Tod auf dem Nil. Eins ihrer besten Werke und nur knapp hundert Seiten. Ich reiche es Joanne. »Wie wäre es damit?«

Sie betrachtet das Cover und liest dann den Klappentext. Schließlich nickt sie. »Ja, warum nicht. Schön dünn, das kann ich bewältigen. Bruce, such dir auch eins aus!«

Der Verkäufer hievt sich aus dem Stuhl und kommt zu uns herüber. Die Dielen quäken unter seinen Schritten. »Ich bin keine Leseratte.«

»Ich auch nicht. Aber vielleicht entdecken wir etwas Neues? Es würde mir mehr Spaß machen, wenn du mitmachst.«

»Meinetwegen. Vielleicht werde ich aus Versehen klüger.« Er lacht und fährt sich durchs kurze Haar. »Was hast du für mich, Wyatt?«

Ich muss an Bruce' Muffinauswahl denken und frage mich, ob er wohl der Typ für Liebesgeschichten ist. »Was schaust du gerne für Filme?«, taste ich mich bei ihm vor.

»Liebesschnulzen«, sagt Joanne sofort. Bruce schnauft und zuckt mit den Schultern.

»Liebesschnulzen«, bestätigt er dann. »Dabei kann ich gut abschalten.« Er zuckt mit den Schultern. »Ist eben so.«

»Daran ist auch gar nichts auszusetzen«, sage ich und fahre mit dem Finger über die Buchrücken, bis ich das Richtige finde. Auch bei seiner Auswahl achte ich darauf, nichts zu Dickes zu nehmen. »Das hier vielleicht.« Ich ziehe einen modernen Liebesroman heraus, in dem es um zwei Menschen geht, die trotz großer Zuneigung füreinander durch ihre Leben immer wieder auseinandergebracht werden, sich am Ende aber kriegen.

Er sieht es sich an und nickt. Joanne grinst und hält ihr Buch neben seines. »Super, dann halten wir uns gegenseitig auf dem Laufenden, wie wir vorankommen. Ich freue mich.« Ihr Blick trifft meinen. »Ich gehe davon aus, dass das Buch ähnlich gut sein wird, wie der Muffin. Deswegen habe ich Vertrauen in diese Sache.«

Ich muss lächeln. Erleichterung durchflutet mich. Es hat ihr geschmeckt.

»Für mich sind Bücher und leckere Backwaren das Allerbeste. Es war immer mein Traum, beides zusammenzubringen und das dann anderen Menschen zu eröffnen.«

»Nun, wir sind bereit es auszuprobieren.«

So verkaufe ich meine ersten zwei Bücher und obwohl ich damit nach etwa sechs Stunden Betrieb erst drei richtige Gäste hatte, wogt das Glück nur so durch mich hindurch.

Nach dem Mittag passiert wieder lange Zeit gar nichts. Erneut sticht mich die Enttäuschung, aber ich bleibe auf meinem Posten. Müdigkeit überkommt mich gegen drei Uhr und ich erwische mich dabei, wie ich ein Nickerchen in einem der Sessel mache. Als ich erschrocken hochfahre, ist aber immer noch niemand da.

Ich gehe wieder hinter die Theke und beschließe, selbst auch etwas zu essen. Dazu mache ich mir einen starken Kaffee, damit ich den Rest des Tages wach bleibe.

Mehrmals nehme ich das Smartphone zur Hand und öffne den Chat mit Ryder, aber ich sende keine Nachricht, kein Foto, kein Video. Ich möchte meine ersten kleinen Erfolge teilen, aber gleichzeitig weiß ich, dass sie in Zahlen gemessen eher ernüchternd sind. Es ist so schade, dass *Gefühle* keine Größe sind, nach der man bei einer Geschäftseröffnung gehen kann. Denn es hat sich wahnsinnig erfüllend angefühlt, den Geschwistern Bücher zu empfehlen und zu sehen, dass sie sich darauf einlassen wollen.

Ich seufze in den leeren Gastraum hinein. Dann knarren auf einmal Schritte im Vorraum und ich zucke zusammen, habe gar nicht gesehen, dass jemand draußen war. Sofort richte ich mich auf und lächle den Neuankömmling freundlich an.

Es ist der Sheriff. Ich schlucke kurz. Sein dünner, grauer Mantel steht ihm gut. Ich glaube, dass Hank gar nicht so sehr auf Mode und Aussehen achtet ... aber manche haben einfach einen guten Instinkt, was das betrifft.

»Willkommen zur Eröffnung«, sage ich und neige respektvoll den Kopf. »Ein Kaffee geht aufs Haus. Wie wäre es dazu mit einem Muffin? Zucker liefert schnell verfügbare Energie – besonders gut bei schwieriger Denkarbeit.«

Ich meine es wirklich gut, presse aber die Lippen zusammen, als mir klarwird, dass er vielleicht denken könnte, dass ich ihn veralbern will. Also schenke ich nur Kaffee in eine Tasse ein und stelle sie auf den Tresen. »Milch? Zucker? Ich habe auch Sirup da.«

Sheriff Hank schreitet durch den Raum. Gelassen und gleichzeitig doch auf der Hut. Die Daumen hat er in seinen Taschen verhakt. Ich will es nicht und erwische mich trotzdem dabei, wie ich die kantigen Züge seines Gesichts betrachte. Irgendetwas führt mich immer wieder zu seinen schmalen, blassen Lippen zurück. Niemandes Schönheitsideal, oder? Alle wollen doch immer Schmollmünder. Ich nicht. Ich könnte stundenlang seinen Mund anstarren. Oder seine Augen, obwohl ihr Blick hart wie Stahl ist.

Ist er hier, um die Eröffnung mit mir zu feiern oder eher, um zu ermitteln?

Er erreicht den Tresen und blickt in die Kaffeetasse, als würde er es für wahrscheinlich halten, dass ich Gift oder ein Schlafmittel hineingekippt habe. Dann brummt er: »Nur Zucker.«

Ich reiche ihm das Schälchen und er versenkt zwei Würfel in der Tasse. Dann nimmt er den Löffel und rührt um.

»Ich habe fünf verschiedene Sorten gemacht. Vanille, Schoko, Erdbeere, Blaubeere und Banane. Kuchen ist eine Etage tiefer. Und wenn Sie mir verraten, was Ihre Vorlieben sind, mache ich in Zukunft vielleicht auch etwas in der Richtung. Ich bin immer offen für Neues.«

Ich spüle meine eigene Tasse ab, während Hank dasteht und schweigt. Schwerlich widerstehe ich dem Drang, in die Stille hineinzusprechen. Nein, ich warte ab, bis er sich wieder regt.

Seine tiefe, etwas raue Stimme verschafft mir eine Gänsehaut, noch bevor der Inhalt seiner Worte es tun kann: »Einen Vanille-Muffin.« Dass er wirklich einen probieren will, lässt meine Stirn kribbeln. Breit lächelnd angele ich ihm einen aus der Auslage und platziere ihn auf einem Teller, den ich über den Tresen reiche.

Statt sich zu setzen, bleibt der Sheriff im Raum stehen, nippt an seinem Kaffee und betrachtet hungrig den Muffin.

»Sie können Platz nehmen, wo Sie möchten.« Ich mache eine große Geste, die den ganzen Raum umfasst und stelle mir schon vor, wie er zum Fensterbrett geht, die Schuhe abstreift und ich ihn dann im Gegenlicht betrachten kann. Dieser Mann in meinem Buchcafé, mit einem meiner Muf-

70

fins in der Hand, oder wahlweise mit einem Buch ... ein absoluter Traum.

Natürlich passiert das nicht. Hank ist nicht der Typ für kuschelige Fensterbretter, nehme ich an. Er zieht den nächstgelegenen Stuhl vom Tisch weg und setzt sich darauf.

»Irgendwas Auffälliges in den letzten Tagen?«, fragte er zwischen zwei Schlucken Kaffee. Dann drehte er den Teller mit dem Muffin, betrachtet meine Kreation von allen Seiten, sodass beinahe Lampenfieber in mir aufsteigt. Zum Glück weiß ich, dass meine Werke gut sind. Spätestens seit Joanne mir das bestätigt hat, bin ich mir sicher, dass jeder in Rainside etwas bei mir finden wird, das ihm zusagt.

»Ich glaube, ich lebe noch nicht lange genug hier, um sagen zu können, was auffällig oder ungewöhnlich ist. Auf mich wirkte alles normal.«

Er brummt leise, was vielleicht Zustimmung signalisieren soll, und beißt endlich in den Muffin. Seine Augen fallen zu und seine Augenbrauen sprechen von Genuss. Ich atme tief ein. Es macht mich sehr zufrieden, das zu sehen. Er beißt direkt nochmal ab. Ich muss wegsehen, damit das Flattern in meinem Bauch nicht noch schlimmer wird.

»Und wie läuft die Eröffnung?«

»Es gab bisher nicht sonderlich viele Besucher«, antworte ich ehrlich. »Zumindest ein paar Neugierige, aber ... mein Bruder würde sich in seinen Vorhersagen bestätigt fühlen. Er hat mir von Anfang an gesagt, dass ein Buchcafé keine wirtschaftlich tragbare Idee ist.«

Und als hätte ich damit seinen Geist beschworen, vibriert mein Handy in der Hosentasche. Ich ziehe es heraus und lese seine Nachricht. Er gratuliert mir zur Eröffnung und fragt, wie viele Gäste ich schon hatte.

Ich weiß, er möchte Zahlen lesen. Nervös lecke ich mir über die Lippen und formuliere verschiedene Versionen meiner Antwort im Kopf. Angelogen habe ich meinen Bruder noch nie und ich will jetzt nicht damit anfangen.

Sechs Gäste bisher, schreibe ich und zähle dabei die Neugierigen mit, die nichts gekauft haben. Sie waren hier, also waren sie kurzzeitig meine Gäste. *Schon mehrere Bücher verkauft und meine Muffins wurden sehr gelobt.*

Auch so formuliert bleibt es wenig, aber es ist besser als nichts.

Mehrere Bücher, also zwei?, schreibt er zurück. Ryder kennt mich einfach zu gut.

Zerknirscht antworte ich mit einem 'Ja'. Ich finde immer noch, dass es ein großer Erfolg ist, jemandem ein Buch zu verkaufen, der das Lesen noch gar nicht für sich entdeckt hat, aber er sieht das anders.

Von zwei Büchern und drei oder vier Muffins am Tag werde ich den Laden nicht dauerhaft betreiben können.

Ach, Wyatt... Das traurige Emoji, den er an die Nachricht anfügt, lässt mir die Kehle eng werden. Mein Bruder nimmt sich zurück, schickt mir nicht die harten Worte, mit denen ich rechne, die mich auf den Boden der Tatsachen holen würden. Es reicht, dass er diese beiden Worte schreibt.

Ich schlucke und schreibe: *Aller Anfang ist schwer. Ich gebe noch nicht auf.*

Damit stecke ich das Telefon wieder ein und bin fest entschlossen, nicht nochmal draufzuschauen, bevor ich zu Hause bin.

Albernerweise sehe ich immer noch das gelbe Gesicht mit den Tränen in den Augen vor mir, als ich mich im Raum umsehe, und versuche, entspannt zu wirken.

»Wie ... wie gehen denn die Ermittlungen voran, Sheriff?«, frage ich und hoffe, dass er nicht gehört hat, wie meine Stimme unter dem ersten Wort geschwankt hat.

Ich erlaube mir, ihn wieder zu mustern, da das ja anscheinend das einzige ist, was mich wirklich von Ryder und den enttäuschten Erwartungen ablenken kann. Sheriff Hank ist ein Lichtblick. Nur schade, dass ich ihn nie näher kennenlernen werde, wenn mein Laden nicht läuft. Ich werde Rainside wieder verlassen und ihm als möglicher Krimineller im Kopf bleiben.

Im Grunde ist es sowieso egal – wie groß ist die Wahrscheinlichkeit, dass er Single ist und auf Männer steht? Material für meine Tagträume, nichts weiter.

»Schleppend«, gibt er zurück. Inzwischen ist von dem Muffin nicht mehr viel übrig und Hank nimmt sich die Zeit, auch die kleinsten Krümel aufzusammeln und von seinen Fingern zu lecken. »Niemand sieht etwas, niemand hört etwas und natürlich war es auch niemand.«

Ich nicke und senke den Kopf. Eine schnelle Aufklärung des Falles würde mir vielleicht helfen. Gerade habe ich den Mund geöffnet, um eine weitere Frage zu stellen, da vibriert mein Handy wieder. Dieses Mal ist es keine Nachricht, sondern ein Anruf. Ich ziehe es heraus und lege es vor mir auf den Tisch. Es ist Ryder. Ich möchte nicht rangehen und rede mich damit heraus, dass es unhöflich wäre, das jetzt zu tun.

»Entschuldigung«, sage ich und stelle den Flugmodus ein. Ich werde mich diesem Gespräch später stellen. Jetzt gerade muss ich Haltung bewahren. Ich möchte vor Sheriff Hank keine Tränen vergießen.

»Ist das zufällig der Bruder?«, fragt er. Keine Ahnung, woher er das weiß, aber vermutlich hat man als Sheriff einfach ein Gespür für solche Dinge, kann Menschen lesen und so weiter.

Ich nicke langsam. »Ja, das ist der Bruder. Aber ich arbeite jetzt, da kann ich keine privaten Telefonate führen. Vielleicht wollen Sie ja noch einen Kaffee oder einen Muffin oder eine Buchempfehlung.« Mein Lächeln wirkt wahrscheinlich etwas verkrampft, aber ich gebe mir Mühe.

»Älterer oder jüngerer Bruder?«

»Älter.«

Er gibt wieder dieses Brummen von sich, von dem ich jetzt endgültig beschließe, dass es Zustimmung oder Verständnis signalisiert.

»Haben Sie auch einen?«

»Wollen immer das Beste für einen und haben das Gefühl, dass sie den kleineren Bruder anleiten müssen... oder zumindest einen Schubs geben«, murmelt er.

Das ist wohl Antwort genug. Meine Züge entspannen sich etwas und ich finde den Mut, auf den zweiten Stuhl an Hanks Tisch zu deuten. »Darf ich?« Er zuckt mit den Schultern und ich setze mich zu ihm.

»Lebt Ihr Bruder auch in Rainside?«

»In San Francisco.«

Hank hier, der große Bruder in der großen Stadt. Wir haben mehr gemeinsam als ich dachte. So wie das eben klang, gibt es da vielleicht auch ein paar Lebensentscheidungen, die nicht so perfekt ins Bild des jeweils anderen passen. Aber ich frage nicht weiter nach, dafür kennen wir uns zu wenig, es wäre einfach unangemessen. Ich schwelge nur schweigend in dem vorsichtig aufkeimenden Gefühl von Nähe. Nur ein ganz kleiner Hauch davon, aber das tut bereits so gut, dass ich mich mit voller Macht daran klammere.

»Die Ratschläge von großen Brüdern sind nicht immer die schlechtesten«, sagt Hank. Inzwischen ist der Teller vor ihm ganz leer. So leer, dass ich ihn in den Schrank stellen könnte, ohne dass es auffiele. Natürlich werde ich ihn trotzdem abwaschen.

»Noch einen?«, frage ich und deute auf die Auslage.

Hanks Mundwinkel heben sich kaum merklich, sinken aber gleich wieder. Er scheint es nicht gewohnt zu sein, breit zu lächeln. »Besser nicht. Aber das war sehr lecker. An den Muffins wird der Laden nicht scheitern.«

Mir entkommt ein kurzes Lachen. »Genau das hat Ryder auch gesagt. Also ... mein Bruder. Als er mich hier abgeliefert hat.«

»Ich sage ja ... sie liegen nicht grundsätzlich falsch.« Er neigt den Kopf.

»Aber?«

»Aber ... sie leben ihre Leben und wir unsere. Ich denke ... ob eine Entscheidung richtig ist, hat manchmal auch etwas mit einem Gefühl zu tun. Nicht nur mit Logik oder nackten Fakten.« Er schnaubt. »Als Sheriff sollte ich so etwas nicht sagen.«

Seine Worte tun mir gut, deswegen bin ich froh, dass er sie ausgesprochen hat. »Ein Sheriff ist auch nur ein Mensch.«

»Sicher?« Er schaut mich an und zum ersten Mal liegt ein amüsiertes Funkeln in seinem Blick.

»Ist bisher nur eine Theorie, muss ich zugeben. Ich hatte bisher noch keinen näheren privaten Kontakt mit einem Sheriff. Aber Muffins zu mögen, halte ich für ein wichtiges Indiz.«

Viel zu schnell wird seine Miene wieder distanzierter.

»Ich werde weiter meinen Sheriff-Aufgaben nachgehen«, sagte er. »Sie sollten ja inzwischen verstanden haben, dass die anonymen Texte Ihnen schaden.«

»Das habe ich verstanden«, sage ich. »Deswegen würde ich wirklich gerne helfen, den Fall voranzubringen. Gäbe es vielleicht die Möglichkeit, dass ich die Texte mal ansehen kann? Vielleicht sind es ja Buchzitate? Ich würde sie eventuell erkennen.«

Hank schnaubt. »Ich habe die Texte bereits durch diverse Datenbanken gejagt. Keine Übereinstimmung.«

»Okay, trotzdem. Vielleicht fällt mir etwas auf. Als jemand, der von außen kommt und sich viel mit Worten beschäftigt.« Ich will nicht lockerlassen. Einerseits will ich unbedingt, dass der Täter gefunden wird, damit die Leute mir gegenüber ihr Misstrauen ablegen und andererseits möchte ich mehr Zeit mit Sheriff Hank verbringen. Zwei Fliegen mit einer Klappe. »Wenn ich es wäre, würde ich doch spätestens jetzt aufhören, Briefe zu verteilen. Die Eröffnung war ein Flop ... schau dich um.« Ich schlucke die Bitterkeit herunter, die bei diesen Worten in mir aufsteigt, und vergesse dabei auch, den Sheriff zu Siezen. »Ich wünsche mir doch nur, dass Leute hier einkehren, sich über leckere Muffins und Kuchen freuen und ein Buch in die Hand nehmen. Ich will eine gute Zeit für alle, einen Rückzugsort, Entspannung, Austausch über tolle Geschichten. Vielleicht entwickeln sich neue Freundschaften über die Bücher ... oder sogar Liebesbeziehungen. Vielleicht möchte jemand seinen Geburtstag hier feiern. Vielleicht kann ich ein paar besondere Autoren hierher einladen, damit sie nur für Rainside Valley und Umgebung lesen.« Ich merke viel zu spät, dass ich schon wieder meine Fantasie aus mir herausströmen lasse. Blinzelnd schaue ich Sheriff Hank an und hoffe, dass er das nicht allzu peinlich fand.

Ich höre die Worte schon. 'Du bist ein Träumer'. Ich höre sie in der Stimme meines Vaters und in Ryders Stimme, aber es fällt mir nicht schwer, sie in Gedanken auch in Hanks Stimme zu kleiden. Doch er sagt sie nicht. Er sieht mich an und sagt: »Na gut.« Dann gleitet seine Hand in das Innere seiner Jacke, holt ein zusammengefaltetes Stück Papier hervor und gibt es mir. Unsere Finger berühren sich. Ganz kurz nur, kaum der Rede wert. Aber in mir wirkt das nach. Die Berührung. Sein ernster Blick. Sein Vertrauen. Stoff für neue Tagträume.

KAPITEL 7

Hank

ZWEI TAGE NACH der Eröffnung des Buchcafés taucht wieder ein Text auf, den ich zu meiner Sammlung hinzufüge. Aus der Befragung ergeben sich keine neuen Erkenntnisse – ich notiere trotzdem alles. Mein Papierkram ist immer ordentlich und vollständig.

An diesem Vormittag habe ich eine E-Mail im Postfach, in der mir eine jüngere Rainsiderin, Jacky, die Enkelin von Janet, nahelegt, Kameras in der Stadt zu installieren. Sie schlägt sogar geeignete Orte vor.

Ich schnaube und schüttelte den Kopf. So weit kommt es noch. Unsere schöne Stadt mit Überwachungskameras zupflastern. Vorerst antworte ich nicht auf die Nachricht. Ich muss erst die geeigneten Worte finden.

Apropos Worte ... seit Wyatt mich überredet hat, ihm die Texte zu zeigen, denke ich öfter an ihn. Nicht nur daran, dass er verdächtig ist. Die Schilderung, wie er sich sein Buchcafé vorstellt, ist in meinem Kopf noch lebendig. Der

Mann hat ein klares Ziel und ich finde, dass das gut zu Rainside Valley passt – ganz im Gegensatz zu verdammten Überwachungskameras.

Ich sollte ihm einen Besuch abstatten und in Erfahrung bringen, ob er einen hilfreichen Gedanken zu den Texten hatte. Meine Hoffnung ist klein, aber vielleicht kann er doch einen Denkanstoß liefern. Er scheint ja über eine gewisse Kreativität zu verfügen. Na ja, und wenn nicht, dann nehme ich mir zumindest einen Muffin mit.

Draußen bringt die Vormittagssonne die feuchten Gehwege zum Glitzern. Die Luft riecht noch nach dem frischen Regen, nach Stein und Gras und Holz. Ich atmete tief ein. Das ist Rainside Valley.

Hier und da erklingt das leise Singen von Wassertropfen, die in Eimer fallen. In einer Seitenstraße spielt ein Kind mit einer Katze zwischen den Pfützenseen, während der Vater den Ölstand seines Wagens überprüft.

Alles ist friedlich wie immer. Ich frage mich einmal mehr, was der Texteschreiber eigentlich bezwecken will. Den Leuten Angst machen? Ist es ihm zu langweilig in Rainside Valley? Oder ist er gar kein Bewohner? Die Frage nach dem Motiv ist auch diejenige, die mich immer wieder zu Wyatt führt. Aber ich glaube nicht mehr so ganz, dass er es ist. Ich habe gesehen, wie enttäuschend die Eröffnung für ihn war. Und gehört, wie wichtig ihm das Ganze ist. Er kommt mir nicht wie jemand vor, der seine eigenen Ziele so torpedieren würde.

Vielleicht ... sein Bruder? Der Gedanke streift mich kurz und runzele die Stirn. Ich sollte Wyatt zumindest mal fragen, wie sehr sein Bruder ihn von der Idee mit dem Buchcafé abbringen möchte.

In meiner Brust zieht sich etwas zusammen, als sich meine Gedanken verselbstständigen und ich mir vorstelle, wie ein Bruder das Leben des anderen sabotiert. Aber ich kenne die Familie nicht. Es sind nur Ideen. Verzweifelte Ideen, weil ich so gar keinen anderen Ansatz habe, als immer wieder Wyatt.

Das Buchcafé taucht am Ende der Straße auf. Ich steige den kleinen Hügel empor. Wenn man dieser Straße weiter folgt, verlässt man das Tal in Richtung Rockys. Eigentlich gar keine so schlechte Lage für den Laden. Vielleicht sollte Wyatt ein Werbeschild an den Straßenrand stellen, das darauf hinweist, wie gut man hier Pause machen kann. Das wären ein paar zusätzliche Muffins und Kaffees und vielleicht das eine oder andere Buch als Reiselektüre.

Auch an dem hellen Zaun, der das Grundstück umschließt, hängen noch frische Regentropfen. Manche verharren wie ängstliche Kletterer an Ort und Stelle, andere kullern hinab und hinterlassen glänzende Spuren auf dem Holz.

Durch die Sonne kann ich nicht erkennen, ob drinnen Besucher sind oder nicht. Ich spaziere zum Eingang und betrete den Vorraum. Mit dem Knarren der Dielen hier bin ich bereits vertraut. Wyatt braucht keins dieser Glockenspiele und auch keine Klingel, die ihm neue Gäste ankündigt.

Ich biege nach links ab. Der große Gastraum liegt so gemütlich vor mir wie bei der Eröffnung ... und er ist ebenso leer. Es ist schade, dass die Idee so wenig Anklang findet. Bücher sind gut für Geist und Seele und Muffins auf ihre Art auch. Aber die Rainsider sind eher Sportler und Wanderer. Sie sind gerne draußen, bei jedem Wetter. Man muss ihnen den Zauber eines gemütlichen Lesesessels und einer Geschichte erst demonstrieren.

Für einen Moment flackert das Bild meines Großvaters auf, der im Sessel sitzt, eine Decke über dem Schoß, die Brille auf der Nase, die seine Augen so groß aussehen ließ. Ich klettere als kleiner Junge auf seinen Schoß und bin neugierig, was er da macht. Als Kind tue ich mir schwer mit Büchern, weil ich Lesen mühsam finde. Ich bin eher für schnelle Sachen ... Autos und Hunde. Verfolgungsjagden. Rettungsaktionen.

»Oh, hi.« Wyatt lächelt mich quer durch den Raum hinweg an und ich vergesse, was ich eben noch gedacht habe. »Ein Stück Kuchen für den Weg? Oder ein Buch?«

Ich brumme eine Begrüßung und komme direkt zum Punkt. »Ich wollte über deine Gedanken zu den Briefen sprechen. Hattest du schon Zeit, sie zu studieren?«

»Ja, hatte ich. Lass uns in der Küche reden. Da hört uns nicht gleich jeder, der eintritt.« Er zuckt mit den Schultern. »Nicht, dass sonderlich großer Andrang herrschen würde.«

»Das kann sich ja ändern.« Ich folge der einladenden Geste, die Wyatt macht und trete hinter den Tresen. Dort führt eine Tür in einen weiteren Raum.

Die Küche ist recht klein. Zwei Leute können hier wohl gerade so miteinander arbeiten, wenn sie wissen was sie tun und bereit sind, sich aneinander vorbei zu quetschen.

Es riecht nach Vanille. Nein, nach Erdbeere. Ich drehe den Kopf. Verschiedene süße Gerüche kämpfen um die Vorherrschaft. Eine Schüssel mit frischem Teig – oder zumindest dem Anfang davon – steht auf der Arbeitstheke. Ein Rührbesen schaut heraus.

»Ich mache gerade frische Muffins«, erklärt Wyatt, nimmt die Schüssel in den Arm, drückt sie an den Körper und fängt an zu rühren. »Also wegen der Texte ... erstmal muss ich sagen, dass ich gar nicht finde, dass sie bedrohlich klingen. Überhaupt nicht wie in einschlägigen Thrillern oder Krimis. Man muss sich schon Mühe geben, so etwas dort reinzuinterpretieren. Gib mir mal den Messbecher dort.«

Verdutzt folge ich seinem Blick und greife dann hinter mich.

»Einfach reinschütten, während ich rühre. Langsam. Genau so. Danke.« Für einen Moment sehe ich fasziniert dabei zu, wie die Puddingmasse, oder was genau im Becher war, sich im Teig aufzulösen scheint. Scheinbar mühelos lässt er den Rührbesen kreisen.

Ich stelle den leeren Messbecher ab und räuspere mich. »Ich hatte denselben Gedanken. Es gibt keine konkreten Drohungen und auch keine Ansprache, keine Grußformel, ... im Grunde überhaupt keine Kontaktaufnahme, abgesehen vom bloßen Vorhandensein der Texte.«

Wyatt nickt und stellt die Schüssel ab. Dann wendet er sich einer Schublade zu, zieht sie auf und zaubert zwei Röhrchen hervor. »Ich dachte erst, die Texte könnten ein größeres Ganzes ergeben. Wie eine Geschichte, und dass sich daraus dann erschließt, was der Schreiber will, aber ich konnte keine Anknüpfungspunkte finden. Vielleicht fehlen noch zu viele Stücke«, sinniert er und öffnet die Röhrchen, zieht schwarze Schoten heraus. Vanille, vermute ich. Mit einem kleinen Messer und geschickten Bewegungen schneidet er sie der Länge nach auf.

Ich vergewissere mich reflexartig des Vorhandenseins meiner Glock. Immerhin befinde ich mich hier allein mit einem Verdächtigen in einem Hinterzimmer und er hat ein Messer in der Hand. Doch schon beim nächsten Atemzug komme ich mir albern vor. Wyatt hat nur Augen für seine

Vanilleschoten und merkt gar nicht, dass ich nach der Waffe gefasst habe. Entweder ist er ein extrem guter Schauspieler oder verdammt harmlos.

»Die inhaltlichen Schwerpunkte unterscheiden sich. Wenn ich raten müsste, würde ich sagen, dass sie an ihre Empfänger angepasst sind. Trifft das zu?«

»Bei den Befragungen erkannten die meisten Empfänger zumindest grobe Bezüge zu aktuellen Entwicklungen in ihrem Leben. Wichtige Geschäftseinscheidungen, Familienzwiste, anscheinend wurden oft Themen aufgegriffen, die gerade wichtig für sie waren. Aber auch das kann Überinterpretation sein.« Ich seufze.

»Also müsste es jemand sein, der auch nahe genug an den Leuten dran ist, um zu wissen oder mindestens zu mutmaßen, was sie gerade so bewegt. Das kann eigentlich kein Außenstehender sein. Welche zentralen Personen gibt es in so einem Ort. Hausärzte oder deren Personal kommen in Frage – da reden Leute oft über Persönliches. Friseure. Lehrer – die können über den Nachwuchs an Informationen kommen. Vielleicht auch Postboten.« Wyatt kratzt die Schoten aus und schiebt das Pulver auf das kleine Brett. Dafür nimmt er sich viel Zeit. Ich nehme an, dass die Schoten entsprechend teuer sind und er vermeiden will, auch nur ein Körnchen zu verschwenden.

»Diese Überlegungen habe ich auch schon angestellt und kam nicht wirklich zu einem Ergebnis. Der Schreiber braucht nicht nur Zugang zu Informationen, er braucht auch Gelegenheiten – ein Friseur, der den ganzen Tag in seinem Laden steht, kann nicht gleichzeitig irgendwo Umschläge deponieren – und ein Motiv. Spätestens daran scheitert es.«

»Deswegen bin ich verdächtig«, murmelt Wyatt. »Ich verstehe schon. Aber ich bin es nicht. Was, wenn es einfach nur ein Streich ist? Entweder von einem Jugendlichen oder von jemandem, der die Leute einfach ein bisschen aufscheuchen will? Gibt es jemanden mit so einem Humor in der Gemeinschaft?«

»Colt Jenkins.« Wäre Wyatt nicht zum Passenden Zeitpunkt in der Stadt aufgetaucht, wäre er mein erster Verdächtiger gewesen. »Er steht auf diesen True Crime Kram und ich könnte mir durchaus vorstellen, dass er es amüsant findet, wie die Leute in Aufregung geraten.« Er ist auch derjenige, der den Leuten den Floh vom Serienmörder in die Köpfe gesetzt hat, da habe ich keinen Zweifel. »Natürlich habe ich ihn schon befragt, aber er scheint nie in der Nähe zu sein, wenn neue Texte auftauchen.«

Wyatt schweigt. Ich hätte gedacht, dass er schneller aufspringen würde, wenn ich einen Verdacht äußere. Zögert er, oder ist er nur so sehr auf seine Arbeit fixiert? Gerade kratzt er die Vanille zusammen und befördert sich mithilfe des Messers in die Schüssel mit dem Teig.

»Manche nehmen künstlichen Vanillegeschmack aber das hier macht den Unterschied«, sagt er und lächelt. Dann rührt er wieder. Wenn ich ihn so arbeiten sehe, fühle ich mich fast ein wenig überflüssig. Aber ich bin ja beruflich hier. Wir tauschen Überlegungen zu dem Fall aus.

Gerade, als ich dazu ansetzen will, das Thema Colt zu vertiefen, hält Wyatt mir auf einmal den Schneebesen entgegen. In seinen Augen leuchtet ein Lächeln. »Würdest du für mich kosten?« Irritiert sehe ich ihn an. Der Teig riecht lecker und sein Angebot holt Kindheitserinnerungen nach oben. Wer hat denn nicht gerne die Schüssel ausgeleckt?

Um ein wenig Würde dabei zu bewahren, nehme ich den Finger und streiche damit etwas Teig von den Streben des

Schneebesens ab. Dann koste ich. Himmel, das ist wirklich lecker – fast noch besser als das Endprodukt würde ich sagen. Ich schmecke den süßen Teig, die kühle Frische des Puddings und auch die Vanillenote. Dahinter steht eine Prise Salz und sicherlich noch mehr, das ich nicht herausschmecken kann.

»Lecker«, sage ich. »Perfekt.«

Wyatt lächelt freudig und legt den Rührbesen in die Spüle. »Dann füllen wir jetzt die Formen. Reich mir mal das Blech.«

Ganz automatisch drehe ich mich in die Richtung, in die er gedeutet hat und greife nach dem Muffinblech. Eigentlich bin ich ja nicht hier, um beim Backen zu helfen ... Ich tue es trotzdem.

»Da kommt das Papier rein. Und sie müssen eingepinselt werden.« Wyatt erklärt mir ungefragt die einzelnen Schritte und macht mich zu seinem Assistenten. Verführt vom süßen Duft und Geschmack des Teigs mache ich mit. Es ist eine willkommene Abwechslung.

Gemeinsam füllen wir die Muffinformen mit dem Teig, während Wyatt liebevoll von seiner Arbeit spricht und in meiner Fantasie Bilder entstehen lässt. »Ich überlege, kleine Bücher als Toppings zu machen. Aus dünnen Schokoladenschichten oder Zuckermasse. Es könnte am Ende so aussehen, als ob aufgeschlagene Miniaturbücher auf den Muffins liegen. Ich könnte mit einer Nadel ein paar Seiten hineinmodellieren. Ist natürlich aufwändig, aber es würde fantastisch aussehen, oder?« Er lacht und scheint vollkommen in seinem Element zu sein. Das ist mir vorgestern schon aufgefallen – er formuliert seine Ideen und Vorstellungen und sie erwachen vor mir zum Leben. Es ist ein ganz eigener Zauber, der ihn dabei umgibt. Doch am Ende seiner Rede, fährt Wyatt zusammen und sieht mich fast entschuldigend an.

»Manchmal lasse ich mich zu sehr davontreiben«, murmelt er. »Eigentlich sollten wir über den Fall reden.« Er holt Atem. »Also, Colt habe ich schon getroffen und er wirkte sehr freundlich und hilfsbereit auf mich ... Ob er der Typ ist, der so eine Art Streich spielen würde, kann ich wohl nicht einschätzen.« Wyatt schiebt das Blech in den Backofen und schließt die Klappe. »Aber ich könnte mich anbieten, ihn genauer zu beobachten. Wir verstehen uns ganz gut. Vielleicht kann ich etwas herausfinden. Oder er versucht, mir auch einen Text zukommen zu lassen und ich erwische ihn dabei? Wenn man schon damit rechnet und besonders aufmerksam ist, gelingt es vielleicht.« Sein Lächeln gerät in Schieflage. »Wobei ich zu Tagträumen neige ... ich kann nicht garantieren, immer superaufmerksam zu sein. Vergiss, was ich gesagt habe. Ich würde nur so gern etwas Nützliches beitragen.«

Wyatts Finger drehen an den Rädchen des Backofens herum, als müsse er überhaupt nicht darüber nachdenken, drücken Knöpfe. Leises Piepsen. Ich betrachte sein Gesicht und stelle zum ersten Mal fest, wie jung er wirkt. Vielleicht liegt es an den großen, träumerischen Augen.

»Weißt du, mich hat man immer einen Träumer genannt und das bin ich auch. Vielleicht ist es deswegen mein Ziel, anderen diese Welt zu zeigen. Jeder kann sie betreten, der bereit ist, zwischen die Seiten eines Buches zu schlüpfen. Da verbergen sich so viele Welten. Und es gibt doch nichts Besseres, als sich dort zu verlieren. Ich liebe Bücher. Und ich möchte den Leuten aus Rainside die beste Lesezeit schenken.« Er stößt ein Seufzen aus. »Ich werde alles geben, um zu helfen. Mich konzentrieren.«

Ich kann sehen, wie wichtig ihm das ist und wie groß dieser Wunsch ist, den er gerade geäußert hat. Für einen Moment fehlen mir die Worte, obwohl ich eben noch wusste, was ich sagen will. Wyatt strahlt so eine Energie aus, wenn er über seine Träume und die Bücher redet. Ich wünsche ihm wirklich, dass die Leute der Sache eine Chance geben. Ich sammle mich mit einem Räuspern.

»Ich hatte auch mal einen Traum. Ich wollte Teil einer Hundestaffel werden. Hatte den Platz eigentlich schon, aber dann wurde er ... spontan umverteilt. Das hat mich so getroffen, dass ich wegzog.«

Wyatt schaut mich mit großen Augen an. »Oh, das tut mir leid. Magst du Hunde sehr?«

Ich nicke. »Ich wollte immer einen eigenen haben. Und das mit dem Beruf zu verbinden, wäre für mich ideal gewesen.«

Er lächelt mich verständnisvoll an. Es ist seltsam. Ich komme zu unserem vorherigen Thema zurück.

»Es schadet nicht, es zumindest zu versuchen. Also, besonders aufmerksam zu sein. Alle, die noch keinen Text bekommen haben, sollten das tun. Mich eingeschlossen.«

»Danke für deine Hilfe.«

»Ist ja mein Job.«

»Nein, ich meine beim Abschmecken.«

Ich schüttele den Kopf, komme mir ein bisschen veralbert vor.

»Wie ist das eigentlich mit deinem Bruder ... ist er hier irgendwo in der Nähe? In Colorado Springs vielleicht?«

Wyatt wirkt irritiert von dem plötzlichen Themenwechsel, schüttelt den Kopf. »Er ist an verschiedenen Orten. Fährt rum, um mit Geschäftspartnern zu sprechen, Leute zu überzeugen, sich Firmen anzusehen, die seine Dienste in Anspruch nehmen wollen. Da geht es um irgendwelche IT-Sicherheitskonzepte. Einsen und Nullen. Davon verstehe ich nicht viel, aber er arbeitet sehr viel für seine Gründung. Zwischendurch muss er ja auch noch Programmcode schreiben.«

Viel unterwegs ... dann kommt er wohl doch nicht infrage. Es sei denn, er übertreibt diese Geschichte vor Wyatt und hat in Wirklichkeit mehr Zeit – beispielsweise, um hier sein Unwesen als anonymer Texteschreiber zu treiben. Aber das wäre doch jemandem aufgefallen, oder? Ein vollkommen Fremder. Und es gäbe sicherlich auch bessere Methoden, wenn es darum ginge, Wyatts Buchcafé zu sabotieren, oder?

Ich zucke mit den Schultern, genervt davon, dass meine Gedanken nirgendwohin führen.

»Alles in Ordnung, Sheriff?« Wyatt schaut mich mit schräg gelegtem Kopf an. Er ist ... Ich schüttle nochmal den Kopf. Meine Hirnwindungen sind wohl zu heiß gelaufen.

»Die Sache lässt mich an mir zweifeln«, gebe ich zu. »Ich muss mir wohl mehr Mühe geben.« Ich atme durch. »Je schneller wir den Fall aufklären, umso besser für alle. Für Rainside, für meine Ehre und auch für dein Café. Es wäre schade, wenn Rainside diese Muffins wieder verliert.«

So ganz habe ich meinen Verdacht gegenüber Wyatt noch nicht aufgegeben und ich merke, dass ich immer mehr seine Unschuld annehme, je näher ich ihm komme. Das sollte ich eigentlich nicht.

Es wäre anders, wenn ich die Texte wirklich als Bedrohung empfinden würde. Aber er hat Recht – es steht nichts darin, das Panik rechtfertigt. Es ist eher, als hätte jemand Seiten aus Büchern gerissen und unter den Leuten verteilt.

Dennoch ... auch wenn hier keine Leben auf dem Spiel stehen, wird es besser sein, wenn ich wieder mehr professionelle Distanz einnehme. Das hier war nur, damit er seine Gedanken mit mir teilt. Weil ich hoffte, dass er etwas beisteuern kann.

»Also, ich gehe dann wieder. Noch ein paar Leute unter die Lupe nehmen.«

»Noch einen für den Weg?«

Ich bin schon halb aus der kleinen Küche heraus.

»Zucker ist gute Denknahrung. Geht aufs Haus.«

»Danke, ich nehme einen. Aber ich bezahle.« Damit gehe ich zurück in den Gastraum und stelle mich wie ein Kunde an die Theke. Das fehlt noch, dass ich quasi Bestechung annehme. Distanz heißt Distanz. Ich werde das sofort umsetzen.

KAPITEL 8

Wyatt

IN DEN NÄCHSTEN Tagen stehe ich oft auf der Schwelle zu dem anderen Raum, den ich im Geiste den 'Baumraum' getauft habe. Die Idee, die in mir keimt wie ein Pflanzenspross, habe ich zuerst noch beiseitegeschoben, aber sie bahnt sich dennoch ihren Weg in mein Bewusstsein.

Wie wäre es, wenn ich den Baum nicht fällen lasse, sondern ihn nutze? Ich habe sowas schon mal im Fernsehen gesehen. Wenn jemand das Dach entsprechend reparieren und an die Baumkrone anpassen würde, könnte man das sicher umsetzen. Und dann hätte ich einfach einen Baum in meinem Buchcafé, unter dem Leute sitzen und lesen können, beinahe wie draußen, nur dass man eben drinnen ist. Ich finde die Idee genial. Die Rainsider lieben doch die Natur, das Draußensein, Camping und so. Der Baumraum könnte diesen Flair vermitteln. Mir gefällt die Vorstellung immer besser, aber es ist nicht ganz so einfach ... für die Umsetzung brauche ich mehr Geld.

Ich habe alles, was ich hatte, in die Renovierung und Ausstattung des Hauptraums und der Küche gesteckt. Inzwischen habe ich gerade noch so viel, dass ich mir weiterhin Zutaten für die Muffins und den Kuchen kaufen kann, aber es reicht definitiv nicht für irgendwelche großen baulichen Maßnahmen.

Seufzend gehe ich auf den Baum zu und lege die Hand auf die Rinde. Die Oberfläche ist kühl und etwas rau. »Du bist lebendig und du warst vor mir hier«, sage ich leise zu ihm. »Schon deswegen wäre es falsch, dich zu fällen.« Ich hebe den Kopf, schaue nach oben zum Dach. So wie es jetzt ist, kann es nicht bleiben. Das tut weder dem Baum noch dem Haus gut.

Mit kalten Fingern greife ich nach meinem Smartphone und wähle Ryders Eintrag in der Kontaktliste. Ein leises Beben nistet sich in meinen Muskeln ein. Ich habe Angst, ihn um Geld zu bitten. Vermutlich wird er mich abschmettern. Aber ich muss es versuchen. Für meinen Traum stelle ich mich dieser Angst.

»Brüderchen«, begrüßt mich seine Stimme. Er klingt nicht unfreundlich, eher neugierig. »Was gibt es?« Im Hintergrund höre ich das Klappern von Tasten. Ryder ist im Büro.

Ich beschließe, direkt zum Punkt zu kommen, um uns beiden Zeit zu sparen.

»Das Café benötigt noch *eine* größere Umbaumaßnahme und ich habe nicht mehr genügend Geld dafür. Meinst du, du könntest mir etwas leihen. Ich zahle es zurück, sobald die Zahlen das hergeben.«

In Gedanken bete ich, als es still in der Leitung wird. Das Schweigen dauert lange und das Tastenklappern setzt sich fort. Ich will die Hoffnung nicht aufgeben, dass er Ja sagen wird, aber sie schrumpft wie eine Kerzenflamme, der das Wachs ausgeht.

Ist er nur so in seine Aufgabe vertieft oder braucht er so lange, um sich die Worte zurechtzulegen, mit denen er mich abweisen wird? Früher hat er es mir oft einfach vor den Latz geknallt, dass ich naiv bin oder zu viel träume.

Irgendwann, als ich so ungefähr zehn oder elf war, haben mich ein paar Jungs in einem Park nahe unserer Schule in die Enge getrieben. Sie redeten auf mich ein und zerrten mich in einen weniger besuchten Teil des Parks. Dort hatten sie ein Loch im Boden entdeckt, das wie eine Art kleiner Brunnen wirkte, und vorher mit einer Steinplatte verschlossen war. Irgendwie mussten sie das Ding beiseitegeschoben haben. Ich erinnere mich an ein oder zwei Holzstöcke oder Äste, die dabeilagen. Wahrscheinlich hatten sie die dafür benutzt.

Einer der Jungen wies mich an, in das Loch zu klettern. Dort unten könne ich in Ruhe träumen und würde anderen nicht damit auf die Nerven gehen. 'Es wird dich ja nicht stören, dass es da nicht so schön ist. Du kannst es dir ja in Gedanken angenehmer machen.' Die höhnischen Stimmen habe ich auch jetzt noch im Kopf.

Wir gerieten in eine Rangelei, als sie versuchten, mich in das Loch zu kriegen. Natürlich wehrte ich mich, aber sie waren in der Überzahl. Am Ende stand ich wirklich in dem Loch und sie ließen mich nicht mehr herausklettern, egal ob ich rief oder bettelte. Ihre Füße traten nach meinen Fingern, wenn ich versuchte, die Hände an die Kanten zu legen und mich hochzuziehen.

'Jetzt ist Traumstunde. Wir holen dich nachher wieder ab.'

Dann bewegten sie die Steinplatte und ich bekam Panik. Mir pfeifen jetzt noch die Ohren, wenn ich daran denke, wie meine Welt anfing, sich zu verdunkeln. Aber dann kam Ryder. Er war älter und größer als die anderen. Er rettete mich aus der Situation, holte mich hoch und brachte mich heim. Von dem Tag an wählte er seine Worte anders, wenn es um meine Träumereien ging.

»Das geht nicht«, sagte er schließlich durch die Telefonleitung. »Wir hatten das klar abgesprochen. Jeder bleibt bei seinem eigenen Anteil. Das war die Bedingung.« Seine Stimme klingt belegt, so als würde es ihm schwerfallen, das so zu sagen, aber als sähe er sich gleichzeitig dazu gezwungen. »Damit jeder die gleiche Möglichkeit hat, sich etwas aufzubauen. Dafür hat Dad alles gegeben.«

Ich nicke, sage aber nichts.

Wir schweigen wieder. Ich verstehe ihn ja. Er hat Recht. Wir haben uns einvernehmlich darauf geeinigt, dass jeder sein Geld so investieren kann, wie er es für sinnvoll hält. Dass jeder seine Chance bekommt, egal ob der andere es richtig findet oder nicht.

»Okay, ich ... finde schon irgendwie einen Weg«, sage ich, damit sich die Situation auflöst.

»Wyatt, willst du nicht vielleicht zu mir kommen? Du kannst hier mithelfen. Ein Funken von deiner Inspiration kann sicherlich auch einer IT-Firma nützlich sein. Und ich würde mich freuen, dich an meiner Seite zu haben.«

Ich hebe mechanisch die Mundwinkel.

»Ich werde nicht vorzeitig aufgeben«, stelle ich klar. »Es sieht im Moment nicht so rosig aus, aber ich will das durchziehen. Das war ja auch Teil der Vereinbarung. Ich habe noch mehrere Wochen Zeit, es zum Laufen zu bringen.«

»Die hast du«, stimmt Ryder mir zu. Er klingt müde. Vielleicht wegen mir, vielleicht auch, weil er zu viel arbeitet. Für einen Moment überlege ich wirklich, seinem Vorschlag zu folgen, aber letztendlich kommt es nicht infrage. Ich kann das Buchcafé noch nicht abschreiben. Ich finde einen Weg.

»Ich lasse dich dann mal weiterarbeiten. Entschuldige, dass ich dich gestört habe«, sage ich. »Geben wir beide unser Bestes.« Damit verabschieden wir uns und ich stecke das Handy wieder ein.

Nun, das war weniger schrecklich, als ich dachte, aber es hat mich mit dem Baum auch nicht weitergebracht. Ich muss die Idee wohl vertagen und die Leute mit dem überzeugen, was schon vorhanden ist.

»Muffins«, murmele ich leise und eile zurück in den Hauptraum. Wenn die Leute nicht zu mir kommen, dann muss ich zu ihnen gehen. Es kommt ja sowieso kaum jemand her ... in den letzten zwei Tagen hatte ich jeweils nur eine Handvoll Besucher.

Seelenruhig hole ich die Muffins aus der Auslage und packe sie in durchsichtige Plastikdosen. Dann verfrachte ich diese in stabile Tüten und gehe zu meinen Regalen, um wenigstens zwei oder drei Bücher auszuwählen. So ausgerüstet verlasse ich das Gebäude, schließe ab und mache mich auf den Weg in die Stadt.

In Rainside Valley ist der Regen immer präsent. Wenn gerade keine Tropfen fallen, dann riecht man ihn in der Luft und sieht ihn im Glitzern der Pfützen auf den Gehwegen und in den Untersetzern, die den Topfpflanzen als Ablauf dienen.

Was auch allgegenwärtig ist, ist das besondere Licht hier im Tal. Es ist immer ein wenig bläulich, glaube ich. Vielleicht kommt das durch die Berge, die den Ort zwischen sich einschließen. Auf jeden Fall blendet mich das Weiß der Buchseiten nicht, als ich mich auf eine Bank setze, den Beutel neben mich stelle und eins der mitgebrachten Bücher aufschlage. Zu viel Sonne finde ich beim Lesen unter freiem Himmel eher störend – meine Augen sind empfindlich. Aber hier ist es perfekt.

Ich angele eine der Plastikdosen aus dem Beutel, hole einen Muffin heraus und stelle sie dann neben mich auf die Bank. Genüsslich beiße ich ab und kaue. Dann halte ich Ausschau.

Eine Frau mit Nerdbrille und Kinderwagen kommt in meine Richtung und als wir Blickkontakt herstellen, frage ich mit einem freundlichen Lächeln: »Auch einen Muffin?« Ich hebe die durchsichtige Dose an. »Selbstgebacken.«

Sie kommt näher und mustert mich neugierig.

»Ich hätte gerne einen.«

Ich öffne den Deckel und zeige ihr die Auswahl. »Eigentlich biete ich die in meinem Café in der Riverstreet an. Es hat gerade erst eröffnet, aber es kommen kaum Besucher. Deswegen dachte ich, ich verteile ein paar Kostproben.«

Sie hat die Hand schon ausgestreckt. Dann nickt sie und deutet auf einen Schokomuffin. »Ich koste gerne.«

Ich reiche ihr den Muffin und stelle die Dose beiseite. »Wie alt ist das Kleine?«, frage ich und werfe einen Blick auf den Kinderwagen. Er wirkt schon reichlich gebraucht. Die Räder sind etwas abgeschliffen und die Farbe des Korpus ist von einem ausgeblichenen Blau.

»Fünf Monate«, sagt sie und lächelt voller Stolz. Um ihre Augen bilden sich dabei kleine Fältchen. Sie sieht etwas erschöpft aber auch glücklich aus. Ich schätze, auch das ist ein Lebenstraum, der einem viel abverlangt.

»Wie schön«, sage ich. »Aber sicher auch anstrengend. Da hat sich Mama einen kleinen Zuckerschub verdient.«

Sie grinst und schiebt sich die Brille weiter nach oben. »Hat sie wirklich«, brummt sie. »Vielen Dank, das ist wirklich nett.«

Ein verzücktes Seufzen verlässt ihren Mund. Mein Muffin schmeckt ihr. Hoffentlich bleibt ihr das in Erinnerung und sie kommt zum Café, wenn sie die Zeit dazu findet.

»Es ist nicht nur ein Café, sondern ein Buchcafé. Das bedeutet, man kann dort auch Bücher kaufen oder vor Ort lesen. In entspannter Umgebung und bei traumhaftem Gebäck und Getränken. Ich habe auch Bücher für Kinder. Bilderbücher, Märchen, und so weiter. Oder was zum Ausspannen und Abschalten für die Eltern.«

»Riverstreet?«, erkundigt sie sich nochmal. Ich nicke.

Wir naschen beide weiter an unseren Muffins und der Wind bewegt die Blätter der Baumkronen um uns herum, eine leise raschelnde Melodie. Das Baby scheint zu schlafen.

»Ich werde mal reinschauen. Vorlesen soll gut für die geistige Entwicklung sein.« Sie seufzt. »Ich werde alles für sie tun. Sie soll ein gutes Leben und die besten Möglichkeiten haben.«

»Das würde mich freuen. Wie ist ihr Name?«

»Petunia.«

»Dann alles Liebe für Petunia und Mommy und Daddy.«

Sie hebt den Muffinrest an wie ein Glas. »Der ist wirklich lecker. Nicht nur, weil ich erschöpft und hungrig bin.«

Ich lache leise. »Danke.«

Sie verabschiedet sich und ich schaue den beiden nach. Ich höre beinahe die höhnischen Stimmen der Jungs von früher: »So nützlich, dass du dich mit allen anfreundest aber keinen Cent verdienst. So baut man ein Geschäft auf.«

Ich zucke mit den Schultern und schiebe die Jungen und die negativen Gedanken in einen Brunnenschacht und lege eine Steinplatte darüber, damit sie nicht so bald wieder auftauchen.

Nach zwei Stunden auf der Bank bin ich alle Muffins los, die ich mitgenommen habe, und habe sogar eins der drei Bücher verkauft. Es ist ein Anfang und immerhin fühle ich mich so nicht untätig. Ich rutsche von der Sitzfläche und stapfe den Kiesweg entlang.

Mein Plan ist es, Colt in seinem Laden zu besuchen. Hank hat ihn im Verdacht und ich möchte mithelfen, den Fall aufzuklären. Während die Steinchen unter meinen Schuhsohlen angenehm knirschen, schließe ich kurz die Augen und atme durch. Obwohl ich jeden Grund habe, im Stress zu sein und unter Strom zu stehen, fühle ich mich gut.

Ich fühle mich am richtigen Platz. Rainside riecht und klingt und leuchtet so schön. Für mich ist es fast wie ein Ort aus einem Buch. Ein Eindruck, der sich immer wieder verstärkt, wenn ich den Blick hebe und die Silhouetten der Berge hinter dem Städtchen ausmache. Es wirkt so, als würde jemand von oben auf uns herunter schauen und über uns wachen. So wie ein Leser in die Buchseiten schaut und den Helden der Geschichte die Daumen drückt. Oder darauf wartet, dass die Liebenden ihr Happy End finden.

Ich atme ruhig und tief und werfe die Last meiner Sorgen ab. Zumindest für eine Weile. Irgendwie lebt in mir schon immer diese Hoffnung, dass am Ende alles gelingt.

Dass alles gut wird. So wie bei diesem Erlebnis mit den Jungen im Park.

Aber natürlich will ich mich trotzdem nicht gänzlich auf das Universum verlassen – ich arbeite für mein Happy End. So bin ich fest entschlossen, Colt irgendwie näherzukommen. Vielleicht vertraut er sich mir ja an? Ich wüsste gerne, warum jemand anonyme Texte in der Stadt verteilen sollte. Hanks Vermutung, dass er damit etwas Action in den ruhigen Ort bringen möchte, scheint mir schlüssig. Aber ich weiß auch, dass Menschen Geheimnisse haben.

Am Ende des Parks angekommen, schaue ich kurz in die Karte, die ich auf meinem Handy abgespeichert habe. Auch wenn Rainside Valley nicht gerade riesig ist, kenne ich noch nicht ganz alle Straßen und Wege.

Ich navigiere zu Colts Laden. Eine Katze spaziert an mir vorbei und eine kleine Schar Vögel fliegt durchs Tal. Als ich in die richtige Straße einbiege, kommt gerade jemand aus dem Geschäft und zieht mit einem dicken Rucksack auf dem Rücken von dannen. Bestimmt ein Kletterer, der sich bei ihm ausgerüstet hat.

Klettern – eins der Lieblingshobbys der Rainsider.

Ich spaziere am Schaufenster vorbei, von wo aus mir flüchtig mein Spiegelbild entgegenlächelt: ein paar Ponysträhnen im Gesicht, der Kragen meiner Jacke etwas verdreht. Ich richte ihn und trete dann ein.

Ein Glöckchen bimmelt über mir und Colt, der gerade an einer Wand steht und an etwas herumfummelt, drehte sich zu mir um.

»Oh hey, der Bücher-Bäcker. Herzlich willkommen.«

»Bücher-Bäcker Wyatt«, sage ich und lächele. Langsam nähere ich mich Colt und rufe mir dabei ins Bewusstsein, dass ich seine Hände im Auge behalten werde. Ich muss allerdings unauffällig bleiben. Er darf nicht merken, dass er unter Beobachtung steht und dass ich ihn womöglich verdächtige. »Ich mache einen Gegenbesuch.«

»Das sehe ich.« Colt grinst sein füchsisches Grinsen und ich muss aufpassen, dass ich mich davon nicht ablenken lasse. Tatsächlich ist er neben dem Sheriff hier meiner Meinung nach der attraktivste Kerl. Aber ich habe auch noch nicht alle Rainsider kennengelernt.

»Und du hast keine Muffins mitgebracht? Schäm dich.« Er schaut tatsächlich links und rechts an mir vorbei, als würde er erwarten, dass ich einen Korb voller Backwaren auf dem Rücken trage. Dass ich vorhin schon Werbegeschenke verteilt habe, verrate ich mal lieber nicht.

»Zeigst du mir deinen Laden? Vielleicht kann ich was lernen. Also zum Beispiel, wie man als Selbstständiger Erfolg in Rainside Valley hat.«

Colt schnaubt belustigt. »Kann ich schon machen, Wyatt, aber meinst du nicht, dass die Produktpalette da auch eine Rolle spielt?«

Ich zucke mit den Schultern. »Man kann sowohl Bücher als auch leckere Muffins mit zum Klettern oder Wandern nehmen. Ich sehe da kein Problem.«

Wir schmunzeln einander an und er wendet sich zu der Wand um, neben der wir stehen. »Also das sind schon mal die beliebtesten Haken. Zum Klettern, du weißt schon.«

Ich lache leise. »Ich habe eine grobe Idee davon, ja. Aber schon eine heftige Vorstellung, wie ihr die Haken in den Stein schlagt und euch daran hochzieht.«

»Es ist vor allem ein tolles Gefühl. Wenn es weiter und weiter hinauf geht. Nur du und die Wand. Die Welt unter dir wird kleiner, der Himmel immer weiter ...«

Doch, so wie er es beschreibt, kann ich mir gut vorstellen, was für einen Reiz dieser Sport ausübt. »Darf ich?«, frage ich kurz und fasse auf Colts Nicken hin nach den Kletterhaken. Ich nehme einen in die Hand, fühle das Gewicht und die Materialien.

»Das ist wahrscheinlich mit das wichtigste Werkzeug, ja? Habt ihr euch besondere Schuhe, um besseren Halt zu finden?« Dass ich keine Ahnung vom Klettern habe, weiß Colt sowieso, also versuche ich auch nicht, das zu verschleiern.

Es ist gut, viele Fragen zu stellen. Umso mehr werde ich erfahren. Ob über ihn oder über die Kletterleidenschaft der Leute hier, spielt im Moment gar keine so große Rolle. Es interessiert mich einfach – ganz abgesehen von meinem Vorhaben.

»Die ganze Ausrüstung ist wichtig«, sagt Colt und führt mich mit einer Geste hinüber zu einem der breiten Regale. Hier reihen sich Schuhe und Stiefel aneinander und dahinter auf den Kleiderstangen hängen Hosen und Jacken. Helme sitzen auf Kunststoffköpfen.

Neben uns an den Wänden finden sich neben den Haken auch jede Menge Gurte, Karabiner und Ösen. Ich blicke nicht richtig durch, aber diese Sachen sehen wichtig aus.

»Die Schuhe sind besonders schwierig. Ist ja schon bei Alltagstretern so. Aber beim Klettern ist ein zu großer oder zu kleiner Schuh ein großes Risiko. Drückt er dir das Blut ab ... na ja. Und hat er zu viel Spiel, dann rutschst du viel schneller ab.« Er deutet von den Schuhen hinüber zur Wand. »Dann hast du die Gurte und Seile – deine Lebensversicherung beim Klettern. Und die Helme sind wichtig. Du willst keinen Steinschlag auf den Schädel bekommen.«

Daran hatte ich noch gar nicht gedacht. »Die Gefahr lauert wohl nicht nur im Absturz«, murmele ich. »Wie oft machst du selbst solche Ausflüge?«

Es fällt mir leicht, mir Colt in so einer Montur vorzustellen.

»Es gab da mal einen Kriminalfall, in dem ... ach, das meintest du gar nicht.« Er lacht. »Ja, es gibt viele Gefahren, aber letztendlich ist es eben ein Sport und wenn man sich gut ausrüstet, sind die Risiken zumindest klein. Ich war früher jedes Wochenende klettern. Zurzeit lasse ich es etwas ruhiger angehen, aber das nächste große Ding ist schon in Planung. Ich will mit ein paar Freunden eine bombastische Kletterreise machen. Nächstes Jahr.«

Das klingt nach einem großen Traum und ich sehe das Leuchten in Colts Gesicht. »Das wird bestimmt super. Vorfreude ist die schönste Freude.« Ich erwidere sein Lächeln und habe den Plan schon wieder verdrängt. Hat er mich während des Gesprächs irgendwie angefasst? Mir etwas zugesteckt? Ich kann es jetzt nicht unauffällig überprüfen.

»Gibt es denn viele True Crime Geschichten, die sich zwischen Sportlern abspielen? Also zum Beispiel beim Klettern?«, frage ich.

Colt nimmt eine der Gurtungen von der Wand und zeigt sie mir. »Kriminalfälle tauchen überall auf. Vor allem da, wo Unfälle passieren können. Da sind sie leichter zu vertuschen.« Er deutet auf die langen und kurzen Gurte. »Die einzuschneiden ist zwar möglich, aber auch extrem auffällig«, erklärt er mir. »Aber es gab mal einen Fall, wo das gemacht wurde. Glatt durchgeschnitten und dann zusammengeklebt. Damit das Opfer es beim Anlegen nicht merkt. Natürlich hat der Kleber dem Zug irgendwann nicht mehr standgehalten und das Opfer stürzte ab.

Sobald man das Gurtzeug fand, war natürlich klar, dass es kein Unfall gewesen war. So glatt reißt nichts durch. Aber sie konnten den Täter lange Zeit nicht finden. Man verdächtigte den Verkäufer der Ausrüstung.«

»Oho«, mache ich. »Aber er war es nicht?«

Colt schüttelt den Kopf und hängt das Gurtzeug wieder an den Haken. »Es war der Eigentümer einer Ferienanlage in der Nähe des Berges. Der hatte so eine Art Gott-Komplex, wollte entscheiden, welche Menschen sterben und welche Leben. Hatte auch einige seiner Gäste auf dem Gewissen, aber er kam lange damit durch, weil es immer andere gab, die verdächtiger waren als er und anfangs kam es ihm zugute, dass er sich darauf berufen konnte, dass weniger Leute dort Urlaub machten, seit diese Dinge passierten und ihn das ja auch zum Opfer machte. Aber das Geld war ihm halt scheißegal.« Colt zuckt mit den Schultern. »Es gibt schon krasse Fälle.«

»Stell dir vor, du machst Urlaub in einer Ferienanlage und gerätst an so jemanden«, murmele ich. »Fuck.«

»In Rainside Valley bist du sicher«, verspricht Colt mir. »Glaub mir, ich habe einen Blick für solche Menschen und es gibt keine von der Art in Rainside Valley.«

»Aber es gibt anonyme Texte vor denen die Leute sich fürchten.« Ich seufze. Eigentlich wollte ich das Thema nicht direkt ansprechen, aber vielleicht ist es gar nicht schlecht. Vielleicht verrät er mir etwas durch die Blume.

»Ja ... es tut mir leid, dass die Leute deswegen so unruhig sind. Es ist meine Schuld, dass es dieses Serienmördergerücht gibt. Ich habe damit angefangen. Und ich versuche schon, es wieder zu vertreiben, aber ... ja, das ist nicht ganz so einfach, wie sich herausstellt.« Er sieht mich entschuldigend an. »Konnte ja nicht wissen, dass gerade jemand ein

Buchcafé in Rainside Valley eröffnen will. Es ist echt scheiße, dass sie dich verdächtigen.«

Colt wirkt aufrichtig, als er sich entschuldigt. Er hat die
Schultern angezogen und den Kopf etwas gesenkt. Das
füchsische Grinsen ist dünner geworden. Ich glaube ihm.
Und ich glaube, wenn er es war, würde er wohl aufhören,
Texte zu verteilen, um mir nicht weiter Steine in den Weg
zu legen. Was für mich nur den Schluss zulässt, dass er
nicht derjenige ist, den Hank sucht.

»Ich hoffe, die ganze Sache klärt sich bald auf. Ich ...
habe leider so eine Art Ultimatum, gegen das ich ankommen muss. Wenn es bis Mitte nächsten Monat keine posi-
tive Prognose für meinen Laden gibt, muss ich die Sache
abblasen.«

Colt zieht die Brauen hoch und klopft mit der Faust
gegen die Wand neben sich. »Auf Holz klopfen bringt
Glück, Wyatt.« Er grinst. »Das ist echt ein strenger Plan.
Nehmen wir an, der Fall wird nächste Woche aufgeklärt ...
dann wird noch mindestens eine Woche vergehen, bis sich
die Leute beruhigt haben und anfangen, es wieder zu vergessen. Na ja, das könnte immer noch reichen. Schließlich
sind deine Muffins superlecker.«

Ich gewöhne mich langsam an die stetigen Komplimente für meine Süßigkeiten und lächle dankbar. »Ich
würde so gern selbst etwas machen, das Einfluss auf das
Schicksal meines Buchcafés nimmt«, sage ich. »Im Moment fühlt es sich so an, als würde alles von diesem Texteschreiber abhängen.«

»Ja, ich verstehe, was du meinst. Das muss sich echt
scheiße anfühlen. Hmm. Na ja, du kannst Events veranstalten. Die Leute irgendwie zusammenbringen. Rainside ist
eigentlich ein sehr geselliger Ort. Die Menschen treffen

sich gerne in Kevins Bar oder bei Joanne, um Pasteten zu essen und in der Mittagspause zu reden. Wenn du auch so eine Art Treffpunkt etablieren könntest. Ein monatliches oder zweiwöchiges Event. Das würde vielleicht Vertrauen schaffen.«

Ich lehne mich neben das Regal, an dem ich stehe und verschränke die Arme. »Ich habe eine ganze Liste solcher Ideen. Ich könnte auch Lesungen veranstalten, Autoren einladen und so weiter. Oder wir lesen gemeinschaftlich denselben Roman und reden darüber, also ein Rainside Valley Buchclub.«

»Ja, das sind gute Sachen, aber jetzt gerade am Anfang brauchst du was ... beeindruckenderes.« Colt macht eine große Geste mit beiden Armen.

Ich schnaube. »Ich hätte da diesen Raum, in dem ein Baum wächst. Mit der Krone durchs Dach. Mein Bruder meinte, ich solle ihn fällen lassen und Dach und Boden reparieren, aber mir kam der Einfall, ihn dort zu lassen und als Teil des Raumes anzusehen. Dafür müsste aber jemand das Dach entsprechend präparieren und am Boden müsste auch was gemacht werden, damit alles dicht ist und sich niemand wehtut. Kostet aber beides Geld ... und ich habe kein Budget mehr.« Ich seufze.

»Dabei stelle ich mir das echt cool vor. So ein Baum in einem Gebäude ... das könnte den Rainsidern gut gefallen. Wir lieben unsere Natur und so hättest du Natur und Buch am selben Ort.«

Ich nicke und fühle mich echt verstanden. Dann stoße ich ein Seufzen aus.

»Hey, nicht so niedergeschlagen. Ich wüsste jemanden, den du fragen kannst.«

»Jemanden, der mir das gratis umbaut?«

»Gratis vielleicht nicht, aber zu einem freundlichen Preis und mit verlängerter Frist oder so. Hast du Greyson schon getroffen? Er ist Tischler, aber auch ein bisschen Mädchen für alles.«

Der Name sagt mir nichts. Ich stoße mich vorsichtig von dem Regal ab und löse meine verspannte Haltung. »Nein, der Name sagt mir nichts.« Ist dieser Greyson wirklich so ein Engel, dass er mir einfach helfen würde?

»Fragen kostet ja nichts, oder? Du solltest ihn mal besuchen und von deinem Vorhaben erzählen. Beschreib ihm ruhig das ganze Programm. Das kannst du ja gut.« Colt grinst mich an und ich mustere ihn prüfend. Nein, er meint es nicht böse. Er ist keiner dieser Jungs, die andere in Löcher sperren wollen, weil sie anders sind.

»Ich versuche eigentlich, das in Grenzen zu halten. Diese in Worte gefassten Tagträume.«

Colt neigt den Kopf. »Musst du nicht. Hier nicht. Ich glaube, die meisten Rainsider mögen Menschen mit Visionen. Also solange deine Tagträume nicht einschließen, dass Rainside Valley völlig umgekrempelt wird.«

»Umgekrempelt?«

»Es gab vor ner Weile mal einen reichen Schnösel, der das Tal kaufen und privat für sich umbauen wollte. Ist schon fünfzehn Jahre her, ich war da noch ein Stöpsel und habe nicht alles mitbekommen. Ist ja zum Glück nicht so gekommen. Ich meine nur, sowas würden die Leute natürlich ablehnen, aber das, wovon du träumst ist ja einfach nur schön und bereichernd.«

Mein Gesicht wird warm und ich beschließe, das es Zeit ist, dass ich wieder gehe. Ich verschwinde unauffällig hinter dem Regal, an das ich mich gerade gelehnt habe.

»Kannst du mir noch kurz beschreiben, wo ich Greyson, den Tischler, finde?«

KAPITEL 9

Hank

ICH HATTE VERGESSEN, wie schön die Wälder rund um Rainside Valley sind. Allein die Lichtstimmung hier reicht schon, damit man sich in eine andere Welt versetzt fühlt. Es ist ein bisschen düster, aber nicht auf die grimmige, gruselige Art und Weise, sondern so, wie auf dem Dachboden meiner Großeltern, wo ich manchmal Schatzsuche gespielt habe. Ich konnte dort minutenlang einfach nur den Staubkörnchen zusehen, die durch die Luft schweben und im hereinfallenden Sonnenlicht flirren wie hauchdünner Glitter.

Hier sind es fallende Blätter und hier und da ein Insekt. Jeder einzelne Sonnenstrahl, der durchs Dach der Baumkronen bricht, lässt ihre Farben erstrahlen. So wirken die Zeichnungen auf den Flügeln der Schmetterlinge wie gut gehütete Geheimnisse und die Blätter flimmern, während sie sich drehen.

Um uns herum ist das Dickicht, in dem es hin und wieder knackt und raschelt. Hier und da bewegen sich die Schatten. Kleine Tierchen, auf die wir es heute nicht abgesehen haben. Offiziell ist es ein Campingausflug und ein paar der Jungs wollen angeln.

Ich spaziere neben Debbie her, die einen Rucksack auf dem Rücken trägt, der fast so groß ist wie sie selbst. Ich wundere mich, dass sie nicht nach hinten umkippt.

»Was genau ist da eigentlich alles drin?«, frage ich und deute auf das Gepäckstück.

Sie schnaubt. »All die Dinge, die ihr Männer immer vergesst.«

»Du meinst meine Steuererklärung?«, fragt Colt von hinten.

»Ihr werdet schon sehen, wenn es so weit ist.«

Ich schmunzele in mich hinein. Als Lehrerin ist Debbie klassenfahrts-erprobt und vermutlich hat sie den Rucksack wirklich voll mit nützlichen Dingen, an die einige von uns nicht gedacht haben und für die wir dankbar sein werden.

Dankbar bin ich auch dafür, dass sie mich überredet hat, mitzukommen. Ich genieße den Wald, die Luft, die Ruhe, die er ausstrahlt. Ich dachte erst, ich könne es mir nicht leisten, ausgerechnet jetzt an so einem Ausflug teilzunehmen, aber sie meinte, dass es meiner Arbeit und mir persönlich helfen würde.

Es wird dich auf andere Gedanken bringen, dich mal zur Ruhe kommen lassen und dann kannst du mit frischer Energie zurück an deine Arbeit gehen. Das ist besser, als die ganze Zeit konzentriert zu grübeln. Und es ist gut für dein Herz.

Für mein Herz, hatte ich erwidert. *So alt bin ich noch nicht.*

Mit 33 stehe ich jawohl noch in der Blüte meines Lebens. Dennoch habe ich nachgegeben und bin jetzt froh darüber. Wie lange habe ich dem Zwitschern der Vögel nicht mehr so zuhören können? Bei meinem Bruder in San Francisco jedenfalls nicht. Ich seufze innerlich, als mir mal wieder klar wird, dass ich eigentlich nicht in die Großstadt ziehen will. Gleichzeitig kommt es mir irgendwie kindisch vor, mich so an diesen Ort zu klammern. Vor allem, wenn in San Francisco vielleicht mein großer Traum auf mich wartet.

»Hier sieht's gut aus«, verkündet Bruce, der unsere Truppe anführt. Allgemeine Zustimmung wird gemurmelt. Wir verteilen uns auf der Lichtung und wählen Plätze für unsere Zelte auf. Ich ziehe mir meins vom Rücken.

Hier scheint mir ein guter Platz zu sein. Einige schmalere Baumstämme geben den Blick in Richtung Fluss frei. Man kann ihn von hier aus schon plätschern hören. Da hinten geht es ein Stück bergab und dahinter glitzert das Wasser. Eine Aussicht, die mir zusagt.

Ich entfalte das Zelt und baue es auf. Die ganze Truppe lacht und redet und Bruce und Joanne stimmen sogar ein Lied an. Die gute Stimmung ist eine Wohltat. In letzter Zeit hatte ich zu oft das Gefühl, dass die Leute angespannt sind und einander nur noch misstrauisch beäugen. Und es ist meine Schuld, dass sie immer noch Anlass dazu sehen, weil ich den verdammten Fall noch nicht ...

»Was dagegen, wenn ich mich in deine Nachbarschaft begebe?«

Ich stocke, als mir wieder bewusst wird, dass auch Steven hier ist, Debbies Bruder ... Steven, der angeblich mal was für mich übrighatte. Ich räuspere mich und bemühe mich um ein unverkrampftes Lächeln.

»Keine laute Musik nach Mitternacht«, mahne ich ihn scherzhaft und er lacht, während er sein Zelt aus der Transporthülle zieht. Überall um uns herum rascheln jetzt die Planen und jemand wagt es, beim Aufbau zu fluchen –

dafür wird er natürlich von Bruce ermahnt: »Es liegt immer am Anwender, nie am Produkt.«

Nach zwanzig Minuten steht auch das letzte Zelt sicher und ist im Waldboden verankert. Ich beobachte alle anderen, während ich das Rauschen der Baumkronen genieße. So ganz kann ich mich nicht davon abhalten, noch über den Fall nachzudenken. Wyatt hat sich die letzten Tage nicht bei mir gemeldet, also gehe ich davon aus, dass er bei Colt nichts Verdächtiges bemerkt hat.

Ich bin gespannt, ob neue Briefe aufgetaucht sein werden, wenn wir nach Rainside zurückkehren.

Die ersten Flaschen klirren schon aneinander. Zwei Männer, deren Namen mir nicht geläufig sind, lachen und prosten sich zu. Auch Bruce sitzt dabei und macht wohl ein Päuschen von den vielen Erklärungen, die er geben musste.

»Wisst ihr, was jetzt gut wäre?«

»Eine Pastete? Hat dir deine Schwester keine mitgegeben?«

Er schüttelt den Kopf. »Leider wurde ich vernachlässigt.«

Die Jungs lachen und tätscheln seine Arme. »Hättest dir ja stattdessen einen Muffin aus dem neuen Café holen können. Hab gehört, die sollen ganz gut sein.«

Ich öffne den Mund, um zu bestätigen, wie lecker Wyatts Muffins sind, aber da redet schon jemand anders weiter: »Tja, aber wenn du da hin gehst, musst du dich mit dem Besitzer befassen.«

»Ja, und? Was ist mit ihm? Wenn er gute Muffins macht, ist er sicher nicht verkehrt.«

»Es ist ein Buchcafé.« Er betont das Wort Buch, als sei das etwas Anrüchiges. Ich verziehe das Gesicht. »Das ist nur für belesene Leute. Elitäre Elite. Nicht für so einfaches Gesindel wie uns. Außerdem gibt es das Gerücht, dass...«

»Dann unterrichte ich wohl 28 kleine elitäre Menschen, was?«, schaltet Debbie sich ein. Dann lacht sie. »Also wirklich, Jungs ... Lesen ist für jedermann. Ist gut für Körper und Seele.«

»Für den Körper? Wie viel wiegt so ein Buch? Taugt das für ein Workout?«

Sie schüttelt den Kopf. Sie scherzen nur, aber irgendwie sticht es mich trotzdem.

»Der Besitzer heißt Wyatt und ist sehr freundlich und offen und steht voll und ganz hinter dem Laden, den er da eröffnet hat. Er schwatzt euch schon kein Buch auf, wenn ihr keins wollt. Seine Muffins sind verdammt lecker und wenn ihr seine Leidenschaft für die Bücher spürt, werdet ihr automatisch eins zur Hand nehmen.«

Nun richten sich die Blicke auf mich. Debbie lächelt, die beiden Typen wirken eher verwirrt. »Kann ja sein«, brummen sie und wechseln dann das Thema.

»Wer kümmert sich ums Essen?«, fragt Bruce, der anscheinend die Leitung der ganzen Aktion übernommen hat.

Steven legt mir die Hand auf die Schulter. »Komm, wir gehen angeln, ja?«

»Klar, sicher, warum nicht«, murmele ich vor mich hin und werfe Debbie einen Blick zu. Als wir darüber gesprochen haben, klang es nicht so, als sei Steven immer noch an mir interessiert. Jetzt weiß ich nicht so recht, wie ich mich bei ihm verhalten soll.

Möglichst lässig schnappe ich mir einen Eimer und folge ich ihm Richtung Fluss. Wir steigen den kleinen Abhang hinunter. Steven hat die Angelruten an seine Schulter gelehnt und trägt in der anderen Hand eine Kiste, in der ich die Köder vermute.

Eine Weile spazieren wir am Ufer entlang, bis wir eine gute Stelle zum Sitzen gefunden haben und der Lärm vom Camp nicht mehr so sehr zu uns durchdringt.

Ich mustere Steven unauffällig von der Seite. Früher habe ich nie so genau hingesehen ... wäre ja nie auf die Idee gekommen, dass er Interesse an mir haben könnte. Und jetzt habe ich auch keine Ahnung.

Er dreht den Kopf und reicht mir eine Rute. Ich versuche, nicht ertappt auszusehen, als er mich anlächelt. Steven sieht gut aus. Er hat ein schmales Gesicht und dieselben Wellen im haselnussbraunen Haar wie Debbie. Ich mag seine Augen – in ihnen liegt immer so eine Ehrlichkeit, die mir Frieden schenkt. Trotzdem sehe ich selten hinein. Vielleicht hätte ich das öfter tun sollen.

Um mich von diesen Gedanken abzulenken, beschäftige ich mich mit Angel und Köder. Das habe ich zwar eine Weile nicht mehr gemacht, aber es gehört zu den Dingen, die man nicht verlernt. Ich war schon als Kind oft mit meinem Opa angeln. Das hat immer dazugehört, wenn ich bei ihm in Rainside war. Auch später noch, als ich schon älter war und einige andere Interessen hatte.

Wir werfen die Haken aus und warten. Angeln besteht zu einem sehr großen Teil genau daraus. Man genießt einfach das Wasser, die Luft, die Ruhe, wird richtig eins mit der Umgebung ... und irgendwann durchbricht ein Beißen diese Entspannung. Aber jetzt noch nicht.

Das Wasser plätschert leise. Eigentlich auch kein schlechter Ort zum Lesen, oder? Ich versuche mir Wyatt auf diesem Campingausflug vorzustellen. Er könnte am Feuer vorlesen. Je nachdem, ob er gut darin ist, würde das den Leuten wahrscheinlich gefallen. Fast jeder mag eine gute Geschichte in der richtigen Stimmung. Am Ende würde er sogar die Buchbanausen überzeugen, die vorhin noch ihre Scherze gemacht haben.

»Wie war es bei deinem Bruder in San Francisco? Da warst du doch erst?«

Ich nicke, dankbar über ein Gesprächsthema, das die ganze Situation auflockert. »Es war gut. Chester hätte es gerne, wenn ich wieder dorthin ziehe. Ich weiß noch nicht so recht. Vielleicht werde ich es machen.«

»Und Rainside den Rücken kehren?« Seine Entrüstung bewegt etwas in mir.

»Der Gedanke kommt mir seltsam vor«, gebe ich zu. »Aber er hat Recht damit, wenn er sagt, dass sich meine Wünsche hier nicht wirklich erfüllt haben. Ich bin jetzt über dreißig und habe noch nicht so richtig ...« Ich suche nach den richtigen Worten, zucke dann aber nur mit den Schultern.

»Deinen Hafen gefunden?«

»Ja, vielleicht kann man es so sagen. Ich meine, es ist alles okay. Ich mag meine Arbeit und die Jungs und das Haus und die Nachbarn. Ich habe Freunde ... aber so langsam drängt doch manchmal die Frage auf, ob das alles ist.«

Steven nickt langsam und bedächtig. »Ich weiß, was du meinst.«

»Verfrühte Midlife-Crisis?«, mutmaße ich.

»Ich denke, es fehlt einfach etwas. Etwas, das mehr Raum einnimmt. Das Leben mehr ausfüllt.«

Ich seufze innerlich. Die Hundestaffel würde mich bestimmt einnehmen. Und die Großstadt. Die bietet mehr Füllstoff, als eine Kleinstadt in einem Tal, richtig?

»Hast du ... etwas dafür gefunden?«, frage ich.

Steven schaut mich an, zögert, dann breitet sich ein warmes Lächeln auf seinem Gesicht aus, das eigentlich Antwort genug ist. »Ich habe jemanden getroffen, der mir jede Menge Inspiration geschenkt hat, womit ich die Lücken in meinem Leben füllen könnte.«

Und in diesem Moment ist klar, dass er nicht mich meint. Ich nicke und spüre, wie sich in mir drin etwas verschiebt. Steven ist über seine Schwärmerei für mich hinweg und hat sein Glück gefunden.

Ein Teil von mir bedauert Ersteres und ist neidisch auf Letzteres. Aber zugleich freue ich mich für ihn. Er hat jemanden verdient, der aufmerksamer ist. Der es bemerkt, wenn Steven ihn ansieht und anhimmelt. Ich war ja anscheinend blind auf diesem Auge.

»Das klingt gut«, sage ich. »Erzähl mir mehr.« Ich lasse meine Stimme scherzhaft klingen, aber in Wirklichkeit will ich wirklich dringend wissen, wie sein Leben jetzt aussieht, was sich verändert hat. Damit ich weiß, wonach ich Ausschau halte ... und ob die Hundestaffel dasselbe für mich schaffen kann.

Steven grinst und lehnt sich nach hinten. Er hält die Angel noch in der Hand, liegt aber jetzt auf dem Boden und blickt in den Himmel.

»Na ja, einerseits ist das Leben jetzt voller und bunter, weil ich mehr Lust habe, Dinge zu erleben. Gemeinsam mit ihm, weißt du? Weil wir gemeinsam Pläne machen und mir dadurch auch wieder mehr Sachen einfallen, die ich irgendwann mal unternehmen wollte. Es ist wie eine Energie-Infusion. Und der Sex ... tut natürlich auch gut.«

Energie-Infusion. Ich drehe den Kopf weg, als Steven von Sex spricht. Aber ich verstehe natürlich, was er meint. Ich schätze, die berufliche Veränderung könnte mir neue

Anreize geben, aber es wäre anders als das, was Steven beschreibt.

»Ich beglückwünsche dich. Euch.«

»Danke, Hank.« Am Knirschen des Untergrundes höre ich, dass Steven sich wieder aufrappelt. Ich blicke raus aufs Wasser und frage mich, ob ich beim Angeln mehr Glück haben werde als in meinem Liebesleben. Immerhin arbeite ich hier mit einem Köder. Irgendwann wird einer anbeißen.

»Wann triffst du dich wieder mit Wyatt?«

Ich zucke. Woher kommt diese Frage? »Wie meinst du das? Er ist ein Verdächtiger in dem Fall, den ich gerade zu lösen versuche.«

»Vorhin haben deine Augen geleuchtet, als du dein Plädoyer für ihn gehalten hast. Er hat Eindruck bei dir hinterlassen. Oder nicht?«

Ich beobachte das Wasser ganz genau, damit ich Steven nicht ansehen muss. Aber dann seufze ich und wende mich ihm doch zu.

»Er bleibt einem im Kopf.«

»Das ist gut«, sagte Steven. »Sehr gut. Das zeigt ja schon, wie leicht manche Leute ein Leben voller machen können, findest du nicht?«

Ich schnaube und stimme ihm zu.

»Dann willst du ihn sicher bald wiedersehen.«

»Er ist ein Verdächtiger in meinem Fall«, erkläre ich. Auch wenn dieser Fall irgendwie komisch und beinahe albern ist, weil es weder Motiv noch wirkliche Opfer gibt.

»Die anonymen Texte«, murmelt Steven. »Glaubst du, dass sie von ihm kommen?«

»Ich habe keine Beweise und das Motiv, das ich anfangs angenommen habe, hat sich ins Gegenteil verkehrt.«

»Dann brauchst du wohl einen besseren Verdächtigen.«
Er grinst. »Lös den Fall lieber schnell. Je eher du damit fertig bist, umso schneller kannst du dich eingehender mit Wyatt befassen.« Für Steven scheint es schon eine klare Sache zu sein, dass sich zwischen mir und dem Buchcafébetreiber etwas entwickeln wird.

Wie haben meine Augen denn ausgesehen, als ich ihn vorhin verteidigt habe? Ich stoße den Atem aus und frage mich, ob ich nicht nur fremdes Interesse an meiner Person übersehe, sondern sogar mein eigenes an einem anderen Menschen.

Wie kann ich ehrlicher mit mir sein?

Du hast heute schon oft an ihn gedacht. Öfter als an den Fall. Das ist nicht unbedingt typisch für dich.

Ich schlucke. Das stimmt. Ich habe ihn mir hierhergewünscht. Nicht nur wegen der Muffins. Wyatt ist definitiv in meinem Kopf und … was ich über ihn gesagt habe, ist ein Spiegel dessen, was ich selbst empfinde, wenn ich ihn sehe: Seine Begeisterung für die Bücher und sein Café ist einzigartig und reißt einen auf seine Weise mit. Das beeindruckt mich.

Ja, vielleicht habe ich wirklich jemanden gefunden, der …

»Da hat einer angebissen!«, ruft Steven. Ich spüre den Zug schon selbst an der Angel und springe auf, um den Fisch aus dem Wasser zu ziehen.

KAPITEL 10

Wyatt

DIE TISCHLEREI LIEGT etwas abseits. Ich höre das Geräusch einer Kreissäge, die gerade Holz schneidet, schon aus größerer Entfernung, was vielleicht auch der Grund dafür ist, dass die Werkstatt nicht mitten in der Stadt stehen konnte.

Das Grundstück ist recht groß und von mehreren Gebäuden bevölkert. Ein hoher Zaun umgibt den Bereich, aber das Tor steht offen. Ich trete ein und schlendere den Holzbohlenweg entlang bis zu der Werkstatt, die sich in einer ehemaligen Garage befindet – zumindest schließe ich das aus der Lage und dem Tor, das sich am Eingang hochziehen lässt.

Hier draußen ist es bereits recht dunkel, aber in der Werkstatt brennt geradezu grelles Licht, weswegen ich mich eher langsam nähere. Ich bin empfindlich wie ein Vampir, was den schnellen Wechsel zwischen hell und dunkel betrifft.

Späne fliegen wie eine Pulverfontäne. Der Mann, der dort drinnen arbeitet, die Hände an ein Werkstück gelegt und den Blick konzentriert auf das Sägeblatt gerichtet, sieht so aus, wie ich mir einen Tischler vorstellen würde. Er ist groß und breit, mit ansehnlichen Arm- und Nackenmuskeln. Das Outfit des Tages besteht aus einer Latzhose und einem hellbraunen Hemd, dessen Ärmel bis zu den Ellbogen hochgekrempelt sind. Er trägt eine Schutzbrille und ein blaues, etwas ausgeblichenes Cappy.

Mir steigt der Duft von Holz in die Nase. Nicht der nasse Holzgeruch, den Rainside Valley sowieso immer aussendet, sondern der Geruch von frisch bearbeitetem Holz. Der ist irgendwie heller und leichter.

Als ich auf Sprechweite herangekommen bin, bleibe ich stehen und warte. Ich will den Mann auf keinen Fall erschrecken oder ablenken.

Während ich warte, habe ich Zeit, mir Gedanken darüber zu machen, wie naiv das hier schon wieder ist. Ich bin auf Colts Rat hin hergekommen, aber wie wahrscheinlich ist es, dass dieser Mann Arbeit in mein Buchcafé investieren wird, ohne sofort dafür bezahlt zu werden? Er hat sicher auch so genug zu tun. Zumindest stehen in seiner Werkstatt mehrere Möbel herum, die noch seine Aufmerksamkeit brauchen: Ein Stuhl mit einer gebrochenen Sitzfläche, ein Tisch, dem ein Bein fehlt, und weiter hinten etwas, das aussieht, wie ein Teil eines Bettes.

Ich konzentriere mich darauf, seine Handgriffe zu beobachten, und versuche, meine Anspannung loszulassen. Eigentlich habe ich bisher nur freundliche, hilfsbereite Leute getroffen, wenn man von den wenigen misstrauischen Reaktionen absieht, die ich nachvollziehen kann.

Vielleicht wird er mein Gesuch ablehnen, das ist sein gutes Recht, aber ich muss es wenigstens versuchen. Die Vorstellung von dem fertigen Zimmer mit Baum und angepasstem Dach ist zu schön, um sie einfach so abzuschreiben.

Die Kreissäge hört plötzlich auf, ihr kreischendes Geräusch abzugeben und bleibt stehen. Der Mann pustet über das Werkstück und legt es neben sich auf den Arbeitstisch. Dann sieht er mich an. Sein Gesicht ist kantig, sehr maskulin, sein Blick ruhig, aber aufmerksam.

»Guten Abend«, sagt er. Seine Mundwinkel heben sich leicht. Es ist kein breites, offenes Lächeln, aber seine Mimik strahlt definitiv Freundlichkeit aus.

»Hi, ich bin Wyatt, noch neu in Rainside Valley. Colt hat mich hierher geschickt, weil ich gewissermaßen Hilfe brauche.«

»Worum geht es denn? Ein Schrank, der beim Umzug beschädigt wurde? Gesprungene Türrahmen?«

Ich schüttele den Kopf. »Ich habe noch gar keine eigenen Möbel hier. Im Moment lebe ich in einer Ferienwohnung, weil noch nicht klar ist, ob ich bleiben kann. Ähm, jedenfalls geht es um mein Buchcafé in der Riverstreet. Ich habe da einen Raum mit einem ... Baumproblem.«

Greysons Gesicht verrät wenig über seine Gedanken. Er hebt lediglich leicht die Augenbrauen, als ich das Buchcafé erwähne. »Baumproblem? Was soll das bedeuten? Ist dir eine Fichte ins Haus gekracht?«

Ich schmunzele. »Nicht direkt. Als ich ankam, war der Baum schon da. Also, im Haus. Er wächst da sozusagen. Und seine Baumkrone ist dabei, sich einen Weg durchs Dach zu suchen. Ich dachte erst, dass wir ihn entfernen müssen, aber noch lieber wäre mir, wenn wir ihn erhalten können und das Haus an ihn anpassen.« Ich gestikuliere wild mit den Händen. »Ich habe mich zwar Do-it-yourself-mäßig weitergebildet, bevor ich herkam, aber das übersteigt meine Kompetenzen. Und ... das andere Problem ist, dass ich im Moment kein Geld habe, um so einen Umbau zu bezahlen. Ich kann höchstens ein paar Muffins locker machen und versprechen, die Rechnung zu begleichen, wenn der Laden läuft.« Meine Stimme wird immer leiser, aber ich will ehrlich sein. »Was ich ehrlich gesagt nicht versprechen kann, weil das Café mit ziemlichen Startschwierigkeiten zu kämpfen hat. Die Rainsider nehmen es nicht so gut an, wie ich gehofft hatte.«

Greyson tritt hinter seiner Säge hervor und knackt mit den Fingerknöcheln. Ich fühle mich klein, als er auf mich zukommt. Für einen Moment male ich mir aus, wie er mich fortjagt, weil meine Bitte irgendwie dreist klingt. Aber er spricht ganz normal mit mir.

»Bücher sind nicht unbedingt beliebt in Rainside Valley«, brummt er mit seiner tiefen Stimme. »Die Leute lieben Craftbier und Camping, und selbst wenn Schnee liegt, sind sie lieber draußen, als drinnen am Feuer ein Buch zu lesen. Tollkühne Idee mit dem Buchcafé.«

»Tollkühn ist eine nette Umschreibung. Langsam halte ich sie eher für dämlich.« Ich seufze. »Ehrlich gesagt glaube ich, dass ich die Leute überzeugen könnte, wenn ich mehr Zeit hätte. Immerhin mögen sie meine Muffins und ich konnte auch schon ein paar Bücher verkaufen. Aber die breite Masse ist sehr zögerlich. Was vermutlich auch an diesen ominösen Texten liegt, die in der Stadt verteilt werden. Davon hast du bestimmt gehört? Ein paar Leute denken, es seien Briefe von einem Mörder, der es auf sie abgesehen hat. Und weil ich zur selben Zeit in die Stadt kam, in der das losging, und ich was mit Büchern mache, verdächtigt man mich. Man könnte beinahe annehmen, dass Universum will nicht, dass sich mein Traum erfüllt.«

Greyson klopft seine Hose aus und wirkt nachdenklich. Hat er vielleicht Mitleid mit mir? Himmel, es wäre zu schön, wenn er mir helfen würde. Wenn wir den Raum umbauen könnten, obwohl ich kein Geld habe.

»Ich muss mir den Raum und die Decke ansehen, bevor ich was dazu sagen kann«, erklärt er. »Aber ich würde gern helfen.«

»Wirklich?«, entfährt es mir. Ich kann kaum glauben, wie viel Glück ich habe. »Den Teil von wegen, dass ich dich nicht angemessen bezahlen kann, hast du aber mitbekommen?«, füge ich kleinlaut hinzu.

Er nickt und seine Mundwinkel heben sich wieder zu diesem Mini-Lächeln. »Ja, habe ich gehört. Wir müssen sehen, wie wir das mit dem Material machen. Vielleicht kann ich ein paar Reste verarbeiten. Alles andere findet sich. Ich habe noch nie jemanden aus Rainside Valley hängen lassen.«

Ich bin richtig gerührt von seiner Hilfsbereitschaft und verkneife mir, zu sagen, dass ich ja noch gar kein richtiger Rainsider bin. Nach dieser Begegnung wünsche ich mir wirklich, hier bleiben zu können. Alle Menschen, die ich hier näher kennengelernt habe, waren auf ihre Art so warmherzig zu mir. Selbst über den Sheriff kann ich das sagen, denn obwohl er mich verdächtigt, war er nie gemein zu mir, sondern hat mir gut zugeredet, und dem Café selbst eine Chance gegeben.

»Das ist ... wahnsinnig nett. Total untertrieben ausgedrückt.« Ich schüttele den Kopf und lache. »Colt meinte ja, du würdest mir vielleicht trotz allem helfen, aber ich bin nicht davon ausgegangen ... Es wäre vielleicht die Rettung für das Café. Ich schulde dir wirklich was, wenn ...«

»Schon gut, schon gut. Lass es mich erstmal ansehen«, bremst er mich.

»Jederzeit. Wann du willst! Ich richte mich vollkommen nach dir.«

Beschwingt von Greysons Zusage, sich die Sache anzusehen, gehe ich am nächsten Tag mit besonders viel Motivation ans Werk. Ich besuche in meiner Pause eine Farm in der Nähe der Stadt und vereinbare mit der Besitzerin, künftig regelmäßig Mehl von ihr geliefert zu bekommen. Das wird meine Backwaren noch besser machen und ich hoffe, es freut die Rainsider, wenn ich meine Zutaten aus der Region beziehe.

Dann stehe ich im Laden, bereite vor und kaue auf den Muffins herum, die inzwischen zu alt sind, um sie noch anzubieten. Dafür muss ich auch eine bessere Lösung finden. An die Theke gelehnt scrolle ich auf meinem Handy herum und recherchiere, ob es in der Nähe eine Organisation gibt, die Essen für Obdachlose sammelt, mit der ich zusammenarbeiten könnte, wenn hier Leckereien übrigbleiben.

Da knarrt eine Diele im Flur und mein Kopf zuckt nach oben. Sofort stecke ich das Handy weg und prüfe den Sitz meiner Schürze. Es ist Sheriff Hank, der durch die Tür tritt und sofort schlägt mein Herz schneller. Den Traummann habe ich jetzt ein paar Tage nicht mehr zu Gesicht bekommen, aber sein Eindruck auf mich ist immer noch derselbe.

Mein Blick zuckt zur Uhr. Die Frühstückszeit ist vorbei – kommt er, um über den Fall zu reden? Ich betrachte seinen lässig wehenden Mantel und die schicken Stiefel, die er trägt. Dann reiße ich mich los und blicke hinter mich auf die Auslage. Das Angebot ist groß und ich bin stolz auf die Kuchen, die ich heute präsentieren kann. Was habe ich mit diesen Huckleberries gekämpft!

»Einen wunderschönen guten Tag«, begrüße ich meinen Gast und nicke ihm freundlich zu. »Du hast freie Platzwahl und ich stehe zu deiner vollsten Verfügung.« Ich versuche es mit Humor zu nehmen, dass der Laden weiterhin die meiste Zeit leer bleibt.

Hank sieht sich um, dann schaut er zu mir. Im Gegensatz zu sonst sieht er nicht ganz so streng und ernst aus. So wie er das Gewicht von einem Fuß auf den anderen verlagert, wirkt er fast ein bisschen ... nervös? Das passt gar nicht zu ihm. Zumindest habe ich ihn so noch nicht gesehen.

Ich neige fragend den Kopf. »Gibt es ein Problem?« Ich schnappe nach Luft. »Du bist aber nicht hier, um mich festzunehmen, oder? Ich war es wirklich nicht.«

Das ringt ihm ein kurzes Lachen ab, das eher wie ein Räuspern klingt, aber immerhin. Er schüttelt den Kopf. »Keine Probleme, keine Festnahmen. Aber es kommt was auf dich zu.«

Ich blinzele. »Ach ja? Was denn?«

»Ich habe spontan die Jubiläumsfeier eines unserer jüngeren Kollegen hierher verlegt. Ohne zu wissen, ob du das überhaupt machen möchtest und ohne es abzusprechen. Ich wollte dich eigentlich anrufen, aber die Männer waren so schnell dabei und haben es sofort als gesetzt betrachtet, dass ich nicht mehr intervenieren konnte. Vor allem, als Shelly meinte, sie wollte sowieso schon die ganze Zeit mal das neue Café besichtigen. Der Stein kam ins Rollen und ...« Er zuckt mit den Schultern. »Wenn du jetzt nein sagst, muss ich ihnen erklären, dass ich versäumt habe, es ordentlich zu planen.«

Ich lächle erleichtert. Ich hatte schon Angst, dass er jetzt doch auf einmal sicher ist, in mir den Täter vor sich zu haben. Ich habe genug Geschichten gelesen, in denen Unschuldige in Gewahrsam genommen werden und dann ihre eigene Unschuld beweisen müssen. Nervenaufreibende Storys.

»Nein, nein, ich freue mich! Liebend gerne kann hier gefeiert werden. Ich muss es nur vorab wissen, damit ich genug vorbereiten kann. Wie viele Leute werdet ihr denn sein und wann ist diese Feier?«

»Wir sind ungefähr achtzehn Leute, je nachdem, ob jeder eine Begleitung mitbringt, oder nicht. Und ... ja, es wäre heute Abend schon. Das ist mein Fehler ... ich hätte das viel früher organisieren sollen, aber ich habe es vorhin erst im Kalender gesehen. Mein Urlaub hat irgendwie die Erinnerung gefressen, glaube ich.« Er schluckt sichtbar.

»Tja, es hat auch Vorteile, ein schlecht laufendes Café zu besitzen«, murmele ich. »Aber heute Abend schon ... das ist echt knapp, aber ...« Ich will Hank auf keinen Fall hängen lassen und für den Laden wird es auch gut sein, wenn die Leute vom Polizeiquartier hier feiern können. Nicht umsonst habe ich geschworen, alles zu tun, um mein Café zum Laufen zu bringen. Da kann ich hier ja schlecht den Schwanz einkneifen.

Ich werde den ganzen Nachmittag für die Vorbereitungen benötigen. Ohne ein Wort eile ich hinter die Theke und lasse die Küchentür fliegen. Ich reiße die Vorratsschränke und den Kühlschrank auf. Ich denke, das könnte ausreichen.

»Hat euer Jubiläums-Kollege irgendwelche besonderen Vorlieben? Bestimmte Früchte?«, rufe ich nach vorne.

Hanks Schritte kommen näher. Dann steht er in der Tür.

»Ich will dir nicht mehr Aufwand bereiten, als das ohnehin schon ist. Nimm einfach das, was da ist.«

Ich richte mich auf und sehe ihn ernst an. »Wenn ich das mache, dann richtig. Also raus mit der Sprache.«

Er seufzt. »Bananen. Er ist ein echter Bananen-Junkie.«

»Gut, dann gibt es auf jeden Fall Bananen-Kuchen.« Ich öffne einen anderen Schrank. »Und was werdet ihr trinken? Wir brauchen vermutlich mehr Alkohol.« Im Kopf stelle ich eine Einkaufsliste zusammen. Wenn so viele Leute kommen, und ich jeden glücklich machen will, muss einiges bedacht werden. Ich will auch vegane Sachen da haben, nur für den Fall. Ich hebe den Karton mit der Mandelmilch an.

»Ich biete mich als freiwillige Hilfskraft an«, sagt Hank.

Ich schließe den Kühlschrank und sehe ihn an. »Ich will dich nicht von den Ermittlungen abhalten«, sage ich, auch wenn die Vorstellung, mehr Zeit mit ihm zu verbringen, angenehm kribbelt.

»Solange kein Ruf kommt, kann ich hier mithelfen«, sagt er und berührt das Gerät, das an seinem Gürtel festgeschnallt ist. »Und ich würde wirklich gern helfen, weil es meine Schuld ist, dass es jetzt so kurzfristig stattfindet.«

Ich ziehe Schreibblock und Kugelschreiber aus meiner Hosentasche und notiere einige Dinge. Dann reiße ich das Blatt ab und gebe es Hank. Kurz berühren sich unsere Finger. Ich lächle ihn an und er schaut zurück.

»Dann kauf bitte ein paar Dinge für mich ein.«

KAPITEL 11

Hank

ALS ICH MIT dem Einkauf zurückkomme, sitzen zwei Gäste im Café. Ich kenne die Gesichter nicht und aufgrund des Jeeps an der Straße, nehme ich an, dass es Durchreisende sind, die hier eine Pause einlegen. Ich grüße freundlich und trete hinter die Theke. An der Küchentür stoße ich beinahe mit Wyatt zusammen, doch er schlängelt sich gerade noch an mir vorbei. Ich muss hier hinten, wo so wenig Platz ist, wirklich vorsichtiger sein.

Der Geruch von Zimt, vermischt mit einem milden Herrenparfüm, umweht kurz meine Nase. Ich schnuppere und drehe den Kopf, um ihm hinterherzuschauen. Er strahlt so viel Energie und Lebensfreude aus.

Ich bringe die Tüten in die Küche und reihe die gekauften Zutaten auf dem Tresen auf. Ein Kasten Bier ist noch in meinem Wagen, den hole ich später. Da Wyatt keine halben Sachen machen wollte, bin ich bis raus zu Stevens

Brauerei gefahren und habe eine seiner Craftbier Marken gekauft. Das sollte Eindruck bei den Kollegen machen.

Mir fällt das Logo auf dem Mehl im Vorratsschrank auf. Wyatt scheint auf Zutaten aus der Region zu setzen. Er gibt sich so viel Mühe ... ich wünsche ihm, dass das honoriert wird. Und zugleich befällt mich wieder das schlechte Gewissen: Es wäre mein Job, den anonymen Texteschreiber zu fassen, damit zumindest dieses Erschwernis nicht mehr in Wyatts Weg stehen würde. Aber ich beiße mir an der Sache die Zähne aus. Wer auch immer es ist, ist verdammt vorsichtig und unauffällig. Langsam ziehe ich wirklich die Idee mit den Kameras in Betracht, auch wenn sich alles in mir dagegen sträubt.

Draußen im Gastraum höre ich Wyatt reden und ein Löffel klirrt in einem Glas, als würde jemand lautstark umrühren. Vorsichtig räume ich die Sachen weg und stelle alles kalt, was Kühlung braucht. Dann trete ich leise in den Türrahmen und beobachte Wyatt ein wenig bei der Arbeit.

Es ist sein Lächeln, an dem mein Blick immer wieder hängenbleibt, und die ganze Art, wie er sich bewegt. Darin steckt so ein Elan, dass man einfach hinsehen muss. Gerade redet er mit den beiden Gästen und ich schnappe eine paar Worte auf, die danach klingen, als würden sie von ihrem Reiseziel erzählen.

Wyatt nickt und stellt Fragen. Dann deutet er auf die Regale und versucht wohl, ihnen ein wenig Reiselektüre schmackhaft zu machen. Es rüttelt an meinem Herzen, als beide den Kopf schütteln. Also keine Bücher.

Ich seufze in mich hinein und warte, bis die beiden gehen. Wyatt sieht ihnen nach, seufzt dann hörbar und räumt das Geschirr ab. Er wirkt in sich gekehrt, scheint vergessen zu haben, dass ich noch hier bin. Mein Verdacht bestätigt sich, als er regelrecht zusammenzuckt, sobald er in die Küche einbiegt. Meine Hände schnellen nach vorn und ich kann die Tasse gerade noch auffangen, die vom Teller rutschen wollte.

Wyatt greift sich ans Herz. »Ich hatte vergessen, dass du zurückgekommen bist.« Er gibt ein kleines Lachen von sich und wischt sich übers Gesicht. »Manchmal bin ich wirklich zu wenig im Hier und Jetzt.« Als er sich durch die Haare fährt, streift mich der Gedanke, wie sie sich wohl anfassen ... diese kleinen Locken. Dann schüttele ich den Kopf.

»Ich habe alles mitgebracht. Das Bier ist noch im Auto. Sag einfach, wenn ich es holen soll.«

»Im Moment würde es nur Platz wegnehmen, und der ist ja hier sowieso schon knapp.«

Ich brumme zustimmend. Wyatt stellt das Geschirr in die Spülmaschine und wendet sich mir dann zu. Dabei lehnt er sich gegen die Theke und breitet die Arme neben sich aus. Ganz automatisch wandert mein Blick an ihm hinab, fixiert kurz die schmalen Hüften, um die sich die cremefarbene Schürze schmiegt.

Ich muss an Stevens Worte denken. Wyatt ist sicher jemand, der mit Leichtigkeit ein Leben voller machen kann. Ich kann die Augen nicht davor verschließen, dass er das zumindest mit meinen Gedanken tut. Wann habe ich zuletzt jemanden so oft und so heimlich beobachtet? Rein privat, meine ich.

Der grimmige Gedanke, dass ich mich ja eigentlich distanzieren wollte, streift mich. Wyatt ist immer noch ein möglicher Verdächtiger, aber es fällt mir schwer, an dieser Annahme festzuhalten. Es ergibt einfach keinen Sinn, auch wenn sein Auftauchen in Rainside mit dem Beginn dieser

Sache zusammenfällt. Das wird Zufall sein. Es gibt jede Menge Zufälle im Leben.

Zu spät fällt mir auf, dass Wyatts Lippen sich bewegen. Er redet mit mir und ich habe den Anfang verpasst. »... wann es losgeht?«

»Um sechs«, sage ich schnell. Dann werfe ich einen Blick auf meine Armbanduhr. Das sind noch etwa viereinhalb Stunden.

»Okay, legen wir mit dem Kuchen los. Schälst du mir die Bananen? Nimm dir ein Schälchen und eine Gabel und zerdrück sie zu Brei.« Wyatt hält plötzlich inne und sieht mich zögernd an. Mit einem schiefen Grinsen sagt er dann: »Fühlt sich seltsam an, einem Sheriff Befehle zu geben.«

Mir entkommt ein kleines Lachen. »Ich bin jetzt dein Hilfsarbeiter, alles gut.«

Wir nicken einander zu und ich gehe ans Werk. Wir arbeiten direkt nebeneinander. Ich stehe am Ende der schmalen Küche, hinter und vor mir Schränke und Theken, auf meiner rechten Seite das Ende des Raumes und auf meiner linken Seite Wyatt, der Zutaten abmisst und Teller und Schalen bereitstellt.

Unter unseren Handgriffen klirrt Geschirr und rattern Küchengeräte. Ich bewundere Wyatts Technik, die Eier einhändig aufzuschlagen und sogar ohne, dass er sich die Hände dabei beschmiert. Bis auf die Anweisungen reden wir kaum – die Atmosphäre ist hochkonzentriert, weil nichts schiefgehen darf. Wenn hier eine Teigschüssel zu Boden fällt, und wir neu anfangen müssen, ist die Sache wahrscheinlich gelaufen.

Zwischendurch bietet Wyatt mir eine Schürze an, um meine Sachen vor Verschmutzungen zu schützen, und ich nehme sie zögerlich entgegen. Fühlt sich seltsam an, aber ich betrachte das als Arbeitskleidung.

Immer wieder schaue ich unauffällig auf die Uhr und gebe mein Bestes, schnell und präzise die Anweisungen zu befolgen. Ich habe wirklich Sorge, dass wir es nicht rechtzeitig hinbekommen und das dann auf Wyatt zurückfällt. Wenn das passiert, würde ich es natürlich auf meine Kappe nehmen, den Leuten erklären, dass ich den Termin verschwitzt habe, weil die App sich nicht gemeldet hat, und dass Wyatt so wahnsinnig kurzfristig eingesprungen ist, um mich zu decken.

Aber das wird nicht nötig sein. Wyatt hat alles im Blick und behandelt alle Behältnisse und Zutaten mit Vorsicht. Mit einem zufriedenen Seufzen schiebt er die Kuchenform in den Ofen, schließt die Klappe und dreht an den Rädchen.

»Das Wichtigste ist geschafft«, verkündet er und wischt sich über die Stirn. »Der Bananenkuchen wird großartig.«

Ich nicke zustimmend und er greift nach der Schüssel mit den Teigresten. »Noch was hiervon?«, fragt er. »Zur Stärkung zwischendurch.«

Zwar komme ich mir ein bisschen kindisch vor, aber ich bin neugierig, wie der Teig schmeckt. Mit einem Löffel kratze ich etwas heraus und koste. »Das wird ihm gefallen.« Bananig-süß und die kleine Zimtnote rundet es gut ab.

»Mit dem Kakaopuder als Topping wird es noch besser, vertrau mir«, sagt er und deutet auf den Streuer, den er vorhin schon vorbereitet hat.

»Dann schaue ich jetzt nach den Muffins und dann können wir schon Tische zusammenstellen.« Die Muffins hat Wyatt ganz nebenbei gemacht. Mir kommt das ja wie Zauberei vor, aber sie sind tatsächlich da und durften hervorragend, als er sie auf eine der Theken stellt und abkühlen lässt.

Wir gehen in den Gastraum und überlegen, was wir mit Tischen und Stühlen anstellen. Da Wyatts Café-Tische runde Platten haben, lässt sich keine richtige Tafel aus ihnen bauen. Es muss von oben eher aussehen wie der Körper einer Raupe, aber ich denke, das macht nichts. Hauptsache, wir können gesellig beieinander sitzen.

Wir rücken die Stühle zurecht und ich gehe zum Wagen, um den Bierkasten zu holen. Ich stelle ihn hinter die Theke und betrachte kurz Wyatts Silhouette, während er die Kaffeemaschine mit Wasser füllt.

»Du kannst schon Teller und Besteck hinlegen«, sagt er und Hitze wallt durch mich hindurch, weil ich mich frage, ob er meinen Blick bemerkt hat.

Im Raum breitet sich der Geruch von frisch gebrühtem Kaffee aus und Wyatt spielt an der Musikauswahl herum, sucht wohl eine passende Playlist für die Party.

»Ich habe noch Girlanden im Lager«, sagt er und klingt dabei, als sei ihm das gerade überraschend eingefallen. »Ich hole sie kurz. Wenn ich nicht in zwei Minuten zurück bin, schau bitte nach mir ... die Tür vom Lager klemmt manchmal so sehr, dass man sie von innen gar nicht mehr aufbekommt.«

»Ich werde dich retten, falls das passiert«, verspreche ich und nehme überdeutlich wahr, was in meinem Körper vorgeht. Meine eigene Wortwahl lässt mein Herz schneller schlagen. Seit wann drücke ich mich denn so aus? Ist das meine Art, zu flirten? Ich kann es nicht sagen, weil ich es außerhalb von Clubs nie wirklich versucht habe.

Es kommt mir ungeschickt vor, aber Wyatt schmunzelt nur und eilt aus dem Raum. Ich schätze, ich mag ihn wirklich. Und das ist ... schön. Als würde etwas von dieser Energie und Lebendigkeit, die Wyatt aussendet, auf mich übergehen. Auf jeden Fall fühlt sich mein Körper lebendiger an. An dieses laute Herzklopfen bin ich nicht gewöhnt, obwohl mein Job manchmal stressig sein kann.

Und was stelle ich jetzt mit dieser Erkenntnis an?

Wyatt kommt vor Ablauf der zwei Minuten zurück und hält eine Girlande in Pastelltönen hoch. Die Wimpel bestehen aus Büchern mit farbigen Einbänden. Nicht unbedingt eine Standard-Partygirlande, aber es ist eben ein Buchcafé.

Wyatt zeigt mir, wo die Leiter steht und hält die Holme fest, während ich darauf stehe und die Enden befestige. Wir mischen noch zwei Lichterketten dazwischen und so entsteht wirklich eine schöne Atmosphäre. Vor allem, da es draußen auch langsam dunkler wird.

Irgendwo piepst etwas und während ich mich noch irritiert umschaue, rennt Wyatt in die Küche und holt den Kuchen aus dem Ofen. Mit einem breiten Grinsen trägt er ihn in den Gastraum und stellt ihn auf die Theke. Der ganze Raum füllt sich mit leckerem Kuchenduft.

»Das wird ein Highlight«, verkündet er und zieht eine Schublade auf. »Fehlen nur noch die Kerzen. Das wievielte Jubiläum ist es?«

Wyatt steckt winzige Kerzen in den Kuchen, dann betrachten wir beide für einen Moment unser Werk und seufzen fast im selben Augenblick. Dann sehen wir uns an und ich habe das Gefühl, dass ich etwas sagen müsste, aber da ertönen von draußen Motorengeräusche, die uns beide ablenken.

Die Partygäste sind da. Wir sind gerade rechtzeitig mit allem fertig geworden.

Ich bin wahrscheinlich angespannter als Wyatt, als meine Kollegen murmelnd das Café betreten. Zum Glück ist Shelly eine der ersten. Sie drängt sich an zwei anderen vorbei und schaut sich mit großen Augen um. Dann reißt sie die Arme hoch, das ihre Armreife nur so fliegen, dreht sich im Kreis und ruft: »Das ist ja noch schöner, als ich dachte.«

Damit lockern sich auch die anderen ein wenig und nicken einander zu. Wyatt begrüßt jeden einzelnen und gestikuliert in den Raum hinein. »Wendet euch mit jeglichen Wünschen an mich.«

Als ich einige verwunderte Blicke auffange, wird mir bewusst, dass ich die Schürze noch trage. Ich binde sie auf und lege sie hinter dem Tresen auf einen Hocker. Wyatt eilt an mir vorbei, um die Kaffeekanne zu holen.

»Soll ich noch beim Bedienen helfen?«, fragte ich mit gedämpfter Stimme.

Er schüttelt den Kopf und für einen Moment ist sein Gesicht meinem ganz schön nahe. Sein Lächeln ist warm und er sieht echt glücklich aus.

»Wenn doch, dann gib mir ein Zeichen.« Damit nicke ich ihm zu und geselle mich zu meinen Leuten.

Der Abend wird ein voller Erfolg. Die Leute lieben Wyatts Bananenkuchen und die Muffins, sie trinken den Kaffee leer, ordern Milchshakes, teilen sich Eisbecher und stoßen begeistert mit dem Bier an.

Zwischendurch mustern sie auch die Regale und Bücherstapel, die im Raum verteilt sind. Vor allem Shelly stöbert viel und schlägt den anderen immer wieder interessante Bücher vor, die sie entdeckt. Man könnte meinen, dass sie eine verdeckte Angestellte von Wyatt ist, und ich kann sehen, wie er sich über ihre Begeisterung freut.

Unauffällig hebe ich einen Bierdeckel vom Boden auf. Einer der Kollegen hat zu viel getrunken und benimmt sich ein bisschen daneben. Dennoch sind alle guter Stimmung und sie kaufen sogar ein paar Bücher.

Ich freue mich für Wyatt, aber ich sehe auch, wie sich zunehmend Müdigkeit auf seine Züge schleicht. Deswegen versuche ich, die Partygesellschaft unauffällig dazu zu bewegen, die Feier ausklingen zu lassen.

Schließlich rücken die letzten Stühle und die Dielen knarren unter den vielen Menschen, die gleichzeitig über sie hinwegströmen. Draußen findet eine lautstarke Verabschiedung statt. Letzte Fotos werden geschossen, dann spazieren einige los und die andere verteilen sich auf die Wagen.

Ich bleibe noch und gehe mit Wyatt wieder nach drinnen. Er gähnt so groß und breit, dass ich darüber staune, wie weit er den Mund aufreißen kann.

Dann fängt er an, aufzuräumen. Ich greife mir ein Rudel Gläser.

»Du kannst gehen, Hank. Du bist nach wie vor nicht mein Angestellter. Sicher bist du müde.«

»Und du?«, frage ich zurück. »Lass uns das schnell erledigen, damit du ins Bett kannst.« Lächeln traf auf Lächeln und wir waren uns einig.

KAPITEL 12

Wyatt

GREYSON VERSPRÜHT JEDE Menge Tatkraft, als er den kleinen Steinpfad zum Café entlangläuft. Er hat eine graue, rechteckige Tasche unter dem Arm, die an den Kanten abgerieben aussieht. Sein Gesicht strahlt, als könne er sich nichts Besseres vorstellen, als jetzt nach meinem Buchcafé zu schauen.

Lächelnd eile ich in den Vorraum und begrüße ihn dort.

»Hey Wyatt«, sagt er und schaut sich neugierig um, obwohl es im Flur noch nichts zu sehen gibt. »Da bin ich, um mir dein Baumproblem anzusehen. Aber ich würde auch eine vollständige Führung nehmen, wenn du nichts dagegen hast.«

Ich lächle freudig und winke ihn hinter mir her. Natürlich zeige ich ihm gerne alle Details. Er ist der erste Besucher, der mit so viel Elan das Café betritt und das motiviert mich wiederum.

Ich zeige ihm den Hauptraum, präsentiere auch stolz die Fensterbank, die ich selbst zum Lesen ausgebaut habe. Er betastet die Verkleidung und nickt anerkennend. Dann blickt er hoch zu den Balken, an die ich nach und nach Dekoration gehängt habe.

Unterschiedlich lange Seilgeflechte hängen herunter. An manchen sind Topfpflanzen befestigt, an anderen baumeln Tabletts, auf denen kleine Bücherstapel liegen. Manche tragen elektrische Laternen, die ich mit einer Fernbedienung einschalten kann, um die Lichtstimmung anzupassen. Es sieht magisch aus und ich mag das sehr gerne.

»Da hinten zauberst du die Muffins, nehme ich an.« Greyson nickt in Richtung Küchentür.

»Ja, genau. Möchtest du einen?« Ich schlendere zur Auslage. Heute waren erst zwei Leute hier und entsprechend ist noch fast alles da, was ich gemacht habe.

»Nachher auf jeden Fall«, sagt er und wendet sich der nächsten Wand zu. Er nimmt wirklich den ganzen Raum unter die Lupe, zeigt echtes Interesse. Er sieht sich die Tische an, die ich ausgewählt habe, betrachtet die Bücherstapel auf der Kommode in der Ecke, dann geht er zu der Regalwand.

Dort habe ich die Bücher größtenteils nach Genre und Thema sortiert. Ich wollte erst nach Autoren gehen, aber dann dachte ich, dass es für die Rainsider wohl besser wäre, wenn ich nach dem Inhalt gehe. Wenn ihnen die Autorennamen sowieso nichts sagen, dann werden sie auch nicht nach ihnen suchen.

Greyson mustert die Buchrücken, streckt die Hand aus, streicht über den einen oder anderen, so wie ich es selbst manchmal tue. So als wären die Bücher kleine Schätze. Meine Sympathie für ihn wächst und ich frage mich, ob er mir vielleicht deswegen so bereitwillig helfen möchte — weil er Bücher liebt.

135

Da er alles sehen will, zeige ich ihm das gesamte Gebäude. Theoretisch habe ich in jedem Raum noch kleine Arbeiten zu erledigen – die Tür zum Lager klemmt immer noch und ich habe noch keine Maßnahme gefunden, die hilft – außer, einen Getränkekasten in die Tür zu stellen, damit sie nicht zufällt.

So präsentiere ich ihm also das Lager, das Bad und auch kurz den hinteren Bereich, der zum Garten führt. »Das wäre so ziemlich alles. Also abgesehen von meiner Hauptbaustelle«, murmele ich.

»Okay, dann zeig mir mal den Baum.«

Ich nicke und führe ihn in das Zimmer gegenüber vom Hauptraum. Hier hat sich wenig verändert, seit ich das Café in Betrieb genommen habe. Natürlich habe ich die Spinnweben entfernt, Staub gewischt und alles gereinigt, aber mit neuer Einrichtung habe ich den Raum nicht versehen. Es stehen einige Pflanzen auf den Fensterbrettern, für die ich drüben keinen Platz mehr hatte. Ansonsten ist hier vor allem ... der Baum.

Greyson stemmt die Fäuste in die Hüften und schaut nach oben zur Krone, die hier und da durch das Dach brechen will. Dann wandert sein Blick langsam am Stamm nach unten und fixiert die Schäden am Boden, wo Wurzeln sich aufwölben.

Ich warte gespannt, halte beinahe den Atem an, weil sein Urteil wirklich etwas bedeuten wird. Wenn er sagt, dass es sich nicht lohnt und ich den Baum lieber entfernen lassen soll, dann werde ich darüber wohl nochmal nachdenken müssen, auch wenn es mir schwerfällt.

Aber er sagt etwas anderes. »Ich würde mit dem Boden anfangen.« Er geht langsam um den Baum herum und deutet auf den Wurzelbereich. »Abstecken, wie weit dieses

Wurzelgewölbe reicht, kleinen Sicherheitsabstand, und dann eine Miniaturmauer drumherum ziehen. Können wir auch so machen, dass man die als Sitzgelegenheit nutzen kann. Im inneren Kreis Erde oder ein paar Pflanzen, die nicht stören.«

Während er spricht, wächst das, was er beschreibt, förmlich vor meinen Augen. Ja, ich kann es sehen. Und was für eine schöne Idee mit der Mauer, auf der die Leute sitzen und lesen können. Das ist fast, als würde ich einen Park in mein Café einbauen.

»Da oben ...« Er deutet hinauf zum Dach. »Machen wir im Grunde dasselbe. Wir schätzen ab, wie viel Raum die Krone brauchen wird, und schneiden das frei. Im besten Fall decken sich die beiden Bereiche – also oben und unten – in etwa. Ich werde mir das Dach genauer ansehen. Dann stecken wir oben ein paar Pfähle auf und spannen eine Plane drüber, damit es nicht reinregnet.« Er schmunzelt. »Wenn's nicht Rainside Valley wäre, würde ich fast drauf verzichten ... aber so oft und ausgiebig wie es hier regnet, hättest du bald Schimmel und alle möglichen anderen Schäden.«

Er fängt an, im Kreis um den Baum herumzugehen und obwohl er nicht mal auf den Boden schaut, schafft er es, nicht über die Wurzeln zu stolpern, die hier und da hochstehen. »Die teure Lösung wäre eine Art Glaskuppel, aber eine Plane ist günstiger und dazu auch flexibler. Es gibt inzwischen Gewebe, die gut Luft und Sonne durchlassen, aber den Regen abhalten. Sowas brauchst du. Der Baum wird sich anpassen. Und er wird sicherlich auch dankbar sein, dass du ihn stehen lässt.«

»Und das geht wirklich?« Ich habe die Hände vor dem Körper gefaltet und knete meine Finger. Was Greyson erzählt, klingt fast zu einfach. Aber natürlich ist es trotzdem eine Menge Arbeit. Er muss hier Bodendielen herausnehmen, Sachen zurechtsägen, diese Mauer bauen, das Dach präparieren, draußen herumklettern ... das ist nicht in einer Stunde getan.

»Klar geht das«, sagt er und wendet sich mir grinsend zu. Er wirkt nicht, als würde die Aussicht auf diese Arbeit ihn einschüchtern. Hat er noch im Hinterkopf, dass ich vorerst nicht dafür bezahlen kann?

»Jetzt ein Muffin?«, frage ich, um mich davon abzuhalten, schon wieder das nicht-vorhandene Geld anzusprechen.

An diesem Tag nimmt Greyson noch einige Maße und steigt auf eine Leiter, um sich die Decke das Raumes genauer anzusehen. Dann fährt er wieder und ich platze fast vor lauter neuer Hoffnung und Glück.

Colts Tipp war Gold wert. Greyson ist so verdammt nett und hilfsbereit. Wenn ich Ryder erzähle, dass er die Arbeiten vorerst gratis für mich machen wird ... Ich bin so gut gelaunt, dass ich das Handy sofort herausziehe und ihn anrufe.

»Ja?« Wie immer in letzter Zeit klingt er etwas gestresst, aber obwohl es nur eine Silbe ist, die mir aus dem Lautsprecher entgegenkommt, kann ich hören, dass er sich auch freut, dass ich ihn anrufe. Wir haben jetzt eine Weile nicht mehr miteinander geredet. Teils, weil wir beide zu beschäftigt waren, teils, weil ich Angst hatte, mit ihm zu reden.

»Ich habe mein Baumraumproblem gelöst«, sage ich eifrig und erzähle von Greysons Plänen. Ich male meinem Bruder in den buntesten Farben aus, wie dieser Raum am Ende aussehen wird, welchen Flair er versprühen wird und dass er meine neue Attraktion sein wird. Ich habe bereits ein dutzend Ideen dafür, was ich damit machen kann. Von Camping-Lesen bis hin zu Lesespielen und allem Möglichen.

Ryder hört schweigend zu und ich höre das Klappern einer Tastatur und das Klicken einer Maus im Hintergrund. Trotzdem scheint er mir zugehört zu haben, denn als ich fertig bin, stellt er mir Fragen dazu. Dann sagt er: »Vielleicht kriegst du sie damit wirklich.«

Es klingt bemüht, aber ich bin ihm dankbar dafür, dass er es versucht. Dass er versucht, an mich und diesen Traum zu glauben.

»Greyson schien auch selbst ein Bücherfreund zu sein. Wer hätte das gedacht? Es finden sich bestimmt noch mehr Buchbegeisterte hier. Wenn ich erst alle meine Ideen umsetzen kann, kommen sie alle hierher und finden zusammen. Und dann stecken wir die anderen an und zeigen ganz Rainside Valley, wie schön Lesen ist. Und Muffins natürlich.«

Ryder gibt ein zustimmendes Brummen von sich. »Das wäre gut. Halt mich auf dem Laufenden.«

»Na sicher.« Wir schweigen einige lange Sekunden. »Wie läuft es bei dir?«

Er seufzt und erzählt mir ein paar Dinge, von denen ich nicht viel verstehe. Projekte, die fertiggestellt wurden und Firmennamen, die mir vage bekannt vorkommen. Es klingt, als sei er bereits jetzt sehr gefragt.

»Isst und schläfst du genug?«, erkundige ich mich, als er ins Telefon gähnt.

»Nein«, erwidert er, ohne auch nur den Versuch, mich anzulügen.

»Wird das bald besser?«

Ich kann sein Schulterzucken nicht sehen, aber ich stelle es mir vor. »So ist das, wenn man ein Business startest, weißt du ja selbst. Ich gebe mein Bestes.« Ich kann hören, dass er noch mehr sagen wollte, aber es sich verkneift. Ich mutmaße, dass es sowas wie »Ich gebe mein Bestes für uns beide« werden sollte. Aber das hätte impliziert, dass er immer noch nicht überzeugt davon ist, dass mein Café mich tragen wird, und das wollte er mir wohl ersparen. Ich lächle schwach, verspreche, Fotos zu schicken und bitte ihn, trotz allem auf sich und seine Gesundheit zu achten. Dann legen wir auf.

Bevor ich das Handy wieder einstecke, fällt mir noch die Nachricht von Hanna auf, der Farmerin, die mir einen Teil meines Mehls liefert. Sie bestätigt mir nur die nächste Lieferung. Ich schicke ihr einen Daumen nach oben und stecke das Telefon wieder ein.

Dann gehe ich zu meinem Baum und lege die Hand auf die Rinde. Der Stamm ist kühl und fühlt sich trotzdem irgendwie lebendig an. Ich lächle und schaue hoch zur Krone. »Scheint, als könntest du hierbleiben. Ich freue mich. Auf eine gute ... Ko-Existenz.«

Der Gastraum ist natürlich immer noch leer, als ich zurückkehre. Ich hätte es ja auch gehört, wenn jemand gekommen wäre. Die knarzenden Dielen im Flur sind mein Bewegungsmelder. Ich vertreibe mir die Zeit damit, die Fenster zu putzen, Kissen auszuklopfen und hier und da ein Deko-Objekt zu verrücken.

Ich drehe mich um die eigene Achse und nehme den gesamten Anblick in mich auf. Das hier ist in den knapp drei Wochen, die ich jetzt hier bin, schon mein zweites Zuhause geworden. Ich würde es vermissen, wenn ich weggehen müsste. Die runden Cafétische, die Regalwand, die Hängetabletts mit den Bücherstapeln, die ich mit großer Sorgfalt gebaut habe ... die Laternen, der Leseplatz am Fenster, meine Muffinvitrine. Ich liebe das alles so sehr.

Einmal mehr beschließe ich fest in meinem Inneren, in meinem Herzen, dass es klappen muss. Der Baumraum könnte eine Attraktion sein, die Leute hierher lockt. Mir schwebt vor, ein Event zu veranstalten, bei dem die Leute ihre Zelte mitbringen und dort drüben quasi campen können – mit Büchern. Ich könnte sie dann auch im Café übernachten lassen. Wenn ich Zeit finde, um den Garten ein wenig herzurichten, könnten auch dort einige Zelte stehen, und sogar ein Lagerfeuer gemacht werden.

Dann würde ich den Leuten zeigen, wie viel eine gute Geschichte zu so einer Unternehmung beitragen kann. Es könnte alles Hand in Hand gehen.

Ich nicke mir selbst zu und gehe hinter die Theke. Dort neben der Spüle liegt mein Notizblock, auf den ich jetzt einige meiner neuen Ideen notiere. Vertieft in meine Gedanken kritzele ich Buchstaben aufs Papier, bis das Blatt vollgeschrieben ist. Ich reiße die Seite ab und lege sie in eine Schublade, die ich extra dafür benutze. Dann höre ich etwas. Ein ganz leises, zartes Geräusch. Papier, das auf den Boden segelt.

Ich runzele die Stirn und sehe mich um und da liegt sie: Eine Seite, schätzungsweise A5 groß. Papier, das nicht aus meinem Notizblock stammt. Ich bücke mich danach. Eine Gänsehaut bildet sich auf meinen Armen. Aufgedruckte Schrift. Ein Text wie aus einem Buch.

Ich schüttele verwirrt den Kopf. Ist das mein Brief vom anonymen Texteschreiber?

KAPITEL 13

Hank

D U MEINST ALSO, er sei dir aus der Tasche gerutscht?« Ich habe die Frage jetzt schon zum drit-
ten Mal umformuliert und habe immer noch
nicht das Gefühl, eine zufriedenstellende Antwort bekommen zu haben.

Wyatt druckst herum. »Ja, nein, ich bin mir nicht sicher.
Die Seite fiel einfach zu Boden und ich habe nicht gesehen,
woher sie kam. Sie könnte irgendwo im Thekenbereich ge-
legen haben und durch meine Bewegung herunter gesegelt
sein, oder sie steckte lose in meinem Hosenbund oder so.
Ich habe sie nicht bemerkt, bevor ich sie gehört habe.«

Draußen ist es inzwischen dunkel und das warme Licht
der Lampen erleuchtet den Raum. Wir stehen vor eben
jenem Thekenbereich des Buchcafés und ich blicke mich
zweifelnd um.

»Welches Motiv könnte Greyson haben?«, murmele ich,
wobei mir natürlich bewusst ist, dass es nicht der Tischler

gewesen sein muss, aber zumindest katapultiert ihn das in den Kreis der Verdächtigen.

»Ich weiß es nicht. Er war so freundlich zu mir. Ich glaube nicht, dass er mir schaden will. Vielleicht hat sich doch jemand hereingeschlichen, als wir in einem der anderen Räume waren. Ich dachte zwar, ich würde jeden Neuankömmling hören, aber wenn jemand weiß, welche Dielen vorne knarren, könnte er ihnen bestimmt ausweichen.«

Wyatt fährt sich mit beiden Händen übers Gesicht. Theoretisch könnte er es auch immer noch selbst sein und diesen Brief ins Spiel bringen, um mich zu verwirren. Den Gedanken kann ich nicht ganz abschütteln, aber ich schiebe ihn beiseite, weil es einfach keinen Sinn ergibt.

Ich seufze und überfliege den Text, den Wyatt bekommen hat. Ich finde nicht, dass er bedrohlich klingt. Es geht um jemanden, der sich selbst als Träumer bezeichnet – ein Wort, das ich Wyatt schon benutzen gehört habe. Aber das bedeutet nicht, dass er das geschrieben hat.

Fahrig falte ich das Papier und stecke es ein. »Er hat dich nicht berührt? Da bist du dir sicher? Gab es irgendeine Gelegenheit, bei der er dir den Brief hätte zuschieben können?«

»Ich weiß es nicht. Eigentlich nicht. Denke ich.«

Ich muss fast lachen, weil er so vage bleibt. Am liebsten würde ich den Fall aufgeben, weil er mich langsam wahnsinnig macht. Aber ich habe mir vorgenommen, das Rätsel zu lösen.

»Okay, gehen wir das ganz systematisch an. Wir spielen jetzt Greysons gesamten Besuch hier nach. Du zeigst mir, wo ihr wart, wo ihr jeweils langgelaufen seid, wo ihr standet, und so weiter. Stück für Stück. Wir fangen im Flur bei der Begrüßung an.«

Wyatt nickt. »Ein Muffin als Denkfutter?«, fragte er und öffnet die Vitrine für uns. Ich schüttele den Kopf, aber er nimmt sich einen.

Dann gehen wir in den Flur und ich lasse mir alles haarklein von ihm beschreiben. Jedes Wort und jede Geste. Wyatt ist ein guter Zeuge. Er denkt viel nach, versucht, sich detailgenau an alles zu erinnern, und zuckt nicht einfach nur mit den Schultern.

Seine Gabe, Dinge lebendig zu beschreibe, hilft mir, mir die Situation genau vorzustellen. Immer, wenn er Greyson nachmacht, nimmt er die Schultern weiter zurück und richtet sich höher auf. Das ist irgendwie niedlich und ringt mir ein Schmunzeln ab.

Wir arbeiten uns vom Flur in den Gastraum vor. Greyson hat alles inspiziert, nur in der Küche waren sie nicht, wie es scheint. Er war auch kurz in der Nähe der Vitrine, aber Wyatt behauptet, ihn die ganze Zeit beobachtet zu haben, sodass er dort wohl nichts hätte ablegen können Aber ob das stimmt? Ich habe ja selbst schon gesehen, wie er manchmal in seine Tagträume abgleitet. Theoretisch reichen zwei Sekunden.

Wir gehen weiter. Wyatt erzählt, dass Greyson auch die kleineren Zimmer sehen wollte. Also begeben wir uns nach hinten zu einem kleinen Lagerraum. Wyatt geht hinein. Es ist ein länglicher, schmaler Raum mit kahlen Wänden. Links und Rechts stehen Kartons und in der Ecke einige Getränkekisten. Ein Fenster gibt es nicht.

Wyatt geht ganz hinein und als ich ihm folgen will, falle ich beinahe über einen weiteren Getränkekasten, der mitten im Weg steht. Ich schiebe ihn mit einem unwirschen Schnauben beiseite. Ist ja lebensgefährlich.

»Ich hab ihm ein Craftbier angeboten und die Sorten angepriesen, die ich ... Nicht!« Wyatts Augen weiten sich und ich habe noch nie so einen Schrecken auf seinem Gesicht gesehen, als er nach vorne stürzt, dabei an der Ecke eine Kartons hängen bleibt und die Arme ausstreckt, um sich irgendwie abzufangen. Ich mache zwei große Schritte und bin gerade noch rechtzeitig bei ihm, um ihn zu retten. Er krallt reflexartig die Finger in meinen Ärmel und ich erwische ihn mit der anderen Hand an der Schulter, um ihn zu stabilisieren.

Dann fällt hinter mir die Tür zu. Es ist ein dumpfes, schweres, endgültig klingendes Geräusch, das mich den Kopf drehen lässt.

»Fuck«, stößt Wyatt aus und ich hebe verwundert die Brauen, weil ich ihn noch nie fluchen gehört habe. Er macht sich von mir los und hastet zur Tür, drehte an dem Knauf herum und drückt sich dagegen. »Fuck, fuck, fuck.«

Stirnrunzelnd sehe ich ihm zu und langsam dämmert mir, was los ist. Das ist diese Tür, von der ich ihn schon zweimal reden gehört habe. Die, die klemmt.

»Lass mich mal«, sage ich im Brustton der Überzeugung und er tritt beiseite. Ich stemme die Schulter gegen die Tür, eine Hand am Knauf und schiebe ordentlich. Dann mit noch mehr Kraft, drücke dabei mal nach oben, mal nach unten und zur Seite. Noch mehr Kraft. Ich dachte eigentlich, mir würde es leichter gelingen und versuche, mir meine Anstrengung nicht ansehen zu lassen ... aber die Tür bewegt sich nicht.

»Wenn sie zu ist, ist sie zu«, jammert Wyatt neben mir und beißt sich auf die Unterlippe. »Ich hab sie das eine Mal nur mit Glück wieder aufbekommen. Keine Ahnung, wie ich das gemacht habe. Es ist von außen schon etwas

145

schwierig, aber mit dem Knauf ... Deswegen hatte ich den Kasten da stehen.« Er grinst schief.

Ich schüttele den Kopf. »Das war mein Fehler, sorry.« Ich bin noch nicht bereit, aufzugeben, also ruckele ich weiter an der Tür herum.

»Ich glaube, das ist so eine Art alte Brandschutztür«, sagt Wyatt. »Deswegen ist sie auch so dick und schwer. Ich hatte überlegt, ob ich sie aushängen lassen soll, aber eigentlich brauche ich auch eine Tür, wenn ich hier Essen und Getränke lagere.«

Während er seufzt, werfe ich mich mehr oder weniger gegen das Hindernis. Ohne Erfolg. Oh Mann, das sieht nicht gut aus. Schließlich lasse ich ab und ziehe mein Handy aus der Hosentasche. Dann rufen wir eben Hilfe. So spät ist es ja noch nicht und das Café ist ja vorne noch offen.

»Vielleicht hast du hier ja mehr Glück mit dem Empfang«, kommentiert Wyatt, der nicht sonderlich hoffnungsvoll klingt. »Im Hauptraum ist der Empfang schon schleppend ... hier drin habe ich nicht mal einen Balken.« Er präsentiert mir sein Smartphone und mein Kiefer verkrampft sich, als ich auf mein eigenes Display schaue und feststelle, dass bei mir das Empfangssymbol durchgestrichen ist.

»Das heißt?«, frage ich langsam.

Er zuckt mit den Schultern. »Wir können es weiter versuchen und zum Gott der Gnade und der Türen beten, dass sie wieder aufgeht ... oder wir müssen bis morgen früh warten, da kommt meine Mehllieferung. Hanna wird uns rausholen, wenn wir laut genug rufen, nehme ich an.«

»Oder meine Kollegen suchen dann nach mir. Sie wussten ja, wo ich hinwollte«, murmele ich. Irgendjemand wird uns sicher rausholen. Aber nicht jetzt.

Ich wende mich wieder zur Tür um und versuche es nochmal.

Wie lange ich an diesem Knauf hänge, weiß ich am Ende nicht, aber als ich mich wieder umdrehe, inzwischen doch schwerer atmend, sitzt Wyatt auf einem der Kartons und wirft mir ein schiefes Lächeln zu. »Auch einen Keks?«

Ich seufze schwer, werfe der Tür einen anklagenden Blick zu und setze mich auf einen der Getränkekästen ihm gegenüber. Er hält mir die Kekstüte hin.

»Dass du auch Fertiggebäck hier hast ...«, murmele ich.

»Die sind echt lecker, besser könnte ich sie wahrscheinlich auch nicht backen.« Er zuckt mit den Schultern.

Ich beiße ab, kaue, und stimme ihm brummend zu. Die Süße hilft ein bisschen, den Frust abzubauen, den die Tür in mir zurückgelassen hat. Was für ein Mist. Jetzt sitzen wir hier fest und ich kann nichts tun, außer zu warten.

Mein Blick schweift von dem Keks in meiner Hand zu dem Mann, der mir gegenüber auf dem Karton sitzt und gedankenverloren mit den Beinen wackelt. Wyatt wirkt immer irgendwie jugendlich, obwohl er auch schon Mitte zwanzig ist, also eigentlich nur wenig jünger als ich.

Ich beobachte, wie er in die Gegend starrt, ziemlich sicher in einen Tagtraum versunken, und an seinem Keks knabbert. Er benutzt nur die Schneidezähne und nibbelt an dem Gebäckstückchen wie ein zögerlicher Hamster. Meine Mundwinkel heben sich automatisch. Ich betrachte seine Lippen, seine Nase, seine Augen, dann sein Haar ... und komme zu dem Schluss, dass es wahrscheinlich Schlimmeres gibt, als für ein paar Stunden mit einem Mann eingesperrt zu sein, dessen Gesellschaft ich schätze. Zudem haben wir genug Essen und Trinken. Nur mit dem

Klo könnte es schwierig werden. Aber daran möchte ich jetzt nicht denken.

Wir kauen auf den Keksen herum und mustern einander verstohlen. Ich lenke meinen Blick bewusst auf die Kartons, Kisten und Regale. »Gibt es hier zufällig auch Bücher, um uns die Zeit zu vertreiben?«, frage ich und will mich direkt danach ohrfeigen, weil das klingt, als fände ich es sterbenslangweilig in seiner Nähe.

Ich wollte einfach nur irgendetwas sagen, um die Stille zu füllen. Irgendwas mit Büchern, weil Wyatt Bücher mag.

»Ähm, doch es müsste welche geben, weil hier auch noch Reste meines privaten Gepäcks untergebracht sind. Ich habe nicht alles, was ich mit nach Rainside gebracht habe auch in die Wohnung mitgenommen.« Er sieht sich um. »In dem Karton da müssten die Sachen sein. Aber ich glaube nicht, dass das unbedingt Lektüre ist, die dich interessiert. Sind eher Jugendbücher und so.«

»Ich interessiere mich für alles mögliche«, sage ich.

Er hält mir die Kekstüte hin und ich nehme noch einen.

»Die meisten Jugendlichen, mit denen ich damals zu tun hatte, fanden Lesen blöd, weil das was war, zu dem einen die Lehrer zwingen. Also wegen der Schullektüre glaube ich. Mir ging es ganz anders. Ich hab es geliebt.«

Ich nicke bedächtig, bin froh, dass er etwas erzählt, damit das Schweigen sich nicht wieder so ausbreitet und mich mit meinen Gedanken allein lässt.

»Aber du hast es dir nicht ausreden lassen«, sage ich.

Wyatt schüttelt den Kopf. »Also ich mochte auch andere Sachen. Videospiele. Gesellschaftsspiele. Aber Ersteres hielt unsere Mum für gefährlich und für Brettspiele brauchst du meistens mindestens drei Leute, eher vier, damit es Spaß macht, und ich hatte meistens nur Ryder, wenn der überhaupt Lust hatte, zu spielen. Bücher waren immer zugänglich für mich und ich konnte sie alleine genießen.«

Irgendwie klingt seine Kindheit und Jugend gar nicht mehr so glücklich. Ich frage mich, in was für Verhältnissen er aufgewachsen ist, aber ich will auch nicht nachfragen, weil ich Sorge habe, zu weit zu gehen. Ich lasse ihn einfach erzählen und höre zu.

»Unsere Mum war nicht viel zu Hause. Ich dachte immer, dass sie arbeitet … später hat sich herausgestellt, dass das nicht so ganz die Wahrheit war. Na ja.« Er zuckt mit den Schultern. »Weiß gar nicht, warum ich das jetzt erzähle. Damit uns nicht langweilig wird wahrscheinlich.«

»Du musst nicht deine Vergangenheit vor mir offenlegen, um mich zu unterhalten«, sage ich und fahre mir mit der Hand übers Kinn. »Ich kann dir auch was erzählen. Über Rainside Valley?«

Wyatt lächelt mich an, etwas Verletzliches in seinem Blick, und ich merke ganz deutlich, wie sich etwas in meiner Brust bewegt. Ich habe wirklich etwas für ihn übrig.

»Ja, ich würde gern mehr über die Stadt hören. Ich weiß nur das, was im Internet steht und das ist relativ trocken.«

»Mal überlegen, also … vor meinem Urlaub war ein Grizzlybär Thema, den ein paar Camper nahe der Stadt gesehen haben wollten. Das war eine große Sache, weil es hier seit über 50 Jahren keine wilden Grizzlys mehr gibt. Wenn du einen sehen willst, muss du in den Zoo gehen oder nach Kanada rüberfahren.«

»Aber es wurde einer gesichtet?«

»Na ja, es gab keine Fotos und die Jungs waren betrunken zu dem Zeitpunkt, als sie ihn gesehen haben wollten. Trotzdem waren sie sich sicher und einige glaubten ihnen. Eine Weile war es dann ganz normal, dass mehrere Gruppen Rainsider durch unsere Wälder streiften und nach dem Bären Ausschau hielten. Als aber wochenlang keiner mehr gesichtet wurde, verlief sich die Geschichte wieder.«

Wyatt lacht leise. »Glaubst du, dass es einen gab?«

»Ich glaube, die Leute mögen Sensationen. Obwohl es mich für die Grizzlys selbst natürlich freuen würde, wenn sie sich heimlich wieder ausbreiten. Die Tiere haben diesen Lebensraum mehr verdient als wir.« Ich zucke mit den Schultern. »Vielleicht war es ein Schwarzbär, der durch den Regen und die Taschenlampen anders aussah. Auf jeden Fall wurde keiner gefunden. Das Gerücht, dass es in Rainside noch Grizzlybären gibt, hält sich in manchen Ecken zwar noch, aber die meisten wissen, dass es nicht stimmt.«

»Was ... was macht man eigentlich, wenn mein beim Camping von einem Bären überrascht wird?«

»Normalerweise passiert das nicht. Bären halten sich von Lärmquellen fern und der durchschnittliche Camper macht jede Menge Lärm.«

Wyatt neigt den Kopf. »Ich wäre wohl nicht der durchschnittliche Camper. Wenn ich mir vorstelle, mit einem Zelt in der Natur zu sein ... ich würde die Umgebung genießen, Insekten und Vögel beobachten und ihnen lauschen ... und ich würde natürlich lesen. Die Luft und die Atmosphäre im Wald, das bietet sich perfekt an. Ich würde vorher passende Geschichten für diese Umgebung aussuchen. Vielleicht Fantasy mit Elfen und Waldläufern.«

»Oder einen Thriller, der in einem einsamen Haus im Wald spielt?«

Wyatt schmunzelt. »Ginge auch, würde ich aber eher von Colt erwarten.«

»Du könntest dich einer Gruppe anschließen. Dann sind die anderen laut genug, um wilde Tiere fernzuhalten und du kannst in Ruhe lesen.« Ich denke dabei ans letzte Wochenende. Ich hätte Wyatt zeigen können, wie man angelt. Und wenn es ihm nicht gefallen hätte, hätte er auch bei uns sitzen und lesen können. In meiner Fantasie passt das gut zusammen.

»Auf viele Menschen wirkt es seltsam, wenn man zwischen vielen lauten Personen leise ist«, sagt er. Und ich gebe ihm Recht. Leise Menschen sind einigen suspekt.

»Ich mag es, wenn zwischen vielen lauten auch mal einer leise ist«, sage ich. »Also, nicht serienkillerleise, sondern zurückhaltend, nachdenklich oder verträumt. Ich meine ... du bist zum Beispiel ja auch eher nach außen hin leise. Aber wenn man hinschaut und hinhört, weiß man ja schnell, dass ...« Wyatts neugieriger Blick bringt mich aus dem Konzept. Was wollte ich überhaupt sagen? Ich habe Mühe, meinen Satz sinnvoll zu Ende zu bringen. »Dass hinter deinen Augen viel passiert. Dass es da nicht leise ist. In deiner Fantasie, in deinen Gedanken.«

»Ja, das lasse ich ja manchmal auch auf die Leute los.« Er lacht ein wenig schamhaft. »Gedankenschlösser bauen, nennt Ryder es, wenn ich meine Träumereien vor mich hin plappere.«

Ich mag das. Die Worte sind so klar und laut in meinem Kopf, dass ich fast glaube, Wyatt müsste sie gehört haben. Aber sein schüchternes Lächeln sagt mir, dass das nicht so ist. Vielleicht sollte ich es aussprechen, aber der Moment verfliegt, bevor ich mich dazu durchringen kann.

Mein Gegenüber rutscht von dem Karton, streckt die Glieder und verschiebt ein paar Kisten. Dann greift er in den Karton, den er mir vorhin gezeigt hat. Den, mit seinen Privatsachen. Er zieht eine Steppdecke heraus und legt sie dorthin, wo er vorher gesessen hat.

»Ich will es uns nur bequem machen«, sagt er.

»Du kannst ruhig auch ein Buch rausholen und lesen. Das ist doch, was du machen würdest, wenn du allein hier eingesperrt wärst, oder? Du musst nicht wegen mir darauf verzichten.«

Ich kann an seiner Mimik ablesen, dass ich vollkommen richtig liege. Zögerlich greift er nochmal in den Karton und holt einen kleinen Stapel Bücher heraus. Es sind alte Ausgaben, die an den Rändern angestoßen sind.

»Ich teile mit dir«, sagt Wyatt und bietet sie mir an. Ich greife nach dem Stapel und betrachte ein Buch nach dem anderen.

»Sherlock Holmes«, murmele ich. »Ein Klassiker, hm?«

Wyatt wirkt unruhig, als ich ihn ansehe. Ist ihm das so unangenehm?

»Kann man solche Bücher eigentlich mehrmals lesen? Also vergisst man die Auflösung mit der Zeit wieder?«

Das scheint ihn aufzulockern. »Ich habe die so oft gelesen, dass ich ganze Abschnitte Wort für Wort zitieren kann, aber es gefällt mir trotzdem, sie nochmal zu lesen. Das fühlt sich so vertraut wie ein zweites Zuhause an, und ... wenn man es erst das zweite oder dritte Mal liest, entdeckt man manchmal noch Details, die einem vorher entgangen sind und so wird die Geschichte im Kopf noch reicher.«

Die Bücher sehen tatsächlich so aus, als hätte er sie zahlreiche Male gelesen. Das weckt in mir den Wunsch, ebenfalls ihre Geheimnisse zu erkunden. »Darf ich das hier lesen?«, frage ich und gebe ihm die anderen beiden Bücher zurück. Er nickt und legt die restliche Lektüre hinter sich ab. Dann räumt er erneut herum. Glas klirrt.

»Wenn wir einen Weg finden, sie zu öffnen, haben wir sogar Bier«, sagt er. Ich habe gerade das Buch aufgeklappt, halte nun wieder inne und sehe ihn an.

»Na, daran soll es nicht scheitern.« Ich nehme ihm die Flasche ab und ziehe meinen Schlüsselbund aus der Tasche. Mit einem geschickten Manöver entferne ich den Bierdeckel und gebe Wyatt das Bier zurück. Dann öffne ich mir selbst eins. Wir stoßen an.

»Auf unsere baldige Rettung.«

KAPITEL 14

Wyatt

ZUSAMMEN MIT DEM Mann eingesperrt, für den ich heimlich schwärme. Das könnte der Plot eines Liebesromans sein. Dann würden wir hier ein Picknick mit Kerzen veranstalten oder wahlweise heißen Sex haben.

Im Moment passiert keins von beidem, aber die Fantasien streifen trotzdem hoffnungsvoll durch meinen Kopf. Dabei sagt mir meine Vernunft, dass wir lieber keine Kerzen anmachen sollten. Der Raum ist klein, aber dafür sehr hoch – sicher ist genug Sauerstoff da, damit wir beide gut bis morgen früh auskommen ... ich habe keine Ahnung, wie dicht die schwere Tür ist.

Ich schnaube leise, weil ich mich dabei erwische, von einer Fantasie in die andere überzuleiten. Das Szenario mit der Erstickung gehört eher in einen Krimi oder Actionfilm.

Nein, wir werden sicher einfach nur friedlich hier sitzen und gemeinsam die Zeit totschlagen. Zur Verpflegung haben wir Bier, Wasser und Kekse ... und Bücher.

Wir haben gemeinsam beschlossen, die Decke später auf den Boden zu legen, damit wir uns zum Schlafen ausstrecken können. Zum Zudecken können wir unsere Jacken oder ein paar Handtücher aus dem Vorrat nehmen.

Eine Weile haben wir zusammen am Bier genippt und über Bücher und Rainside Valley und alles Mögliche geredet, das uns einfiel. Nichts zu tiefgründiges, aber doch genug, dass mir dieser Mann noch mehr ans Herz wächst.

Den Sheriff hat er inzwischen abgelegt, wir reden nicht über den Fall, aber seine Ausstrahlung bleibt. Seine ernsten Augen und die kantigen Augenbrauen, die er beim Nachdenken verzieht, faszinieren mich immer noch.

Und wenn er meine alte Ausgabe von Sherlock Holmes in den Händen hält und darin liest, macht ihn das nur noch attraktiver für mich. Innerlich seufze ich. Ich brauche die Kerzen gar nicht. Ich wäre auch offen für die andere Variante unserer Liebesgeschichte. Aber ich habe keine Ahnung, wie es da in Hank aussieht. Ich bin mir nicht mal sicher, ob er auf Männer steht.

Gut, er hat noch keine Frauen erwähnt außer seiner besten Freundin Debbie und ich habe schon öfter bemerkt, wie sein Blick auf mir ruht, aber das muss nichts heißen. Dennoch ... hoffe ich es irgendwie.

Es gab lange niemanden mehr, der mein Interesse so wecken konnte wie der Sheriff. Und wenn ich mal jemanden attraktiv fand – was durchaus öfter passiert – dann war es oft so, dass der Kerl sich disqualifiziert hat, sobald er den Mund öffnete. Manche sind wahnsinnig schnell darin, dämliche Kommentare abzulassen. Und wer übers Lesen oder eben Bücherwürmer lästert, der hat bei mir keine Chance mehr, nicht mal auf einen One Night Stand.

»Was kam eigentlich raus?«, fragt Hank auf einmal und ich tauche aus dem Strudel meiner Gedanken auf.

»Wobei?« Ich drehe die leere Bierflasche in den Händen, damit meine Finger etwas zu tun haben.

»Na bei Greysons Besuch deines Baumes. Kann er dir helfen?« Hank fängt an zu lachen. »Nur deswegen war er doch hier, oder? Und wir haben noch gar nicht darüber gesprochen.«

Ich grinse. Er hat Recht. »Na ja, weil der Text aufgetaucht ist«, erinnere ich ihn. »Er hat Pläne. Hat mir beschrieben, wie er das Dach bearbeiten wird und was wir mit den Wurzeln machen und so weiter. Er klang sehr optimistisch und ich konnte es mir aufgrund seiner Worte gut vorstellen. Vielleicht kriegen wir es wirklich hin.«

»Das freut mich für dich. Greyson ist fleißig und leistet gute Arbeit.«

»Vielleicht rettet er damit mein Café. Sobald der Raum nutzbar ist, will ich dort etwas Großes veranstalten. Die Rainsider lieben ja ihre Nähe zur Natur und neben einem Baum zu lesen kommt ihnen vielleicht weniger abwegig vor, als zu Hause am Tisch zu sitzen und zu lesen.«

Hank brummt zustimmend. »Du holst die Leute da ab, wo sie stehen.«

»Ich hoffe es. Und ich besteche sie mit Muffins.«

Wir lächeln einander an und ich weiß, dass wir dasselbe denken: Schade, dass hier keine lagern.

Hanks Flasche ist im Gegensatz zu meiner nicht leer. Es ist aber auch nicht mehr seine erste. Das Craftbier scheint ihm besonders gut zu schmecken. Immer, wenn er wieder an der Flasche nippt, werfe ich unauffällig einen Blick auf seinen Mund, versuche, das feuchte Glänzen zu erhaschen, das kurz auf seinen Lippen zurückbleibt.

Innerlich seufze ich. Das ist ja Quälerei.

Wenn ich diesen Mann will, dann sollte ich einen Schritt auf ihn zumachen, meinen Absichten offenlegen ... oder ich höre damit auf. Das ist eins dieser Probleme von uns Träumern: Wir sind grandios darin, uns alles mögliche aus-zumalen, ewig im Was-wäre-wenn zu schwelgen. Aber wenn es dann ans Machen geht, zögern wir, weil wir genau-so gut darin sind, uns unser Scheitern auszumalen.

Ich lächle schief und ziehe mein Handy aus der Tasche, um mich damit abzulenken. *Also hast du dich wieder fürs Zö-gern entschieden.*

Es ist spät geworden, aber davon haben wir hier drinnen nichts gemerkt, weil kein Fenster uns den Himmel zeigt. Kein Wunder, dass ich mich müde fühle. Wir haben Mitter-nacht. Immerhin bedeutet das auch, dass wir es bald ge-schafft haben.

Ich stelle meine Flasche beiseite und überlege, ob ich mich schon auf die Decke legen soll.

»Hast du hier auch noch andere Flaschen? Welche mit Drehverschluss, meine ich.«

Stirnrunzelnd sehe ich ihn an. »Ja, das Wasser hat Dreh-verschlüsse.« Ich deute mit dem Kopf auf die andere Ecke neben der Tür. Der Kasten dort ist von Handtüchern und einem Korb voller Putzmittel bedeckt.

»Das ist gut«, murmelt Hank und erhebt sich. Auf ein-mal stehen wir uns in dem winzigen Raum gegenüber und keiner von uns kann einen Schritt zurückmachen, sich höchstens wieder hinsetzen oder zur Seite ausweichen.

Nur, dass ich nicht ausweichen will. Mir zuckt ein Bild durch den Kopf ... Hank, der die Hände an mein Gesicht legt und mich küsst. Die Fantasie bringt meine Wangen und meine Stirn zum Kribbeln und ich glaube, ich werde rot. Aber natürlich passiert nichts der Gleichen in der Realität.

»Ich ... brauche mal eine von denen«, sagt Hank und tritt nun beiseite und auf den Wasserkasten zu. Ich frage mich noch ein paar Sekunden, wofür er das Wasser braucht und warum der Drehverschluss so wichtig ist, dann fällt der Groschen.

»Oh«, murmele ich. »Zu viel Bier.«

Dann wende ich mich ab.

Es gibt ein leises Klappern – Plastikflasche gegen Getränkekasten. Dann höre ich, wie der Deckel gedreht wird. Stoff raschelt. Ich komme nicht gegen meine eigene Fantasie an. Natürlich muss ich mir vorstellen, wie der Sheriff seine Hose öffnet.

Ich drehe mein Handy zwischen den Fingern. Hank seufzt leise, aber doch hörbar. Man sollte meinen, dass es nicht sonderlich romantisch ist, dem Schwarm beim Pinkeln zuzuhören, aber tatsächlich stößt mich das überhaupt nicht ab.

Und er kann ja auch nichts dafür. Dass wir hier eingesperrt sind, ist zumindest teilweise auch meine Schuld – ich hätte mehr darauf pochen sollen, dass diese Tür repariert wird, damit sie nicht zur Falle werden kann. Zwei erwachsene Männer, die hier stundenlang eingeschlossen sind, haben eben Bedürfnisse. Es ist im Grunde auch nicht viel anders, als an irgendeinem beliebigen Pissoir im Kino oder in einer Bar.

Aber ... es sind nur wir zwei.

»Sorry«, murmelt Hank. Er hat die Flasche weggestellt und der Reißverschluss sirrt. »Wenn wir frei sind, kümmere ich mich um die Entsorgung.«

Mir fällt etwas ein, um das Thema zu wechseln, und ich ergreife die Chance. »Hast du mal einen Einsatz gehabt, in dem ihr jemanden aus Gefangenschaft gerettet habt?«

Er setzt sich wieder auf seinen alten Platz. »Sowas Ähnliches«, sagt er.

Ich entscheide mich endlich dazu, mich auf die Decke zu setzen, und blicke zu ihm auf. »Kannst du es erzählen, oder verletzt du damit irgendwelche Rechte?«

»Das war in einem Waldgebiet außerhalb von Rainside. Eine größere Aktion, für die sie Leute von umliegenden Revieren zusammengezogen haben. Wir haben ein riesiges Areal durchkämmt und fanden schließlich einen Jungen, der in einem Loch festsaß. War eine alte Tierfalle oder so. Er hatte einen verstauchten Knöchel, einen Schock und eine Erkältung – ansonsten ist er unversehrt davongekommen.«

Meine Finger krallen sich in eine Deckenfalte.

»Wie ist er da rein geraten?«

»Zwei seiner Schulkameraden behaupteten, sie hätten gemeinsam im Wald gespielt und er sei verschwunden. Später kam heraus, dass die beiden ihn wohl da reingetrieben und sich einen Spaß daraus gemacht hatten. Hatten sich als Jäger aufgespielt und er sollte die Beute darstellen.« Hank schüttelt den Kopf. »Wir hätten ihn viel schneller retten können, wenn sie uns einfach gesagt hätte, dass sie wussten, wo er war. Aber das kam alles erst im Nachhinein raus. Ich habe mich danach oft gefragt, ob ihnen klar war, dass er verdursten wird, wenn wir ihn nicht finden und sie nichts sagen.«

Ich schlucke und mich schaudert es. Ich habe die Beine angezogen und die Arme um sie geschlungen, ohne es zu realisieren. Jetzt wird es mir bewusst, aber ich behalte meine Position trotzdem bei. Einfach, weil mir auf einmal kalt ist.

»Ist alles in Ordnung?«

Ich nicke eifrig. »Ich bin froh, dass ihr ihn gefunden habt. Und ich würde gerne davon ausgehen, dass die Jungen euch hingeführt hätten, bevor Schlimmeres passiert.«

»Lieber an das Gute als an das Böse glauben«, murmelt Hank.

»Fällt dir das in deinem Job schwer?«

Er zuckt mit den Schultern. »Nicht so sehr, wie man vielleicht denken würde. Aber ich habe ja auch viel Zeit hier in Rainside verbracht. Es wäre vielleicht anders, wenn ich in einer Großstadt aktiv wäre, wo schlimmere Dinge passieren als hin und wieder ein Auffahrunfall.«

Wir schweigen eine Weile. Hank gähnt und ich merke, dass er zögert, sich zu mir zu begeben. Deswegen rutsche ich weiter zur Wand und klopfe neben mich auf die Steppdecke. »Leg dich ruhig hin. Hier ist genug Platz für uns beide. Ich versuche auch, meine Ellbogen bei mir zu behalten.«

»Ich schätze, ich schnarche ein bisschen«, sagt er und lässt sich neben mir nieder. Sein Geruch umweht meine Nase, vermischt mit der Note des Craftbiers.

»Ich schlafe einfach vor dir ein, dann höre ich es nicht.«

Wir lächeln einander kurz an. Dann blicke ich zur Decke. Vom Boden aus wirkt der Raum noch höher, fast wie die Wände einer Grube. Ich muss nochmal an die Geschichte mit dem Jungen denken. Und an meine eigene.

Das Rascheln neben mir lenkt mich ab. Hank öffnet die oberen Knöpfe seines Hemdes, dann zieht der den Mantel über sich. Ich werde wirklich neben ihm schlafen, auch wenn es nur der Boden meines Lagerraumes ist.

Am liebsten würde ich mich zu ihm hindrehen, damit ich ihn ansehen kann. Dann könnte ich sein Gesicht im Schlaf betrachten. Aber das würde ihm bestimmt seltsam vorkommen, weil es eine Nähe erzeugt, die er vielleicht nicht fühlt und nicht haben will. Also drehe ich mich so auf die Seite, dass ich ihm den Rücken zuwende. Hoffentlich wirkt das nicht zu abweisend ... aber auf dem Rücken schlafe ich nie ein.

»Gute Nacht, Hank«, sage ich.

»Gute Nacht, Wyatt. Schlaf gut.«

Ich schließe die Augen und nehme mir fest vor, seine Stimme im Ohr zu behalten, bis ich eingeschlafen bin. Das beste aus der Situation machen. Kann ich.

Leider bemerke ich schnell, wie hart der Boden trotz der Steppdecke ist, und obwohl ich relativ bequem liege, ist mir übermäßig stark bewusst, dass ich mich besser nicht bewegen sollte. Ich habe den Arm unter dem Kopf angewinkelt, um das fehlende Kissen auszugleichen. Ja, ein Kissen wäre echt schön. Ich seufze leise und stelle mir vor, ich könnte den Kopf auf Hanks Brust ablegen. Und er würde mich in die Arme nehmen. Unter den Umständen könnte ich wahrscheinlich auch hier schlafen.

Du hattest lange keinen Mann mehr, sagt die Stimme in meinem Kopf und es klingt ein bisschen anklagend. Wahrscheinlich, weil ich Hank so oft in meinen Fantasien auftauchen lasse. Genug jetzt. Ich sollte einfach schlafen.

Schläft er schon? Ich spitze die Ohren, um seinen Atem-
zügen zu lauschen. Nein, wahrscheinlich ist es ihm auch zu
unbequem. Aber vielleicht hilft ihm der Alkohol.

Ich sollte mir Mühe geben, wirklich vor ihm einzuschla-
fen.

Entschlossen wische ich alle wuselnden Gedanken beiseite und entspanne bewusst meine Muskeln. Es ist ja nur
für eine Nacht. Morgen sind wir frei.

Irgendwann finde ich mich in einem Park wieder. Es
riecht nach frisch gemähtem Gras und Sommerblumen.
Die Schule ist aus. Freude durchströmt mich bei dem Gedanken. Ich laufe einen Weg entlang und lausche den knirschenden Steinen. Sie erzählen Geschichte, die ich nicht
verstehe. Ich lächele und lasse mich in einen Tagtraum sinken, in dem Steine und Bäume sprechen können.

Dann ruft jemand meinen Namen, dessen Stimme ich
nicht kenne. Die Farben meiner Umgebung werden dunkler und verlieren ihr Leuchten. Mir wird kalt und auch der
angenehme Geruch des Parks scheint auf einmal fort zu
sein. Die ganze Welt ändert sich, weil ich die Absichten dieser Jungs spüren kann. Irgendwo in mir drin weiß ich, was
passieren wird, als wäre ich ein Orakel mit einer Vision.

Sie reden auf mich ein, schubsen mich, und ich laufe
rückwärts, werde von ihnen über den Rasen getrieben wie
ein verängstigtes Schaf von einer Gruppe Wölfe. Dann
stolpere ich und einer von ihnen packt meine Hand, damit
ich nicht falle. Ich will mich bedanken, aber es kommt
nicht aus meinem Mund. Die Drei lachen und packen
meine Hände. Sie ziehen mich in ein Loch am Rande des
Parks. Gemauerte Wände. Sie lassen mich herab, als sei ich
nur ein Gegenstand.

Ich erreiche den Boden. Es ist kalt hier und das Licht findet kaum noch einen Weg zu mir. Die Wände sind von Wurzeln durchwachsen und an dem bröckeligen Stein kleben Spinnweben. Ich will raus. Die Jungs lachen und rufen mir Dinge zu. Sie zeigen mir eine Abdeckung aus Holz, die sie über mein Gefängnis ziehen wollen.

Meine Kehle ist eng. Warum kann ich denn nicht schreien? Und warum kommt niemand, um mir zu helfen?

Keuchend fahre ich hoch, spüre einen Arm im Rücken und einen auf meiner Brust. Schweiß rinnt mir über die Stirn. Verwirrung frisst die Panik, die mich eben noch fest im Griff hatte. Ich sehe eine Tür und Getränkekästen und Transportkartons. Mein Buchcafé. Das war nur ein Traum. Einer, der sich sehr echt angefühlt hat.

Die Hand im Rücken streichelt mich vorsichtig.

»Das war aber ein heftiger Traum«, sagt eine vertraute Stimme, leise und angenehm tief. Hank. Ich drehe den Kopf und werfe ihm einen scheuen Blick zu. Ups. So viel zu unserer ruhigen Nacht.

»Hab ich dich geweckt?«, frage ich und wische mir übers Gesicht. Wenigstens habe ich nicht geweint. Nur geschwitzt wie verrückt.

»Ich weiß nicht, ob ich geschlafen habe«, brummt er. »Der Boden ist ganz schön hart und mir fehlt mein Kissen.«

Ich muss schmunzeln, weil das so vertraut klingt. Es ist wirklich ein schrecklicher Ort, um zu übernachten. Ich blicke an den kahlen Steinwänden empor. Bestimmt habe ich es denen zu verdanken, dass ich ausgerechnet jetzt so einen Traum bekommen musste. Denen ... und vielleicht Hanks Geschichte von dem Jungen im Wald.

»Du hast den Namen deines Bruders gerufen. Da dachte ich, ich muss dich aufwecken.«

»Ich hatte einen Albtraum.« Wahrscheinlich unnötig, das auszusprechen, aber ich tue es trotzdem. Ich würde gerne auf locker und lässig machen, aber es tut so gut, dass Hank mir gerade so nahe ist und meinen Rücken tätschelt. Seine andere Hand liegt auf meiner Brust, fühlt wohl mein schnell schlagendes Herz. Er ist ganz dicht neben mir. Ich lasse mich vorsichtig gegen ihn sinken und beruhige meinen Atem.

Seine Nähe tut so gut. Nicht nur, weil ich ihn mag. Der Traum hat mich ganz schön mitgenommen und ich frage mich für einen Moment, ob das, was ich gerade durchlebt habe, vielleicht die Wahrheit ist und die andere Version eine Lüge, die ich mir selbst erzählt habe, um mir weiszumachen, dass alles gar nicht so schlimm war.

Ich schlucke.

Hanks Berührungen sind zaghaft. Er muss durch seinen Beruf sicherlich ein bisschen Erfahrung darin haben, Menschen zu beruhigen.

Langsam weicht der Schrecken. Die Fragen bleiben, aber ich kann sie nicht beantworten. Ich werde Ryder fragen müssen, wie es wirklich war. Aber nicht direkt morgen.

Hanks Trost hilft mir. Ich wünsche mir, dass ich diesem Mann immer so nahe sein könnte. Ich fühle mich sicher und geborgen, wenn er mich so hält. Und ich beschließe, mich ihm zu öffnen.

Dann erzähle ich es einfach. Weil die Worte rauswollen. Weil ich glaube, dass Hank der Richtige ist, um sie zu hören.

Ich erzähle von den Jungen, von ihren Hänseleien, von Ryder, der mich rettet. Am Ende lache ich schwach. Ein Reflex, um mir selbst zu zeigen, wie albern es ist, nach all den Jahren immer noch manchmal daran zu denken. Nur

Kinderstreiche. Ich bin deswegen kein Kriegsveteran oder so.

»Tut mir leid, dass andere Menschen so grässlich zu dir waren«, sagt Hank. »Selbst eine kleine Abweichung reicht manchen als Rechtfertigung, um andere zu drangsalieren.« Er seufzt. Sein Tätscheln auf meinem Rücken wird etwas nachdrücklicher.

»Eine Abweichung«, wiederhole ich. »Ja.«

Sein Kopfschütteln wirkt hektisch und er schiebt mich ein Stück von sich, um mir in die Augen zu sehen. »Ich meine ... aus ihrer Sicht. Aus ihrer Sicht war es nicht normal, dass ein Junge gerne liest oder sich in Geschichten und Fantasie verliert.«

»Und aus deiner Sicht?« Auf einmal bin ich mutig. Vielleicht, weil ich mich gerade schon verletzlich gemacht habe. Es fühlt sich an, als wäre es kein Risiko mehr.

»Aus meiner Sicht ... macht es die Welt reicher, wenn jemand wie du in der Nähe ist. Meine zumindest.«

»Deine Welt?«

Ich kann nicht mehr wegsehen. Mein Blick haftet an Hanks Profil und ich kann sehen, dass er schluckt. Er ist wahnsinnig nervös. Mein Mundwinkel zuckt.

»Ich bin nicht ganz so gut mit Worten wie Sir Arthur Conan Doyle.« Er deutet mit dem Kopf auf das Buch, das noch auf der Kiste neben uns liegt.

»Musst du auch nicht«, sage ich. »Sag einfach nur, was du denkst.«

»Wyatt ...«

Meinen Namen aus seinem Mund zu hören, lässt mein Herz höher schlagen. Das ist auch so eine Phrase aus Liebesromanen, aber das ist genau das, was in mir passiert, deswegen passt sie.

»Ich bin froh, dass es Retter wie Ryder und dich gibt, die solchen Geschichten zu einem Happy End verhelfen«, sage ich sanft und leise. Ich wollte ihn nicht in die Enge drängen, ich will nur ... nichts verpassen, das vielleicht hätte sein können.

»Vielleicht braucht jeder Träumer jemanden, der über ihn wacht«, sinniere ich weiter. So jemanden wünsche ich mir hier in Rainside Valley. Vielleicht habe ich mich deswegen so in meine Schwärmerei für den Sheriff vertieft.

»Ich hab dich gern.«

Meine Gedanken stoppen. Hat Hank das gerade gesagt, oder war das Teil eines Tagtraums. Manchmal ist das bei mir nicht so eindeutig ... vor allem, wenn ich so starke Wünsche habe. Aber ich sehe an Hanks unsicherem Blick, dass er es ausgesprochen hat. Er wartet auf eine Reaktion.

Ein erleichtertes Lächeln breitet sich auf meinem Gesicht aus und ich schlinge beide Arme um seinen Nacken. Er umarmt mich zurück. Auf dem Boden meines kahlen Lagerraums.

KAPITEL 15

Hank

ICH HALTE WYATT im Arm und Kopf und Körper spielen verrückt. In meinen Gedanken ist nur ein unaufhörliches Wirbeln und Sausen, das sicher nicht allein vom Alkohol kommen kann. Die zwei Bier haben mich sicher nicht betrunken gemacht. Nein, es ist eine andere Art von Rausch.

Wie lange habe ich keinen anderen Mann mehr so gehalten? Ich habe vor einer Weile meinen Bruder umarmt, aber das war natürlich nicht dasselbe. Das hier ... Wyatt ... so etwas habe ich ewig nicht gefühlt. Dieses Kribbeln überall und dieser Drang, die ganze Zeit zu lächeln.

Es hat sich gelohnt, diese vier Worte auszusprechen. Wyatt schmiegt sich an mich und ich weiß, dass das kein Trostsuchen mehr ist. Zaghaft streiche ich ihm durchs Haar. Es ist ganz weich. Wir sind immer noch in dieser seltsamen Lage, irgendwo zwischen Liegen und Sitzen, aber es wird nicht unbequem, obwohl der harte Boden durch die Decke spürbar ist.

Ich atme Wyatt tief ein. Ja, er ist ein Träumer. Ein Tagträumer. Und ein Albträumer anscheinend auch. Ich schmunzele. Vielleicht braucht jeder Träumer jemanden, der über ihn wacht.

Ja, und vielleicht braucht jeder einsame Sheriff einen verträumten Buchhändler, der ihm leckere Muffins macht. Klingt nicht ganz so universell, aber ich mag die Idee.

Langsam löst er sich von mir, sieht mich an. Unsere Gesichter sind nahe beieinander. Ich sehe in seine Augen und frage mich, wie viele Welten wohl dahinterliegen.

»Wir haben das Licht gar nicht ausgemacht«, sagt Wyatt leise. »Hätte vielleicht beim Schlafen geholfen.«

Ich schmunzele. »Soll ich es ausmachen?«

»Auf keinen Fall. Bleib hier.«

Wir sehen uns an. Ich frage mich, ob ich Teil seiner Tagträume bin. Ob er auch Dinge sieht, die mit mir zu tun haben. Ist das eitel? Ich bin so etwas nicht mehr gewohnt. Als ich mit neunzehn meine ersten Ausflüge in die Clubs machte, bekam ich viel Aufmerksamkeit, aber das war nur eine kurze Zeit, die mir rückblickend wie ein Fiebertraum vorkommt.

»Ich bin wirklich nicht der Texteschreiber«, sagt Wyatt auf einmal. Mir entkommt ein kleines Lachen.

»Warum sagst du das jetzt?«

»Weil ... du vielleicht nicht das Gefühl haben willst, den Täter zu küssen.« Er spricht leise, klingt ein wenig scheu, aber er weiß, was er will.

Ich lehne mich vor und lege meine Lippen auf seine. Wyatts Mund ist süß und weich und zu einem Lächeln verzogen. Wir begegnen uns zaghaft. Kitzelnde Fingerspitzen fahren über meine Wangen. Wyatts warmer Atem streift mein Gesicht.

Es ist wie in einem Traum und ich kann nicht anders, als leise in mich hineinzulachen. Kecke Zähne zupfen an meiner Unterlippe. Wyatt ist von der verspielten Sorte. Ich lasse mich auf den Rücken sinken und ziehe ihn auf mich. Sein Gewicht auf meiner Brust gibt mir die Gewissheit, dass er wirklich hier ist, dass wir das wirklich tun.

Debbie wäre stolz auf mich.

»Gut, dass deine Tür noch nicht repariert wurde«, murmele ich zwischen zwei Küsse. Wyatt brummt zustimmend. Aus unseren zaghaften ersten Versuchen wird eine ausgewachsene Knutscherei. Hände umfangen mein Gesicht, Finger streichen über meine Stoppeln, und ich glaube, ich schmecke noch einen Hauch von den süßen Keksen. Wahrscheinlich Einbildung. Ich bin benebelt von Wyatt.

Unsere Zungen tanzen miteinander. Ich genieße das warme Kitzeln seiner Atemzüge und jede Berührung seiner kecken Nasenspitze, wenn wir zwischendurch einfach nur kuscheln. Ich versinke in einem Meer aus Küssen, winzigen Liebkosungen und geflüsterten Worten.

»Jetzt kann ich dir ja sagen, dass ich schon von Anfang an auf dich stand«, sagt er. Meine Mundwinkel schmerzen inzwischen vom Grinsen und Lächeln, aber hierfür regen sie sich doch nochmal. »Aber ich konnte ja schlecht mit dem Sheriff flirten, der mich verdächtigt, Unruhe in seiner Stadt zu stiften.«

»Ich hätte es wahrscheinlich nicht mal gemerkt. Mir wurde kürzlich erst gesagt, dass ich in der Hinsicht wie ein Stein bin.«

»Dann ist es wohl gut, dass ich etwas direkter war.« Wyatt küsst meinen Mundwinkel und streicht mit dem Daumen über meine Unterlippe. »In Büchern stehe ich immer auf die klugen, wortkargen Charaktere. Und das sind Ermittler in den Geschichten ja oft. Also, auf das Alkoholproblem, das sie auch oft haben, kann ich verzichten, aber ansonsten ... ich glaube, wenn man es so betrachtet, war Sherlock meine erste Liebe.«

»Sherlock Holmes?«

Wyatt lacht. Wahrscheinlich klang meine Stimme zu ungläubig. »Cumberbatch war optisch nicht die Besetzung, die ich gewählt hätte. Es gibt nicht viel optische Beschreibung zu Holmes, nur, dass er dunkle Haare und eine spitze Nase haben soll, aber das interpretiert ja sowieso jeder anders.«

»Dunkle Haare habe ich immerhin«, murmele ich. »Aber Sherlock hätte den Fall längst gelöst.«

»Ist mir egal«, sagt er. »Du bist real, das hast du ihm deutlich voraus. Als fiktive Figur ist es sehr leicht, andere zu beeindrucken.«

Ich lache leise. Wyatt ist einfach wunderbar. Seine Gedankenwelt ist so lebendig und überrascht mich immer wieder. Ich wünsche mir, dass er noch ganz viel davon mit mir teilt.

Obwohl es so viel Spaß macht, haben wir uns irgendwann müde geküsst und unsere Worte werden immer mehr zu einem Murmeln, das bald keiner mehr versteht. Wyatt sinkt auf meine Brust und ich lege die Arme um ihn. Mein Mantel dient uns beiden als Decke. Ich angele mir Wyatts Strickjacke, die neben ihm auf dem Boden liegt, und knülle sie unter meinen Kopf. So wird es gehen. Wir schlafen ein. Zwei Träumer, jetzt und für heute Nacht.

Am Morgen ist Wyatt schon wach und ich entdecke ihn bei der Tür. Er hat das Ohr dagegen gepresst und scheint auf etwas zu warten.

»Hey ... ich hätte dich gleich geweckt«, sagt er und lächelt mir zu. Ich richte mich auf. In meiner Schulter sitzt ein ziehender Schmerz. Ich weiß schon, warum ich zum Campen gerne eine Luftmatratze mitnehme.

Mit einer Hand fahre ich mir durchs Gesicht und über die Haare. Hoffentlich sehe ich nicht allzu derangiert aus. Kurz blicke ich neben mich auf die leere Steppdecke. Dort lag Wyatt noch, als ich eingeschlafen bin. Die Küsse und das Geflüster von letzter Nacht gehen mir durch den Kopf.

Werden sie einfach in diesem Raum zurückbleiben, sobald die Tür offen ist?

Wyatts Lächeln ist warm. Er sieht zumindest nicht so als, als würde er etwas bereuen. Ich muss wohl einfach abwarten. Was für eine seltsame Situation. Ich kenne nur One Night Stands, aber da war es irgendwie anders. Da war klar, dass man sich nicht wiedersehen wird. Aber was macht man nach einer Nacht voller Küsse? Ich habe absolut keine Ahnung.

Ich stehe auf und zupfe an meiner Kleidung herum. Alles fühlt sich irgendwie schief und unangenehm an und die Luft hier drin ist auch muffig. Ich will unter die Dusche und danach etwas Frisches anziehen.

»Wie spät ist es?«, frage ich und taste meine Hose nach dem Handy ab. Da. Kurz nach sieben.

»Es müsste gleich jemand kommen«, sagt Wyatt und bleibt an seiner Position vor der Tür. Ich setze mich auf einen der Kartons. Mein Magen knurrt. Sekundenlang passiert nichts und wir schweigen beide, damit es leichter ist, zu hören, wenn jemand ins Café kommt.

Dann endlich tut sich etwas. Eine helle Stimme ruft »Guten Morgen« und Schritte lassen die Dielen im Eingangsbereich singen. Wyatt schlägt mit der Faust gegen die Tür. »Hier hinten. Bitte die Tür öffnen!«, ruft er laut und deutlich.

Zwei Minuten später stehen wir wieder auf dem Flur des Cafés und ein Stapel von zwei Getränkekästen hält die Tür auf. Wyatt hat unserer Retterin alles erklärt und wir sind endlich frei.

»Ich muss dann los«, sage ich zu den beiden. Mein Blick ruht einen Moment länger auf Wyatt. Jetzt ist nicht der Moment, um über die Sachen zu reden, die mir durch den Kopf gehen. Wir stinken beide und die Farmerin will ihr Mehl loswerden. Also hebe ich nur die Hand zum Gruß und gehe.

Es fühlt sich seltsam an. Als würde ich etwas Unfertiges zurücklassen. Aber es muss sein. Wyatt wird sich auch frischmachen wollen. Und er muss das Café vorbereiten.

Ich gehe nach Hause und stelle mich als Erstes unter die Dusche. Wassertropfen rinnen über meinen Körper, kitzeln kühl meine warme Haut und ich denke an Wyatts Finger und seine verspielte Art, mich zu küssen. Diese kecken Zähne …

Ich schmunzele vor mich hin. Der frische Geruch des Duschgels ist eine Wohltat. Die Haare sind schnell durchgespült und ich fühle mich wieder mehr wie ein Mensch.

Am Ende komme ich eine Stunde zu spät zur Arbeit, aber das ist zu verkraften. Zurzeit mache ich sowieso dauernd Überstunden, weil ich die Stadt auch in meiner Freizeit nach Hinweisen auf den Texteschreiber absuche.

Keiner meiner Kollegen fragt nach. Ich setze mich einfach hinter den Schreibtisch und starte meinen Rechner. Während er hochfährt, öffne ich meine Tasche und ziehe das Sandwich heraus, das ich vorhin schnell aus dem Kühlschrank geholt habe.

Es ist noch kühl. Die Folie knistert beim Abwickeln. Heute Mittag werde ich mir etwas Schönes gönnen. Vielleicht gehe ich zu Joanne.

Moment.

Was ist das?

Ein Umschlag? Ich nehme ihn aus der Tasche. Er war direkt neben dem Sandwich, aber ich weiß genau, dass ich ihn heute früh nicht gesehen habe. Das muss ein Text vom Texteschreiber sein. Mein Puls kommt auf Touren. Das Blut rauscht in meinen Ohren, als ich meinen Weg von zu Hause zur Arbeit durchgehe.

Ich war kurz bei Joes Gemischtwaren, aber da kam niemand an meine Tasche, oder? Auf der Schwelle bin ich ... fast mit Colt zusammengestoßen. War er es? Hat er die Fingerfertigkeit, um mir wie ein Taschendieb einen Umschlag zuzuschieben?

Es waren noch mehr Leute im Laden. Joe könnte mir sicher eine Liste geben, wenn ich ihm die Uhrzeit nenne.

Meine Gedanken rasen, während ich den Umschlag öffne und das Papier herausziehe. Der Text ist wieder maschinengeschrieben und wird wie gewohnt keine Fingerabdrücke tragen. Ich lese ihn mir durch.

Es geht um einen Mann, der starke Gefühle für eine Frau entwickelt, sie aber geheimhält. Auch dieser Text ist kein Brief, sondern wirkt, als hätte man ihm einem größeren Gesamtwerk entnommen, aber es gibt keine Namen oder sonstige Hinweise darauf, welches Buch das sein könnte.

Ich lese ihn zweimal genau und überfliege ihn ein drittes Mal.

Könnte das eine versteckte Botschaft an mich sein? Die Härchen in meinem Nacken richten sich auf, als mir der Gedanke kommt, dass der Texteschreiber wissen könnte, was sich zwischen Wyatt und mir entwickelt. Aber das kann gar nicht sein, oder? Der Lagerraum hatte kein Fenster ... niemand kann wissen, dass wir uns geküsst haben und vorher ... vorher habe ich mir ja auch nichts anmerken lassen, oder?

Mit Steven habe ich kurz darüber geredet. Aber kann Steven der Schreiber sein? Stirnrunzelnd gehe ich die anderen Teile dieses Falls durch. Warum sollte Steven die Briefe verschicken? Wegen der Ferienwohnungen? Könnte diese Sache mehr Besucher anlocken? Ich bezweifle es ... muss aber auch zugeben, dass keiner der Rainsider wirklich ein Motiv hat. Zumindest habe ich bis jetzt keines herausstellen können. Wyatt war der einzige, für den es anfangs Sinn ergeben hat, wegen des Buchthemas, aber er war gar nicht in meiner Nähe, als ich den Umschlag bekommen haben muss. Nein, er kann es nicht sein.

Vielleicht ist es doch Colt. Ich stoße einen schweren Seufzer aus.

In meinem E-Mail-Postfach sind gleich drei Fragen zu dem Fall eingetroffen. Ich klicke sie nacheinander durch. Eine Mutter macht sich Sorgen um ihre Kinder, weil im Brief, den ihre Nachbarin vom Texteschreiber bekommen hat, Kinder beschrieben werden, die Lacrosse spielen – des Lieblingsspiel ihrer Söhne – und sie Angst hat, der Schreiber könne ihre Kinder beobachtet haben.

Die anderen beiden Mails sind ähnlich. Die Leute machen sich Sorgen. Ich kann ihnen nicht antworten, dass sie da vielleicht etwas überintepretieren. Ich muss ihre Sorgen ernst nehmen. Es kann sein, dass der Schreiber erst mal Verwirrung stiften und Unruhe verbreiten will, bevor er zu anderen Taten übergeht. Vielleicht macht es ihm Spaß, zu sehen, wie wir im Trüben fischen.

Wer es auch ist: Ich muss ihn dazu bringen, aufzuhören. Ich will, dass Wyatt mit seinem Buchcafé erfolgreich ist. Dass er in Rainside Valley bleiben kann. Er tut so viel dafür und ... ehrlich gesagt wäre sein Bleiben für mich ein Grund, es ebenfalls zu tun.

Ich werfe einen Blick auf den Wandkalender. In wenigen Tagen muss ich zurück nach San Francisco, denn in drei Tagen findet das Abendessen statt, auf das ich eingeladen bin. Das Essen, bei dem ich mir einen Platz in der neuen Hundestaffel sichern könnte.

Ich schlucke. Gehen oder Bleiben? Vor knapp vier Wochen schien mir die Entscheidung noch relativ einfach zu sein. Jetzt weiß ich nicht mehr, was ich tun soll. Aber ich weiß, dass ich mir vorgenommen habe, diesen Fall zu lösen, bevor ich Rainside verlasse. Ich muss es so oder so schaffen. Für Wyatt und für mich. Ganz unabhängig davon, was aus uns wird.

Also werde ich zu Colt gehen und nochmal mit ihm reden. Und zu Joe. Es muss irgendeinen Weg geben, den Schreiber zu finden.

KAPITEL 16

Wyatt

ICH KONNTE DAS Café heute erst etwas später öffnen, aber ich weiß nicht, ob es wirklich einen Unterschied macht. Immer, wenn ich die Straße hochkomme und das Gebäude sehe, geht mein Herz auf. Die Blumen auf den Fensterbänken und die fröhliche Farbe der Fassade strahlen mich an.

Wie man an diesem Haus vorbeigehen kann, ist mir ein Rätsel.

Zwei Besucher kommen, um sich Muffins zum Frühstück zu holen – immerhin. Doch sie verschwinden auch schnell wieder und nehmen keine Bücher mit. Ich habe genug Zeit, um das neue Mehl zu verarbeiten.

Und ich mache Pläne. Die Idee mit dem Krimi-Event habe ich erstmal verworfen, weil es einfach nicht das richtige Thema ist, solange die Leute sich vor dem Briefeschreiber fürchten. Stattdessen werde ich mir Fantasy als Thema nehmen. Die Muffins, die ich dazu backen werde, will ich gestalten wie kleine Berge. Ich habe kleine Zuckerdrachen gesehen, die ich hineinstecken werde. Ich könnte einige auch wie Vulkane gestalten. Andere könnten das Zuhause von Zwergen sein, wie in Tolkiens Herr der Ringe. Wie immer, wenn ich anfange, mit solchen Ideen herumzuspielen, eröffnet sich mir bald eine ganze Welt. Ich sehe die Leute schon im Baumraum sitzen. Natürlich wären die Äste und Zweige dekoriert. Bunte Bänder und magische Lichter. Als Lesezeichen würde ich kleine Papierschwerter austeilen. Und ich würde die passende Musik im Hintergrund abspielen.

Ich weiß noch nicht, ob jeder seine eigene Lektüre verfolgt, oder ob wir alle gemeinsam dieselbe Geschichte lesen. Vielleicht wäre das besser, weil wir uns dann auch zwischendurch austauschen könnten. Es würde die Gemeinschaft fördern. Ja, ich denke, wir machen es so. Dann müssen wir uns aber auf ein Buch einigen.

Wie soll ich die Leute abstimmen lassen?

Oder soll ich es einfach selbst entscheiden? Ich glaube, das könnte ich. Wenn ich wüsste, wer teilnimmt und was die Vorlieben dieser Leute sind. Ich überlege so intensiv, dass ich beinahe den Zeitpunkt verpasse, um die Muffins auf dem Ofen zu holen.

Zum Glück piept der Ofen.

Ich entschuldige mich murmelnd bei den Muffins und ziehe sie heraus.

»Es könnte so schön sein!«, sage ich zu ihnen. »Wenn die Leute mir die Chance geben würden.«

Ich bestelle mir die Zuckerdrachen und fange schon mit dem Basteln an. Ich habe ja außer Backen und Saubermachen sowieso nichts zu tun, wenn niemand kommt.

Das Beste, was an diesem Tag noch passiert, ist, dass Greyson sich meldet und sagt, dass er heute Abend schon mit dem Fußboden anfangen kann, wenn ich solange da bin.

Ich stimme begeistert zu und bleibe dafür gerne länger im Café.

Als er ankommt, habe ich schon Bier paratgestellt und mein eigenes Werkzeug im Baumraum ausgebreitet.

»Du willst assistieren?«, fragt er. »Das ist aber nicht …«

»Ja, ich will unbedingt. Na hör mal, ist doch logisch. Wenn ich dich schon nicht rechtzeitig bezahlen kann, dann will ich wenigstens so gut wie möglich helfen. Kostet dich dann auch weniger Zeit.«

Er nickt und trägt seine Sachen auch in den Raum.

Ich bin immer wieder beeindruckt von Greysons Statur. Neben ihm sieht der Baum gar nicht mehr so imposant aus, wie wenn ich danebenstehe. Es wird Spaß machen, ihn beim Arbeiten zu beobachten. Ich grinse in mich hinein und rufe mir ins Bewusstsein, dass ich schon einen Sheriff habe, den ich anhimmle.

Hank braucht sich keine Sorgen machen. Das, was ich sehe, wenn ich ihn anschaue, geht weiter als meine rein ästhetische Faszination für Greyson.

»Also, wie fangen wir an?«, frage ich und breite die Arme aus – bereit für jede Aufgabe, die man mir gibt.

»Zuerst müssen wir den Bereich markieren, den wir dem Baum geben. Dazu habe ich schon Berechnungen angestellt. Ich habe hier Bindfaden«, murmelt er und zieht etwas aus seiner Werkzeugkiste. »Danach entfernen wir den Teil des Bodens, der in diesem Bereich die Wurzeln stört.«

Und genau so passiert es dann auch. Ich darf mit Faden und Kreide einen Kreis um den Baum ziehen, während Greyson verschiedene Werkzeuge auspackt. Außerdem stellt er zwei Baustellenlampen auf, die wirklich hell strahlen, und dazu noch ein Radio, das uns mit Heavy Metal beschallt.

Durch das Licht- und Schattenspiel und die später werdende Stunde, wächst in mir ein Gefühl von Action und Abenteuer. Es macht Spaß, unter Greysons Führung hier zu werkeln, auch wenn es unerwartet anstrengend ist. Die meiste Zeit knie oder hocke ich auf dem Boden und muss mich vorbeugen. Das geht auf Schultern und Knie. Aber ich jammere nicht – ich arbeite.

Gemeinsam entfernen wir jede Menge Bretter. Manche lassen sich relativ leicht lösen, weil die Wurzeln schon viel Druck ausgeübt haben, andere müssen wir absägen. Als wir damit fertig sind, fährt Greyson weg und kommt mit einer Ladung Steine wieder. Wir tragen die Steine nach drinnen und die kühle Nachtluft trocknet meinen Schweiß.

Obwohl er auf den ersten Blick eher gemütlich wirkt, arbeitet Greyson wahnsinnig schnell. Seine Handgriffe sind immer präzise, nie entdecke ich irgendein Zögern oder Unsicherheit. Der Mann ist wie eine Maschine. Stein für Stein wächst die kleiner Mauer.

Ich merke kaum, wie die Zeit vergeht. Wir genehmigen uns nur eine kurze Pause mit etwas Craftbier und machen dann weiter. Inzwischen riecht der Raum nach Sägespänen, Erde und Männerschweiß.

Ich reiche Greyson inzwischen ohne Aufforderung abwechselnd die Sachen, die er braucht und kratze den überschüssigen Mörtel weg. Wir sind schnell zu einem Team geworden und es ist nicht das erste Mal in meinem Leben, dass es mir vorkommt, als wäre ich eine Figur in einem Buch.

Es macht Spaß, mit Greyson zu arbeiten, real vor meinen Augen wachsen zu sehen, was sich vorher nur in meiner Fantasie abgespielt hat.

»Deine Arbeit ist ein Traum«, sinniere ich. »Du lässt Dinge entstehen. Echte Dinge, die man anfassen kann.«

Er lacht kurz und wischt sich mit seiner großen Hand über den Nacken, als wäre es ihm peinlich, was ich da sage.

»Ich weiß, dass es Handwerk heißt, weil man es mit seinen Händen schafft – aber ich finde, der Name passt gleich doppelt, weil man es auch mit den Händen berühren kann. Ganz anders als die Träume, die ich mir ständig baue. Die sind immer nur einen Moment lang real und ich habe den Eindruck, dass ich mich zumindest kurzzeitig in ihnen bewegen kann, aber dann sind sie doch wieder verpufft und vor allem, kann ich nie andere dahin mitnehmen. Ich kann nur davon erzählen. Aber du baust das hier und es ist einfach da und alle werden es genießen können.«

Ich stoße den Atem aus und merke, dass ich schon wieder zu viel rede. Greyson schaut mich an und sieht aus, als würde er Worte zurückhalten.

»Ja?«, helfe ich freundlich nach. Vielleicht traut er sich nicht, etwas zu sagen, weil ich schon so viel rede.

»Da ist wohl etwas dran«, sagt er und stützt sich auf einen fertigen Abschnitt der Mauer. Wir knien beide am Boden und ich drehe den Griff des Schabers in den Fingern. »Aber ich würde die Fantasie nicht so kleinreden. Ich meine ... das ist auch etwas wert und es existiert trotzdem, auch wenn du es nicht anfassen kannst. Und na ja, ich meine ... die Bücher drüben ... die sind doch der Beweis dafür, dass man andere in diese Welten mitnehmen kann.«

Ich sehe Greyson an und meine Mundwinkel zucken. Es ist spannend zu sehen, wie jemand, der in seinen Taten hundertprozentige Selbstsicherheit verströmt, in seinen

Worten so unsicher wirken kann. Er hat Recht. So habe ich das noch gar nicht gesehen.

»Vielleicht sollte ich mal etwas aufschreiben«, sage ich.

»Warum hast du es noch nicht getan? Jeder, der Bücher liebt, denkt doch irgendwann mal ans selbst Schreiben. Nehme ich an.«

Ich stehe auf und hole neue Steine. Wir sind fast die ganze Runde herum. Ich denke, wir werden Schluss machen, sobald wir es geschafft haben. Wahnsinn, wie weit man an einem einzigen Abend kommen kann.

»Ich habe als Jugendlicher mal so eine Phase gehabt. Gedichte geschrieben, versucht, Karten und Charaktere zu zeichnen. Das waren meistens Fantasy- und Abenteuergeschichten. Aber ich habe nie mehr als eine heftseite vollgeschrieben. Dann dachte ich immer 'Morgen mache ich weiter', aber meistens wurde nichts daraus.« Ich grinse und Greyson setzt den Stein an die richtige Stelle, drückt ihn an. Ich kratze den Mörtel weg, der an den Seiten herausquillt. Langsam fange ich an, den Geruch zu mögen.

»Ich glaube, das Schreiben ist nichts für mich. Ich erschaffe zwar gerne ... aber ich glaube, noch lieber *erkunde* ich Fantasien. Und ich liebe es, anderen Geschichten zu empfehlen, die ihnen gefallen könnten.«

Greyson nickt kaum merklich. »Wirst du denn bald Autoren hierher einladen?«

Ich lächle schief. »Würde ich gerne. Schon aus Eigeninteresse. Aber ich weiß nicht, ob irgendjemand kommen wird, solange meine Besucherzahlen so schlecht sind. Wie peinlich wäre das, wenn ich einen erfolgreichen Autor überzeugen könnte, herzukommen und für Rainside Valley und Umgebung zu lesen und Bücher zu signieren ... und dann kommen nur drei Leute.« Ich werde schon bei dem Gedanken an diese Peinlichkeit rot. »Wenn ich jemanden einlade, will ich ihm auch etwas bieten können. Ich muss Rainside erst zeigen, wie großartig Bücher sind. Vorher wird das wohl nichts.«

Greyson arbeitet eine Weile schweigend weiter.

»Welche Autoren würdest du gerne mal treffen?«, frage ich. Es ist selten genug, dass ich mit jemandem hier über so etwas reden kann. Und solange wir noch beschäftigt sind, kann ich das ja genausogut nutzen.

»Oh, die Liste wäre ziemlich lang.« Er lacht kurz. »Ich lese alle Genres, die es gibt. Da habe ich aus jedem Bereich jemanden, der mich interessieren würde. Also, wenn du Stephen King auftreiben könntest, oder Ken Follett, oder Robin Hobb, dann wären mir alle gleichermaßen Recht.« Horror, Krimi und Fantasy.

»Was ist mit Liebesromanen?«

Er schnaubt. »Das kann ich nicht verraten.«

»Oh, du musst natürlich nicht.« Neugierig bin ich schon, aber ich verstehe ihn.

»Du bist ein belesener Tischler.«

Der abschließende Stein passt nicht in die Lücke. Greyson legt ihn hin und nimmt Meißel und Hammer. Er muss nicht einmal etwas abmessen. Nach Augenmaß schlägt er ein Stück von dem Ziegel ab und er passt. Ich bin voller Bewunderung für ihn und seine Arbeit.

»Ich bin noch nicht so lange hier und weiß schon, dass die Rainsider deine handwerkliche Arbeit schätzen. Aber ich könnte mir vorstellen, dass sie dich gleichzeitig auch oft *unter*schätzen. Kann das sein?«

Er sieht mich nicht an, aber er lächelt, und ich fühle mich verbunden mit diesem Mann. Wir sind sehr verschieden, aber doch gleich genug um einander zu verstehen. Vielleicht hat er es schon viel früher bemerkt und mir deswegen so großzügig seine Hilfe zugesagt.

»Danke, Greyson. Das hier ist absolut großartig«, sage ich und gestikuliere in den Raum hinein. »Ich hoffe, dass das Café schnell Fuß fasst, damit ich deine Arbeit angemessen honorieren kann. Ich stehe wirklich in deiner Schuld.« Mir steigen beinahe Tränen in die Augen und ich versuche, mich wieder etwas zu beruhigen.

»Warte ab, wenn es fertig ist«, sagt er nur und lächelt mich an.

Dann machen wir uns beide auf den Heimweg.

Es ist spät geworden. Schon wieder Mitternacht. Während ich über die Gehwege spaziere, die im nächtlichen Blauschwarz leuchten, hier und da vom gelben Licht der Laternen erleuchtet, denke ich daran, wie es sich angefühlt hat, von Hank gehalten zu werden.

Dass ich mich nochmal in diesen Lagerraum zurücksehnen würde, hätte ich auch nie für möglich gehalten, aber so schnell kann's gehen.

Ein leises Seufzen entkommt mir. Wir haben uns geküsst. Lange. Oft. Und wir haben dabei gelacht und uns Worte zugeflüstert wie verknallte Teenager.

Die Erinnerungen kommen mir vor, als stammen sie aus einer anderen Welt. Aus einem Traum vielleicht. Aber es war echt. Es war echt. Das sage ich mir auf dem Heimweg immer wieder. Ich habe mich in Rainside Valley verliebt. In mein Buchcafé und in den Sheriff. Und wenn ich es nicht schaffe, die Leute hier von Büchern und Muffins zu überzeugen, dann verliere ich beides.

KAPITEL 17

Hank

MIR BLEIBT NICHT viel Zeit, aber ich habe ein klares Ziel: Diesen verdammten Fall lösen. Wenn ich es schaffe, dann kann Wyatt vielleicht endlich mehr Gäste in sein Buchcafé locken und das wiederum ... macht etwas möglich, von dem ich nicht weiß, ob ich es wirklich haben kann. Meine eigenen Gedanken und Gefühle verwirren mich, sobald ich zu tief in dieses Thema abtauche und deswegen konzentriere ich mich schnell wieder auf die Wand vor mir.

Ich habe alle Briefe, die mir bisher vorliegen an eine Wand geheftet. So wie sie es in den Krimiserien oft machen. Wer weiß, vielleicht bringt das ja etwas. Das alles hier geht schon viel zu lange, als dass ich noch wählerisch sein könnte, was die Maßnahmen angeht.

Die Texte kleben neben- und übereinander. Ich habe versucht, sie thematisch zu sortieren, habe auch doppelt überprüft, ob sie irgendwie zusammenpassen, vielleicht eine fortlaufende Geschichte erzählen. Ich habe allen möglichen Quatsch an Chiffres ausprobiert – nur den ersten Buchstaben jeder Zeile lesen und solchen Kram. Das hat nichts ergeben.

Dann habe ich eine Karte von Rainside Valley ausgebreitet und die Fundorte und Zeiten markiert. Doch auch das ergibt kein Muster, keinen festen Umkreis. Alles, was dadurch erkennbar wird, ist, dass ganz Rainside Valley und alle seine Einwohner betroffen sind. Männer und Frauen aller Berufe und Charaktere, jüngere und ältere.

Und ich habe auch Datenbanken durchforstet. Ich habe letzte Nacht, als ich schwer einschlafen konnte, nach ähnlichen Fällen gesucht. Nach Tätern, die Briefe verschickt haben. Nach mysteriösen Nachrichten. Doch die meisten, die ich fand, hinterließen ihre Texte nach einem bereits begangenen Mord oder schickten Rätselbriefe an die Ermittler, die eindeutig den Zweck hatten, sie herauszufordern und die Überlegenheit des Täters herauszustellen.

Aber so ein Fall ist das nicht.

Ich seufze und verschränke die Arme. Mein Hemd ist knittrig. Ich habe mir nicht die Zeit zum Bügeln genommen, wollte heute Morgen einfach nur schnell wieder an die Arbeit.

Es gibt hier keine Taten. Niemandem wurde auch nur ein Nackenhärchen gekrümmt. Niemand bekommt einen zweiten Text und insgesamt scheint es auch weniger zu werden. Die meisten Briefe kamen an den ersten drei Tagen zum Vorschein, auch wenn manche erst später entdeckt wurden.

Inzwischen tauchen kaum noch welche auf. Meiner war einer der letzten. Vielleicht ist der Schreiber fertig. Kommt jetzt die zweite Phase? Bei dem Gedanken wird meine Kehle trocken und ich greife nach meiner Kaffeetasse, die auf der Ecke meines Schreibtisches steht.

Auch während ich trinke, mustere ich wieder die Wand mit den Texten und Hinweisen. Entweder eine Phase zwei oder ... gar nichts mehr. Was, wenn das Verteilen bereits der Höhepunkt war. Wenn das alles war, was derjenige wollte?

Einfach ... Aufmerksamkeit?

Vielleicht war es ein Teenager, der im Englischunterricht eine schlechte Note bekommen hat und nun allen zeigen wollte, wie gut er schreiben kann? Es ist immerhin eine Idee. Ich werde Debbie fragen, ob ihr jemand in den Sinn kommt.

Wenn der Drang nach Aufmerksamkeit das Motiv ist, könnte es fast jeder sein, der charakterlich in so ein Profil passt. Vielleicht jemand, der einsam ist? Ich schnaube. So einsam wie ich?

Ich bin nicht mehr einsam. Nicht mehr derselbe Hank wie vor ein paar Wochen. Ich habe es geschafft, meine eigenen Gefühle zu bemerken – und die von jemandem, der Interesse an mir hat. Das ist eine drastische Steigerung. Ich schmunzele ironisch in mich hinein.

Aber reicht das? Angenommen ich löse den Fall. Angenommen das Café läuft am Ende doch nicht gut genug, damit Wyatt bleibt. Angenommen ich gehe nicht nach San Francisco. Was wird dann passieren?

Bin ich wirklich bereit die Chance auf meinen Traum verstreichen zu lassen für die Chance auf eine Liebesbeziehung? Mein Bruder würde sagen, dass ich auch in der Großstadt einen Lover finden kann. Und das stimmt auch. Aber ... so einfach ist das ja nicht. Vielleicht will ich nicht einfach nur jemanden, in den ich mich verlieben kann und der sich in mich verlieben kann. Vielleicht will ich Wyatt.

Ich glaube nicht, dass das so austauschbar ist. Ich ...

Seufzend massiere ich mir die Schläfen. Warum ist auf einmal alles so schwierig?

Es muss nicht schwierig sein. Ich gehe einfach zu ihm. Und wir reden. Und dann werde ich merken, ob ich hierbleiben will oder nicht. Ob ich es riskieren will oder nicht. Ob es Wyatt ist oder nicht.

Ich fahre nach Hause, um mir nun doch etwas knitterfreies anzuziehen, bevor ich mich auf den Weg ins Café mache, um Wyatt zu sehen. Der Regen hat gerade aufgehört und Sonnenschein glitzert in den Pfützen auf den Gehwegen und bringt die helle Fassade des Buchcafés zum Leuchten.

Ich gehe hinein. Unsicher, was mich erwartet.

Die Dielen knarren verräterisch und ich fühle mich für einen Moment beinahe nackt. Verletzlich. Meine Kehle schmerzt, als ich versuche, meine Zweifel herunterzuschlucken.

Normalerweise habe ich gerne einen Plan, bevor ich etwas Größeres angehe. Aber es gibt keinen. Ich weiß nicht, was ich tun werde, wenn Wyatt mir zu verstehen gibt, dass es für ihn doch nicht ganz so ernst war und vielleicht mehr ein Zeitvertreib oder eine Sache, die aus dem Moment heraus passiert ist – nichts, das einer Fortsetzung bedarf.

Oder wenn er einfach so tut, als sei nichts gewesen. Soll ich dann darauf bestehen? Ich habe keine Ahnung und mir wird immer bewusster, wie wenig Erfahrung ich mit Beziehungen habe. Die wenigen Flirts und One Night Stands, die ich früher hatte, haben mich nicht auf so etwas vorbereitet.

Ich betrete den Gastraum und ... Wyatt ist nicht da. Der Platz hinter der Theke ist leer. Stirnrunzelnd sehe ich mich um und entdecke ihn vor den Regalen, am Ende des Raumes, ein paar Meter rechts von mir.

»Hey«, sage ich, hebe die Stimme nicht allzusehr, weil ich ihn eigentlich nicht von dem Losreißen will, was er gerade tut. Ich kann auch warten.

Er schaut zu mir und lächelt. Ich bin froh, dass das seine erste Reaktion ist. Eilig stellt er ein Buch ins Regal und kommt dann zu mir. Sein Strahlen schenkt mir Sicherheit. Vielleicht sind meine ganzen Zweifel völlig umsonst gewesen.

»Hey, Sheriff«, sagt er scherzhaft und bleibt vor mir stehen. Wenn ich mich nicht täusche, ist der Abstand zwischen uns kleiner als vor der Sache im Lager. Aber er macht keine Anstalten, mich zur Begrüßung zu umarmen oder so etwas. »Gibt es Neuigkeiten?«

»Ich ...« Wollte mit dir reden. Über vorletzte Nacht. Ich will dich auf ein Date einladen. Ich will herausfinden, ob wir zusammenpassen. Ob du mein Grund sein kannst, hierzubleiben.

Ich sage nichts davon und die Sekunden des Schweigens werden unangenehm. Mein Blick schweift von Wyatt weg und ich sage: »Ich wollte mir einen Sherlock Holmes kaufen.«

Mein Gegenüber wirkt überrascht und ich kann nicht einschätzen, ob er enttäuscht über meine Worte ist ... wenn ja, verbirgt er es hinter einem Lächeln.

»Da bist du hier an der richtigen Adresse.« Er wendet sich ab und spaziert am Regal entlang, die Finger streifen über die Buchrücken, an denen er vorbeigeht.

»Hier drüben, in der Krimi-Abteilung. Ich habe diese schicken Ausgaben bestellt. Das Auge liest schließlich mit, oder?« Er deutet auf eine ganze Reihe von dünnen und mitteldicken Büchern.

»Möchtest du einfach vorne anfangen, oder dürstet es dich nach einem bestimmten Fall?«

»Du kennst sie sicher alle in- und auswendig?«

»Das tue ich. Inklusive der Hörspiele.« Er schmunzelt und ich stelle ihn mir als Jungen vor, der nach der Schule im Schneidersitz auf seinem Bett Platz nimmt und sich stundenlang in Sir Arthur Conan Doyles Büchern verliert.

»Ich denke, ich fange vorne an. Ich muss ihn ja erst mal kennenlernen. Dann arbeite ich mich Stück für Stück voran.«

»Im Grunde ist die Reihenfolge bei Holmes nicht so wichtig, weil die einzelnen Fälle nur wenig aufeinander aufbauen. Und es gibt auch nicht viel Charakterisierung. Also auch nicht bei Watson. Er könnte jedermann sein. Aber das ist so beabsichtigt, damit er eine Leinwand für den Leser bietet.«

Ich schmunzele, als ich merke, dass Wyatt hierüber sehr viel zu erzählen hat.

»Welches ist dein Lieblingsfall?«

Er überlegt kurz. »Der Skandal in Böhmen. Da begegnet er Irene Adler und ... also, er mag Frauen nicht besonders, abgesehen von seiner Vermieterin Mrs. Hudson. Und Irene ist die erste Frau, der man in den Büchern begegnet, die ihn beeindrucken kann. Ich mochte es, das zu sehen. Wo er doch oft eher distanziert wirkt. Also das bleibt er natürlich, aber ... da war ein bisschen mehr.«

Findet er mich auch distanziert? Er hat mich ja bereit mit Holmes verglichen. Auch wenn ich ganz schön erfolglos bin und der Vergleich daher wenig schmeichelhaft für Sherlock sein kann.

»Okay, dann lese ich erst mal den Anfang und freue mich auf diesen Teil.«

Wyatt nickt und zieht eins der Bücher auf dem Regal. Das wird dann wohl der Einstieg sein.

»Sonst noch Lektürewünsche, die ich befriedigen kann?« Er deutet auf die Auslage. »Oder ein Gebäckwunsch?« Er tritt schon den Weg hinüber zum Tresen an, aber ich fasse nach seiner Schulter und halte ihn auf.

»Etwas anderes«, sage ich. Wir haben jetzt genug vom Thema abgelenkt. Ich muss auf den Punkt kommen, sonst wird es so zwischen uns bleiben. So seltsam und ... falsch. Es ist einfach nicht richtig, dass wir uns ... nicht näher sind.

»Ja?« In seinen Augen leuchtet etwas auf. Vielleicht ist es Hoffnung. Ich überwinde mich, die Karten auf den Tisch zu legen. Zumindest ein paar.

»Wegen vorletzter Nacht ... du wirst dich vielleicht erinnern.« Ich schmunzele und er erwidert es. Warum hatte ich Angst, dass er es leugnen würde? Das wäre absolut kindisch, oder?

»Ich möchte mich mit dir verabreden.« Die simple, direkte, schnörkellose Methode ist am besten. Das habe ich in jener Nacht schon festgestellt. Nicht umschreiben, nicht ans Thema heranpirschen, einfach den Kern der Sache aussprechen. Das habe ich getan und Wyatt lächelt breit und glücklich. Das sieht nicht nach einem Korb aus.

»Das ist sehr willkommen«, sagt er und löst damit auch den letzten Nebel meiner Zweifel in seinem Sonnenschein auf. »Ein Date, ja? Ich freue mich. Hast du schon eine Idee, wo und was?«

»Ich dachte an eine gemeinsame Wanderung«, erkläre ich. »Du kannst die Lektüre auswählen, die wir mitnehmen.«

Er wirkt überrascht. Wahrscheinlich dachte er eher an ein Essen im Restaurant. Aber das reicht mir nicht. Ich will mehr tun als herumsitzen und essen. Ich möchte etwas, mit ihm gemeinsam machen, das mehr ist als Teller leerputzen. Ihm Rainside Valley so zeigen, wie wir alle es irgendwann erleben. Ich möchte derjenige sein, der es ihm zeigt.

»Zelten wir dann auch?«

»Ich hatte es so geplant, das wir rechtzeitig wieder zu Hause sind, aber wenn du möchtest, können wir auch draußen übernachten.«

»Camping ist doch eine der Rainsider Kerndisziplinen, oder?«, fragt er mit einem kecken Grinsen. »Ich muss irgendwann damit anfangen.«

»Dann nehme ich ein Zelt für uns mit. Hast du einen Schlafsack?«

»Ich kann mir noch schnell einen kaufen.«

»Musst du nicht. Ich leihe einen für dich bei Debbie aus, wenn du möchtest.« Ich möchte nicht, dass er so viel Geld ausgibt, nur um an unserem Date teilnehmen zu können. Und wenn er auch noch nicht einschätzen kann, ob er jemals wieder campen gehen wird. Da tut es auch eine Leihgabe.

»Wenn das ginge?«, fragt er und ich nicke.

Erst ganz langsam realisiere ich, dass ich ihn tatsächlich zu einem Date eingeladen habe ... und dass er mitkommen wird. Es fühlt sich seltsam an. Nicht nur die Sache mit dem Date. In mir regt sich etwas, das sich fremd anfühlt. Fremd, aber gut. Ich habe keinen Namen dafür.

Vorfreude kribbelt in meinem Magen und ich fühle mich leicht und beschwingt, weil dieser Mann seine Zeit mit mir verbringen will und die Ablehnungs-Szenarien, die ich mir ausgedacht habe, nicht eintreffen. Aber da ist noch mehr.

Da ist noch etwas, das sich eher auf mich bezieht als auf Wyatt. Ich werde wohl noch eine Weile darüber nachdenken müssen, was es ist.

»Wann treffen wir uns?«

»Morgen?«

»Oh, ich hatte gedacht am Wochenende«, murmelt er und legt die Finger ans Kinn.

Für einen Moment finde ich keine Worte. Ich kann nicht bis zum Wochenende warten, weil ich da nach San Francisco zurückfliegen müsste. Das wäre zu spät für uns. Wie soll ich ihm sagen, dass...

»Na ja, dann mache ich das Café morgen zeitig zu und übermorgen im Zweifel etwas später auf. Ich werde Greyson fragen, ob er vielleicht die Zeit nutzen will, um mit den Bauarbeiten voranzukommen.« Er grübelt. »Wenn er mich nicht als Helfer braucht.«

Wyatt löst das Problem allein und nach einem kurzen Telefonat strahlt er mich an.

»Also sind wir morgen verabredet, Sheriff.« Es scheint ihm zu gefallen, mich so anzusprechen. Er kommt um die Theke herum nach vorn und endlich stehen wir uns ganz direkt gegenüber, ohne Hindernis.

Wir zögern beide. Uns fehlt wohl der Lagerraum. Die romantischen kahlen Wände, der harte Boden ... Schließlich lege ich die Hände an seine Schultern und umfasse dann sachte sein Gesicht. Er reckt sich mir entgegen. Es ist ein sanfter Kuss, der wie ein Zauber wirkt. Wir sind sofort wieder in dem Zustand, in dem wir letztes Mal waren, wollen mehr und länger und auf keinen Fall loslassen.

Wyatt schlingt die Arme um meinen Nacken und ich spüre sein Gewicht. Es ist schön, wie er sich an mir festhält. Ich bin gern derjenige, der ihn hält, streiche über seinen Rücken und durch sein weiches Haar.

Wenn wir so hier stehen, in seinem Buchcafé und die Bäuche voller Glück, das Kribbeln auf unseren Lippen und mit Händen, die den anderen nicht loslassen können … dann weiß ich nicht, wie ich nach San Francisco fliegen soll. Ich will hier sein. Bei ihm.

»Wyatt«, sage ich leise.

»Hm?«, fragt er verträumt. Ich muss lächeln.

»Ich hatte eine Idee, als ich zuletzt an dem Fall gearbeitet habe.«

»Oh, na gut, Sheriff.« Er zieht sich ein Stück von mir zurück und sieht mich ernst an. »Was hast du rausgefunden?«

»Was wäre, wenn der Texteschreiber Rainside Valley gar nichts tun will und sein Motiv nur wäre, Aufmerksamkeit für seine Schreiberei zu bekommen?«

Er runzelt die Stirn und denkt über meine Worte nach. Langsam weiten sich seine Augen und vielleicht hat er dieselbe Idee, die ich bei dem Gedanken hatte.

»Du könntest ihn einladen«, sage ich. »Mach ein Event daraus. Lesung und Signierstunde mit dem anonymen Texteschreiber von Rainside Valley. In deinem Buchcafé.« Darüber habe ich jetzt schon eine Weile nachgedacht und mit etwas Glück löst es zwei Probleme auf einmal: Ich kenne die Leute – sie sind so neugierig, dass sich keiner diese Sache entgehen lassen würde. Das Café wird nach so einer Einladung rappelvoll sein. Und vielleicht … vielleicht kommt der Schreiber ja wirklich. Das würde Wyatt vor aller Augen von dem Verdacht entbinden. Wenn es klappt, wäre das grandios.

»Das würde jede Menge Leute anlocken«, sagt Wyatt. Er wirkt wie hypnotisiert und murmelt die Dinge, die ich gerade selbst gedacht habe. »Neugier ist eine starke Kraft.

193

Jeder würde sehen wollen, ob der Schreiber kommt. Und der Schreiber hätte ein Publikum, eine Bühne. Vielleicht...«

Dann sehen mich seine Augen wieder bewusst. »Das ist eine geniale Idee!«

Ich lächle zögerlich. »Ich denke, es ist eine gute Chance für dich und das Café. Aber was machst du, wenn er nicht kommt? Vielleicht liege ich falsch. Vielleicht ist er schüchtern.«

»Das Risiko gehe ich ein«, sagt er. »Die Leute werden ja trotzdem kommen. Also selbst, wenn er sich nicht zu erkennen gibt, habe ich die Chance, vielen Leute meine Muffins anzubieten und das Café zu präsentieren. Es ist die beste Möglichkeit, die ich habe.« Er nickt begeistert und ich weiß, dass er schon Bilder davon vor sich sieht.

Ich bin froh, dass ich meine Gedanken mit ihm geteilt habe. Und jetzt erkenne ich auch, warum ich damit gezögert habe: Wenn das Café gerettet wird, und Wyatt in Rainside bleibt, dann gibt es einen handfesten Grund für mich, auch hierzubleiben.

Vorher war klar, dass es die vernünftige Entscheidung wäre, wegzugehen und die neue berufliche Chance zu ergreifen.

Es wäre egoistisch gewesen, meine Schlussfolgerung zurückzuhalten, nur um mir die Sache leichter zu machen. Das weiß ich jetzt. Wyatt fällt mir nochmal in die Arme und ich drücke ihn an mich.

Warum ist es so schwer, zwischen Herz und Vernunft zu entscheiden?

KAPITEL 18

Wyatt

EUPHORIE IST DIE Magie, die mich leitet und trägt, als ich noch am selben Tag Flyer an meinem Laptop entwerfe und direkt zum Copyshop fahre, um einen Stapel davon drucken zu lassen.

Die Nachmittagssonne scheint auf Rainside Valley hinab und bringt die braunen Dächer zum Leuchten. Die Blumen und Sträucher in den Vorgärten wiegen sich sachte in dem leichten Wind, der durch das Tal zieht und ich sehe Kinder und alte Leute auf den Verandas sitzen und Zeitung lesen.

Zwei große Beutel mit langen Henkeln hängen von meinen Schultern. Ich trage sie über Kreuz, damit nichts abrutschen kann und in jedem davon ist ein großer Stoß Einladungen. Einladungen zu einem Lese- und Signier-Event mit dem anonymen Texteschreiber von Rainside Valley.

Ich habe es wirklich so formuliert, als ginge es um einen großen Autor, dessen geheimes Pseudonym gelüftet wird. Der Schreiber soll sich willkommen fühlen. Zwar muss ich zugeben, dass ich ihn gedanklich schon ein paarmal verflucht habe, aber wenn es stimmt, was Hank vermutet, dann kann ich ihm kaum böse sein.

Und vor allem bin ich selbst auch neugierig. Ich möchte wissen, was ihn angetrieben hat und wer er ist. Und vielleicht möchte er ja genauso gerne aus dem Schatten treten. Dann wäre es eine Win-Win-Situation.

Meine Schritte greifen weit. Ich muss viele Flyer ausliefern, will so viele Briefkästen wie möglich erreichen. Alle Leute müssen wissen, was ich vorhabe und wann es passieren wird. Vor allem muss mein Text den Schreiber erreichen. Das ist das Allerwichtigste. Wenn er es nicht mitbekommt, wäre das fatal, und da ich nicht weiß, wer er ist, muss ich so viel wie möglich abdecken. Wenn er nicht in Rainside wohnt, kann ich nur hoffen, dass Mundpropaganda mir hilft. Vielleicht tragen es die Schulkinder weit genug, um ihn zu erreichen. Alle sollen davon reden.

Ein Hund bellt mir nach, weil ich es gewagt habe, die Klappe des Briefkastens zu bewegen. Ich marschiere unbeirrt weiter. Nachdem ich einige Straßen abgehakt habe, biege ich in den Stadtkern ab. Bald werden die ersten Geschäfte schließen, also muss ich schnell sein, wenn ich dort noch ein paar Flyer abgeben möchte.

Ich fange bei Bruce an und erkläre mein Vorhaben mit wenigen Worten. Das selbe tue ich bei Joanne und allen anderen, die ich besuche. Jeder von ihnen macht große Augen (was beim bärigen Bruce ziemlich witzig aussieht). Ich grinse über die Neugier, die mir da entgegenstrahlt. Joanne verkündet, dass sie den Laden am genannten Termin zeitiger schließen wird. Sie müsse unbedingt dabeisein.

Ich habe extra den Abend gewählt, damit möglichst viele Leute kommen können.

»Das ist so spannend! Ich bin jetzt schon ganz aufgeregt«, sagt sie und überfliegt zum wiederholten Male den Flyer. Ich würde ja gerne noch mehr mit ihr darüber reden, aber ich muss weiter. Deswegen hebe ich die Hand zum Gruß und entferne mich schon wieder Richtung Tür.

»Gib das bitte so vielen Gästen wie möglich mit, ja?«, bitte ich sie. »Alle müssen davon erfahren.«

Sie nickt. »Verlass dich auf mich. Es gibt einen zu jeder Pastete.«

So ziehe ich durch die Stadt, informiere so viele Leute wie möglich und lasse Flyer, wo sie erwünscht sind. Dann laufe ich weiter bis ans andere Ende des Örtchens. Rainside Valley ist durch seine Lage länglich geformt und so weit weg wie jetzt war ich noch gar nicht vom Café – jedenfalls nicht zu Fuß. Doch die Stadt sieht am anderen Ende genauso aus wie überall sonst, ich sehe nur mehr fremde Gesichter, als ich an den Vorgärten vorbeieile.

Das Licht schwindet und kühlere Luft senkt sich über das Tal. Der Wind lässt die Bäume raschelnd singen. Meine Beine werden müde, aber in mir brennt eine Flamme, die mich warm hält und weitertreibt. Noch eine Seitenstraße, noch eine Seitenstraße ... Ich greife immer tiefer in die Beutel, dann ist der erste leer und der andere flattert auch schon im Wind.

Es ist weit nach neun, als ich endlich den letzten Flyer loswerde und auf die Uhr sehe. Jetzt nach Hause. Ich erwische glücklicherweise einen Bus, der gerade eine Haltestelle anfährt und lasse mich erschöpft aber glücklich auf den Sitz sinken.

Rainside Valley weiß jetzt Bescheid. Die Botschaft kann sich in Ruhe verbreiten, während ich morgen auf mein

Date mit Hank gehe. Meine Mundwinkel heben sich und ich lasse mich selig gegen die harte Lehne sinken. Hank ... es war seine Idee und sie ist absolut grandios. Warum bin ich nicht selbst darauf gekommen?

Wenn das klappt, könnte es die Rettung und ein neuer Startschuss für mein Buchcafé sein. Die Leute würden es endlich als einen Ort wahrnehmen, an dem man sich treffen und etwas Besonderes erleben kann.

Natürlich werden nicht alle, die zu dem Event kommen am Ende auch Kunden werden. Manche Leute kannst du schlicht und ergreifend nicht von Büchern überzeugen. Aber ich sehe jede Menge Potenzial in den Rainsidern.

Ich zweifle nicht daran, dass das Café am Donnerstagabend voll sein wird. Die einzige Frage, die offen bleibt, ist, ob er oder sie kommen und sich zu erkennen geben wird. Und was dann passiert. Wie werden die Leute es aufnehmen? Werden sie wütend sein? Überrascht? Fasziniert? Amüsiert?

Mir schwirrt ein Dutzend verschiedener Filme von dieser Situation durch den Kopf und ich schlafe beinahe dabei ein. Da fliegt auf einmal das Haus, in dem ich momentan wohne, am Fenster vorbei und ich springe auf.

»Ich muss raus«, rufe ich. »Hab meine Haltestelle verpasst! Entschuldigung!«

Freundlicherweise bremst der Busfahrer und hält für mich. Ich werfe ein entschuldigendes Lächeln nach vorne und bedanke mich. Dann eile ich durch die zischenden Türen nach draußen.

Hank holt mich direkt vom Buchcafé ab. Es regnet, als ich aus dem Café trete und mich der Tür zuwende, um abzuschließen. Für mich hat das etwas Feierliches, weil ich abschließe, um danach auf ein Date zu gehen.

Die Tropfen prasseln auf meine gelbe Regenjacke. Sie war eines der ersten Dinge, die ich in Rainside Valley gekauft habe und seitdem hat sie mir gute Dienste geleistet. Ich mag das Geräusch, dass der Regen auf dem Material hinterlässt.

Der Schlüsselbund gleitet in meine Tasche und ich drehe mich zur Straße um. Hank ist sogar ausgestiegen, um mich zu begrüßen. Rainsider schrecken eben vor Regen nicht zurück. Meine Jacke macht knautschige Geräusche, als wir uns kurz umarmen.

»Schön, dich zu sehen«, sagt Hank. Es klingt sehr förmlich, ein bisschen, als habe er das auswendig gelernt. Er ist bestimmt nervös. Vielleicht ist es sein erstes Date seit längerer Zeit. Ich bin stolz, derjenige zu sein, mit dem er es bestreitet.

Die Wagentür rumst laut und ich lasse mich auf den breiten Beifahrersitz fallen. Meine Tasche findet im Fußraum Platz.

»Schon ein bisschen seltsam, dass wir zum Wandern erstmal mit dem Auto fahren«, sinniere ich grinsend und schnalle mich an.

»In Rainside ist es zwar schön, aber ich möchte ein bisschen außerhalb beginnen«, erklärt Hank und ich bin vollkommen einverstanden damit. Ehrlich gesagt ist es mir fast egal, wohin wir fahren. Ich bin einfach nur glücklich.

Und so grinse ich vor mich hin, während ich neben ihm sitze und abwechselnd die Landschaft draußen und Hanks Profil betrachte. Dabei muss ich daran denken, dass Sherlock Holmes eine Adlernase haben sollte ... Hanks Nase ist allerdings relativ gerade. Das passt zu ihm, finde ich. Er ist ein gerader Typ. Vielleicht ein bisschen eingefahren, aber dafür hat er ja jetzt mich.

Wir könnten uns gut ergänzen, glaube ich. Wenn ich mir mal erlaube, weiterzudenken. Also über Tagträume hinaus. Ich suche nicht nach einem Flirt oder einer Liebschaft. Wenn, dann möchte ich jemanden, mit dem ich lange zusammen sein kann. Jemanden, mit dem ich mich verbunden fühle, über körperliche Anziehung hinaus. Jemanden, der bereit wäre, einen dauerhaften Platz in meinem Leben einzunehmen und der in seinem eigenen auch Platz für mich hat. Meine Gedanken malen ein Bild von einem Bücherregal, das gut gefüllt ist, aber wo sich doch zwischen den bunten Einbänden noch eine Lücke findet.

Als ich meine Vorstellung genauer betrachte, erkenne ich die Titel der anderen Bände: 'Meine Arbeit als Sheriff', 'Die fünf Freunde' (ich weiß gar nicht, wie viele enge Freundschaften Hank pflegt) und 'Reiseführer Rainside Valley'. Die anderen Bücher sind nur bunt, haben aber keine Buchstaben aufgedruckt. Ich lächle in mich hinein. Das ergibt alles Sinn – das sind die Dinge, die in Hanks Leben eine Rolle spielen, aber über die ich noch nichts oder nur wenig weiß.

Hank drückt ein paar Knöpfe am Bedienfeld zwischen uns und schaltet Musik an. Eingängige Gitarrenklänge. Es klingt nach Country. »Okay so? Oder was magst du für Musik?«

Ich weiß, dass ich alle Bücher im Regal, das Hanks Leben ausmacht, lesen möchte, wenn er mich lässt.

»Französische Chansons«, sage ich und schmunzele über seinen verwirrten Blick. »War nur Spaß. Ich höre ehrlich gesagt oft einfach nur Soundtracks von Filmen, Serien und Videospielen. Das erinnert mich an die jeweiligen Geschichten und es hat den Vorteil, dass man dazu gut lesen kann, weil kein Text einen ablenkt. Aber Country ist super zum Autofahren.«

Er nickt. »Okay. Sag Bescheid, wenn ... irgendwas ist.«

Ich lache leise, weil ich seine Nervosität so süß finde, und streife mir die Regenjacke umständlich unter dem Gurt von den Schultern. »Danke, dass du mich eingeladen hast. Ich freue mich total auf unser Date«, sage ich, um ihm ein bisschen die Aufregung zu nehmen. »Ich war jahrelang auf keinem mehr. Ich erinnere mich eher an die Verabredungen von Buchcharakteren als an meine eigenen. Das ist schon bezeichnend für mein Liebesleben, oder?«

»Die sind sicherlich auch besser, oder? Wer kann schon mit den Fantasievorstellungen eines Autors mithalten?«

»Ach, das kommt auf das Buch an. Manche sind sehr überzogen, das stimmt. Nicht nur die Dates, auch der Sex.«

Aus dem Augenwinkel sehe ich, wie Hank minimal zuckt. Eigentlich wollte ich die Nervosität ja abbauen, und nicht schüren. Er soll nicht denken, das ich unmenschlich hohe Erwartungen habe.

»Ich bin zwar ein Träumer, aber ich schätze die Realität trotzdem sehr und verlange nicht von ihr, dass sie wie ein Hollywoodfilm ist. Sie darf gerne ein bisschen ruhiger und unspektakulärer sein. Das erdet mich.«

Er nickt langsam, aber sein Blick bleibt auf die Straße gerichtet. Ein sehr verantwortungsvoller Fahrer. Ich mag das.

»Ich habe mir stundenlang den Kopf zerbrochen«, gibt er zu. »Ich will nur, dass wir einen schönen Tag haben. Dass du dich nicht langweilst.«

»Ich langweile mich schon nicht.« Am liebsten würde ich ihn anfassen, eine Hand auf seinen Arm legen oder ihm einen Kuss auf die Wange geben, aber ich möchte ihn nicht bedrängen oder beim Fahren stören. Das sind Dinge, die ich noch herausfinden werde – wann es passt, wie er Nähe teilen möchte. Falls mehr aus uns wird. Wir tasten uns da langsam heran.

»Und falls doch, nimm einfach ein Buch vor. Dann weiß ich Bescheid.« Nun grinst er und ich schließe mich an. Vor uns schlängelt sich eine breite Straße durch die Landschaft, die sich an Bergen entlang windet und mal nach oben und mal nach unten führt. Immer wieder habe ich die Gelegenheit, großartige Landschaften zu überblicken. Tiefe Wälder, die in allen Grün- und Blautönen leuchten, kleine, aber satte Wiesen, Schluchten, deren Wände glänzen, als würden sie aus Edelsteinen bestehen. Und alle diese Bilder sind eingerahmt von den Bergketten, die am Horizont blau und violett und dann immer öfter auch rötlich und golden leuchten.

Unsere Fahrt endet relativ bald. Wir sind vielleicht eine halbe Stunde von Rainside Valley entfernt, als Hank vom Highway herunterfährt und einen kleinen Parkplatz ansteuert.

Wir befinden uns am Rand eines Wäldchens, das sich über einige niedrigere Hügel zieht. Neben dem Parkplatz erhebt sich ein recht großes, rechteckiges Holzhaus, das nur aus einem Erdgeschoss zu bestehen scheint. Neugierig mustere ich es.

Neben dem Eingang steht ein weißes Schild, auf dem eine Wolfssilhouette abgebildet ist. Ist das ein Mini-Naturpark? Hier in der Region gibt es ja so einige und ich hatte sowieso vor, sie mir alle anzusehen, falls ich hierher ziehe.

Da es hier nicht mehr regnet, springe ich aus dem Wagen und lege mir die gefaltete Regenjacke über den Arm. Hank umrundet den Wagen und ist sofort an meiner Seite.

Ich merke, dass er mich im Auge behält. Er hat wohl wirklich Angst, mich mit seinen Plänen zu langweilen.

»Das ist das Colorado Wolf Wildlife Center«, sagt er. »Hier kann man, wie der Name schon vermuten lässt, Wölfe in ihrer natürlichen Lebensumgebung beobachten. Ich habe uns für eine Führung angemeldet.«

»Das klingt super«, sage ich und fasse jetzt doch nach seinem Arm. »Ich liebe Wölfe.«

Er nickt und seine Züge entspannen sich etwas. »Ich auch. Ich war als Kind schon mal hier und weiß noch, dass es mir sehr gefallen hat.«

Diese Offenbarung freut mich gleich noch mehr. Es ist nicht einfach nur ein bisschen Sightseeing – Hank zeigt mir einen Ort, der für ihn eine Bedeutung hat.

»Danke, dass du mich hierhin mitnimmst.«

KAPITEL 19

Hank

WIR SEHEN UNS zuerst das Wolfsmuseum an. In dem großen Holzhaus riecht es nach Wald und Wolfsfell und einem Hauch Glaspolitur – eine Mischung, die alte Erinnerungen in mir aufsteigen lässt.

Dad hat bestimmt, dass wir heute hierher fahren. So wie Dad alles bestimmt, was wir machen. Ich bin elf und habe schon gelernt, dass es am besten ist, wenn ich ohne Erwartungen an die Sache herangehe. Manchmal werden die Ausflüge schön und manchmal sind sie todeslangweilig – zum Beispiel, wenn alte Männer den ganzen Tag irgendwelche Sachen über längst verstorbene Leute erzählen.

Aber das hier gehört, glaube ich, zu der anderen Sorte. Der Raum sieht zwar aus wie von einem Museum, aber die Sachen, die hinter den Glasscheiben warten, sehen spannend aus. Ich stelle mich auf die Zehenspitzen und recke den Kopf. Mal wieder wünsche ich mir, größer zu sein. Mum sagt, ich werde noch wachsen, dass bald ein Schub kommen wird, aber ich habe Angst, dass das nicht passiert.

Eine Frau in einer coolen Uniform empfängt uns und führt uns in dem großen Raum herum. Sie erzählt nicht von längst verstorbenen Leuten, sondern von Wölfen und Wäldern und das finde ich okay.

Ich höre zwar nicht jedem Satz zu, aber die Modelle in den Vitrinen faszinieren mich. Ich sehe sie mir ganz genau an, lege die Hände an die Scheiben.

Mein Vater schlägt sie weg und ich zucke still zusammen.

»Nicht anfassen. Das weißt du doch eigentlich, Junge.«

Ich nicke und fühle, wie ich noch kleiner werde, als ich eh schon bin. Mein Blick wandert zu meinem Bruder. Er hat sich von unserer Gruppe gelöst und läuft einfach so durch den Raum, aber niemand sagt etwas dagegen. Auch Dad nicht.

Sicherheitshalber stecke ich meine Hände in die Hosentaschen, als ich weiter die Wölfe betrachte. Sie sehen cool aus. Ich mag ihre grau-braun-weiß-schwarzen Felle, die großen Ohren und ihre Gesichter, die sie so doll verziehen können.

Eine Weile stehen wir vor einem Poster, an dem die Frau in Uniform die Mimik von Wölfen erklärt und wie viele Gesichtsmuskeln sie haben und so weiter. Sie redet dabei auch von Hunden und vergleicht die beiden Tierarten. Nun höre ich doch ein bisschen zu, weil ich Hunde echt gerne mag.

Gleichzeitig sehe ich mir die Bilder an.

Dad entscheidet, wann wir weitergehen und die Frau in Uniform hört auf ihn. Das machen alle, wenn er etwas bestimmt. Das ist ein Naturgesetz.

So laufen wir weiter durch das Museum und lernen viel über Wölfe. Ich versuche, keine Fehler mehr zu machen und bekomme dadurch auch keinen Ärger mehr. Am Ende sagt Dad zu mir, dass ich mir welche von den Flyern nehmen soll und ich sammle eilig welche ein. Ich treffe gar nicht erst eine Auswahl, sondern schnappe mir ein Exemplar von jedem. Die stecke ich dann in meinen Rucksack.

Als nächstes geht es nach draußen. Die Uniformfrau führt uns in einen Wald, der mir wahnsinnig groß und dicht vorkommt, fast wie in einem Film. Mir ist das ein bisschen unheimlich, aber ich hatte ja sowieso vor, bei meiner Familie zu bleiben.

Ich laufe dicht neben Dad her. Das gefällt ihm und er tätschelt meinen Kopf.

Irgendwann während unseres Laufs durch den Wald, sagt er zu mir: »Du solltest die Wölfe als Thema für deinen Biologie-Vortrag nehmen.« Ich nicke folgsam und habe auch nichts dagegen. Wölfe sind spannend.

Als die Uniformfrau uns anbietet, ein Wolfsgeheul anzustimmen, um zu testen, ob die Wölfe im Reservat uns antworten, schüttelt Dad mit dem Kopf. Das seien Albernheiten, die er nicht haben möchte. Ich lasse die Schultern hängen und die Uniformfrau wirkt kurz ein wenig irritiert, aber sie sagt nichts weiter dazu.

Am Ende sitzen wir an einem Imbissstand am Rande des Gebiets mit Blick auf den Parkplatz. Ich bin es schon gewöhnt, keine Pommes zu bekommen, deswegen sage ich auch nicht mehr, dass ich welche haben möchte. Mein Dad wählt aus, was wir bekommen, wobei er bei meinem Bruder nicht so vehement ist, wie bei mir. Er kann manchmal verhandeln. Ich verstehe nicht, warum. Wenn ich Mum leise danach frage, sagt sie immer, dass ich eben sein Küken wäre.

Also sitze ich da und esse gegrillte Hühnerstreifen mit Tomaten und Gurke. Es schmeckt ganz gut und ich beschwere mich nicht. Das habe ich früher manchmal gemacht, richtige Schreikrämpfe bekommen, aber diese Zeit ist vorbei. Es ist viel leichter, wenn ich akzeptiere, dass Dad bestimmt und dass er das beste für mich will. So war es immer und wahrscheinlich wird es so sein, bis ich nicht mehr das Küken bin.

»Wow, guck dir diese Modelle an. Die sehen ja aus wie lebendig.« Wyatt drückt leicht meinen Arm und reißt mich damit aus meinen Erinnerungen. Ich lächle über seine Begeisterung und nicke.

Wie damals kommt uns eine Frau in Uniform entgegen, aber ich kann nicht sagen, ob es dieselbe ist oder nicht. Sie ist um die fünfzig und sympathische Lachfältchen zieren die Bereiche um Mund und Augen.

Die Uniformen scheinen noch dieselben zu sein. Grün, Grau und Brauntöne und eine gestickte Wolfssilhouette auf der Brust.

»Elsie Silvers, zu euren Diensten.« Wir schütteln nacheinander ihre Hand und sie führt uns in die Ausstellung hinein. Ich höre die Entwicklungsgeschichte der Wölfe nicht zum ersten Mal, aber heute kann ich das Wissen mehr schätzen als damals.

Während die Informationen, von Elsies warmer, angenehmer Stimme gesprochen, in mich hineinfließen, beobachte ich Wyatt, der fröhlich und neugierig wirkt.

»Wölfe kommen in vielen Fantasygeschichten vor«, erzählt er seinerseits unserer Führerin und ich muss schmunzeln, als er auf ihren Vortrag mit einem eigenen Mini-Vortrag über Wölfe in der Literatur beantwortet. Sie wirkt davon allerdings kein bisschen aus dem Konzept gebracht und hört genauso interessiert zu wie er zuvor.

Ich bin froh, dass es so ist. Wyatts Art ist so liebenswürdig und wertvoll – es würde mich wütend machen, wenn ihm jemand über den Mund fährt, während er ihn an seinem Wissen oder seiner Fantasie teilhaben lässt.

Wir gehen weiter und betrachten die Zeichnungen und Modelle. Mit den Vitrinen fühlt es sich ein bisschen so an, als steckten wir in einem Film, in dem jemand auf Pause gedrückt hatte. Die ausgestopften Wölfe sind gleichzeitig ein bisschen gruselig, aber auch wahnsinnig interessant. So detailliert kann man sich die Tiere sonst wohl kaum ansehen, weil sie natürlich nicht einfach stillhalten oder so nahe an einen herankommen.

Wyatt und ich reden über die dünnen Beine und Gelenke und die kantigen Pfoten, über die charakterstarken Gesichter und die Wildnis in den Augen der Wölfe. Zwischendurch erwähnt er immer wieder Bücher, an die er sich erinnert fühlt und ich versuche, mir all diese Titel zu merken, weil ich mehr mit Wyatt teilen und mehr Einblick in seine Welt gewinnen möchte.

Während wir durch die Ausstellung schlendern, nimmt Wyatt meine Hand. Erst sind es nur ein paar Finger, die sich locker mit meinen verhaken, und es wirkt fast, als hätte er das nur getan, um mir kurz die Richtung zu weisen, in die er gehen möchte, aber dann greift er mehr nach mir und ich halte seine Hand gerne fest.

Es ist so eine kleine, zerbrechliche Geste. Auf Elsie und jeden anderen Beobachter wirkt das vielleicht sogar alltäglich, doch für mich ist es etwas Besonderes.

Nachdem wir alles angesehen haben, gelangen wir wieder in den vorderen Bereich des Raumes, wo mir neben der Infotheke jetzt auch ein Regal mit Büchern auffällt. Wyatt hat es schneller bemerkt als ich und geht bereits darauf zu.

Die meisten Exemplare sind Sachbücher, wenn ich das richtig sehe. Aber er findet auch ein Jugendbuch und ein Bilderbuch zum Thema Wölfe und blättert vorsichtig in beiden. Ich lasse ihm seine Ruhe dabei und wende mich einem kleinen Karussell-Aufsteller mit Schlüsselanhängern zu. Ja, ich hätte gerne ein Andenken an diesen Tag.

»Welchen soll ich nehmen?«, frage ich Wyatt, nachdem er die Bücher zurückgestellt und sich mir zugewandt hat.

»Na, den, der dir am besten gefällt.«

Ich schnaube leise und greife nach einem braun-weißen Exemplar. Während ich bezahle, sehe ich aus dem Augenwinkel, wie Wyatt einige Flyer einsteckt. Gratis-Lesestoff sozusagen. »Bereit für den Wald?«, frage ich und befestige den Schlüsselanhänger an meinem Autoschlüssel.

»Für den Wald und für lebende Wölfe«, sagt er.

Ich werfe einen Blick auf die Uhr. »Gut, unsere Führung beginnt nämlich auch gleich.«

Draußen spazieren wir bis an die Baumgrenze heran und werden dort von einer weiteren Angestellten des Reservats empfangen. Sie ist deutlich jünger, hat die schwarzen Haare zu einem Pferdeschwanz gebunden, der hinten aus ihrem Cappy herausbaumelt. Bei der Begrüßung strahlt sie voller Tatendrang – fast so wie Wyatt.

Man kann ihr mühelos ansehen, dass sie ihre Arbeit gerne macht.

»Die sind für euch«, sagt sie und reicht jedem von uns eine Art Schlüsselband. Diese Dinger weisen uns wohl als Besucher mit Sonderrechten aus und wir hängen sie uns gerne um.

Dann beginnt unsere Wanderung durch den Wald. Sanftes Blätterrascheln umgibt uns, Sonnenlicht wirft seine goldenen Punkte hier und dort auf den Waldboden und es riecht nach Baumrinde und Erde. Mir wird bewusst, dass dieser Wald anders riecht als der Rainside Forest. Vielleicht hat jeder Wald seine eigene Note.

Unsere Rangerin Sascha bedeutet uns, möglichst leise zu sein und keine auffälligen Bewegungen zu machen, und führt uns dann zwischen den Bäumen entlang.

Die Wölfe hier befinden sich zwar hinter Zäunen, sind aber von Natur aus vorsichtig und zeigen sich nicht jedem.

Es ist nicht wie in einem Zoo, wir müsse ein wenig Glück haben, um sie beobachten zu können.

Insekten umschwirren uns, schweben manchmal für Sekunden vor meinem Gesicht, um dann fortzusausen. Im Astwerk über uns zwitschern Vögel. Wir sind umgeben von einer wunderschönen Natur, die uns in sich aufnimmt, und unser Schweigen verstärkt das Gefühl, dass wir langsam zu einem Teil des Waldes werden.

Ich halte wieder Wyatts Hand und so fühlt es sich auch nicht wie verschwendete Zeit an, als wir nach den Wölfen suchen und lange nichts finden. Sasha bleibt oft stehen und späht in verschiedene Richtungen. Dann führt sie uns zu einem Tor im Zaun, öffnet es, winkt uns hinein.

Ich wusste zwar, dass das passieren würde, denn ich habe ja extra dafür bezahlt, dass wir besonders nahe an die Tiere herankommen, aber ich habe dennoch das Gefühl, den Atem anhalten zu müssen.

Wyatt fällt es sichtlich schwer, nichts zu sagen. Er schaut mich immer wieder an, mit leuchtenden Augen und breitem Lächeln und einem lebendigen Rot auf den Wangen. Ihm macht das alles hier großen Spaß, obwohl wir noch keine echten Wölfe gesehen haben.

Dann streckt Sasha den Arm zur Seite und bedeutet uns, stehen zu bleiben. Langsam gehen wir alle drei in die Hocke. Und dann stehen sie da: zwei Wölfe in voller Pracht, teilweise verdeckt von den Zweigen eines Strauches. Der eine steht quer vor dem anderen, hält den Kopf halb über den Nacken des anderen und verzieht dabei das Gesicht. Irgendetwas scheint dort vorzugehen.

Elsie hat uns erklärt, dass Wölfe eine sehr nuancierte und facettenreiche Körpersprache haben – dass es eine Rolle spielt, wo die jeweiligen Tiere stehen, welche Geräusche sie von sich geben, wohin sie schauen und wie sich die Lefzen bewegen. Ich weiß ein paar Dinge über die Körpersprache von Hunden, aber das hier scheint zum Teil eine andere Welt zu sein.

Die beiden drehen sich, laufen umeinander herum wie bei einem Tanz. Die dreieckigen Ohren zucken und die Ruten wedeln mal weit oben, dann wieder tiefer. Es ist ein beeindruckendes Schauspiel. Einige Sekunde lang verliere ich mich darin, einfach nur die Farben der Felle zu beobachten, und welche verschiedenen Töne aufleuchten, wenn sie sich durch Licht und Schatten bewegen.

Auf einmal rennen die beiden wir auf ein Kommando, das nur sie hören konnten, davon. Wyatt und ich sehen uns an. Sasha nickt uns zu und wir gehen weiter, jetzt noch aufgeregter.

Die Rangerin erklärt uns flüsternd, was wir gerade gesehen haben. Anscheinend ging es um unterschiedliche Interessen und das Setzen von Grenzen. Also ... beinahe wie beim Menschen.

Wir klettern über Wurzelholz und neben uns steigen Schmetterlinge aus einem Büschel Brennnesseln auf. Wyatt schaut ihnen hinterher und das Sonnenlicht verfängt sich in seinem Haar.

Ich bin so froh, dass ich mich überwunden habe, zu ihm zu gehen. Dass ich mich hierfür entschieden habe. Und in diesem Moment wird mir klar, was dieses seltsame Gefühl war, das ich hatte, kurz nachdem er zu meiner Einladung 'Ja' gesagt hat: Ich habe mich dafür entschieden. Genau das ist es. Ich habe nicht darauf gewartet, dass es jemand anders tut. Ich wollte etwas – so sehr, dass ich mich von den alten Gewohnheiten gelöst habe.

Wenn ich so auf mein Leben zurückblicke ... auf die jüngere Vergangenheit, dann war es oft so, dass ich Dinge einfach nicht getan habe, obwohl ich sie vielleicht wollte. Mir wird bewusst, dass ich viel zu oft darauf warte, dass jemand anders entscheidet. Mein Dad. Was absurd ist, denn der ist weder hier, noch ist er besonders präsent in meinem Alltag. Aber was der elfjährige Hank erlebt hat, wirkt nach. Wie sehr, das war mir bis jetzt nicht klar.

Ich musste erst in einen Wald voller Wölfe gehen, um das zu erkennen.

Nein. Ich musste *Wyatt* treffen.

KAPITEL 20

Wyatt

HÄTTE MICH JEMAND vor einem Monat gefragt, wie mein Traumdate aussehen würde, hätte ich mir wahrscheinlich eine alte Bibliothek vorgestellt, in der wir gemeinsam nach Buchschätzen suchen, uns gegenseitig vorlesen und von unseren Lieblingsgeschichten vorschwärmen.

Jetzt pirsche ich durch den Wald, an der Seite eines Sheriffs mit ernsten Zügen, und suche nach den Spuren von Wölfen – und es ist absolut perfekt, auch ohne Bücher.

Der Wald und seine Atmosphäre nehmen mich genauso ein wie eine gute Geschichte es tun würde. Das Gräserrascheln ist fast so schön wie das der Seiten, wenn man umblättert und die Sonne glitzert auf dem Boden und auf den Blütenkelchen wilder Pflanzen.

Immer wieder tausche ich Blicke mit Hank und obwohl wir kaum reden, teilen wir eine Geschichte miteinander. Es ist viel schöner, als ich mir so etwas vorgestellt hätte.

Ich weiß nicht, ob es mehr am Wald oder mehr an dem Mann an meiner Seite liegt ... vielleicht ist es die Mischung.

Es macht mir Spaß, über Wurzeln zu streifen, mich unter tiefhängenden Ästen hindurchzuducken oder durch das Grün der Sträucher zu spähen, um irgendwo einen Fetzen Wolfsfell zu erspähen.

Sascha leitet uns durch ein Gehege hindurch, dann wieder hinaus und zu einem anderen Tor. Langsam verliere ich den Überblick und weiß gar nicht mehr, ob wir nun drinnen oder draußen sind, aber das spielt auch keine große Rolle.

Ich bin auf einem Abenteuer. Mein Herz schlägt aufgeregt und ich fühle mich wach und voller Energie (obwohl ich mal wieder etwas essen könnte).

Hank zieht sein Handy hervor und scheint ein Foto machen zu wollen, aber Saschas Gesten vermitteln, dass er es wegpacken soll. Er tut es. Ein bisschen enttäuscht mich das schon, weil ich auch schon den Gedanken hatte, hier irgendwo ein Foto von ihm – oder am besten von uns beiden – zu machen.

Wir sehen noch öfter die Wölfe. Einmal beschnuppern sie Baumrinde, Gräser und den Boden einer kleinen Lichtung, später entdecken wir einen von ihnen schlafend auf der Seite liegend. Da wirkt er schon mehr wie ein Haushund.

Irgendwann stehen wir wieder vor einem Tor und ich bin mir relativ sicher, dass wir dieses Mal ein Gehege verlassen. Sascha bestätigt es mit ihren Worten.

»Das war unser Ausflug ins Herz unseres Reservats. Dort vorne ist ein guter Bereich für Selfies.« Sie leitet uns lächelnd ein Stück am Zaun entlang. Einige Meter entfernt ragt eine große Holztafel empor, die in wunderschönen, lebendigen Farben bemalt ist. Abgebildet ist ein Wald mit

Sträuchern und Gräsern und zwischen den Bäumen die Gestalten mehrerer Wölfe. Sie sehen nicht fotorealistisch aus, der Stil ist ein wenig vereinfacht, aber es ist trotzdem wunderschön.

Hank geht mit großen Schritten darauf zu und ich folge eilig.

»Soll ich oder willst du?«, fragt er.

»Du bist größer und hast längere Arme.«

Er schnaubt und stellt sein Handy ein. Ich drücke mich seitlich an ihn, will auf dem Foto nahe bei ihm sein. Hank legt den Arm um mich, streckt den anderen mit dem Handy schräg über uns. Ich bin froh, dass der Mann weiß, wie man ein vernünftiges Selfie aufnimmt.

Bevor er abdrückt, vergewissert er sich, dass die Wölfe auch auf dem Bild sind. Es sieht fast so aus, als würden wir wirklich im Wald neben ihnen stehen, aber auf den zweiten Blick erkennt man, dass sie gemalt sind. Ich mag es.

Wir lächeln und Hank drückt den Auslöser. Mehrmals.

Wenn der Tag so schön bleibt, dann wird das vielleicht mein neues Hintergrundbild. Nachdem ich mich jetzt so lange zurückhalten musste – mit Worten und mit Bewegungen, überkommt es mich und ich ziehe Hank in eine Umarmung. Er lacht kurz auf und drückt mich dann an sich, während er umständlich sein Handy wegzustecken versucht.

Sascha lässt uns den Moment, bevor sie knirschenden Schrittes weitergeht und verkündet: »Wir können jetzt zum Abschluss noch ein kleines Experiment machen, wenn ihr möchtet. Wir imitieren Wolfsgeheul und lauschen, ob man uns antwortet.«

Ich bin sofort dabei, weil das echt spaßig klingt.

»Hast du Lust?«, frage ich Hank und er sieht für einen Moment aufrichtig überrascht aus. Wundert er sich, dass ich bei so etwas Kindischem mitmachen will? »Also, wir müssen natürlich nicht, wenn ...«

»Doch, lass es uns versuchen«, sagt er. Ich grinse und wir nicken Sascha zu. Die holt Atem und legt die Hände wie einen Trichter um den Mund. Alle drei recken wir die Köpfe Richtung Himmel und lassen unser bestes Wolfsgeheul erklingen.

Ich jaule tief aus dem Bauch heraus. Ich muss ja gestehen, dass es nicht das erste Mal ist, dass ich Wolfsgeheul teste. In meiner Werwolfbücher-Ära habe ich das öfter getan. Aber auch wenn ich aus dem Alter raus bin, macht es riesigen Spaß – vor allem, weil wir im Wald stehen und zu dritt sind.

Hanks Heulen klingt zuerst etwas hölzern, aber es ist angenehm tief und voll. Als er hört, wie Sascha und ich uns ins Zeug legen, wird er entspannter und wenn ein Wolf unsere Jauler bewerten würde, würde Hank sicher gewinnen.

Als uns allen der Atem ausgeht, halten wir Inne und lauschen, während zwischen uns gespannte Blicke hin und her fliegen. Werden die echten Wölfe auf uns antworten?

Wir müssen nicht lange warten. Tatsächlich lässt sich jemand dazu herab, uns zu antworten. Mit einem begeisterten Grinsen drehe ich mich in die Richtung, aus der das fremde Heulen kommt. Nach einigen Sekunden stimmt noch ein zweiter Sänger ein.

»Gut gemacht«, lobt uns Sascha. »Prädikat: Sehr wölfisch.«

Hank sieht richtig glücklich aus. Er ist rot um die Wangen und sein breites Lächeln bleibt lange, auch wenn es um die Mundwinkel ein wenig zittert. Aber vielleicht bilde ich mir Letzteres auch nur ein.

Ich nehme seine Hand, als wir weitergehen. Sascha erzählt noch ein paar Sachen über die Wölfe und die ganze

Einrichtung hier, wie sich alles über die Jahre entwickelt hat. Meine Gedanken schweifen immer wieder zu den Geschichten über Wölfe und mystische Wälder, die ich gelesen habe, aber ich versuche trotzdem, so viel wie möglich in mich aufzunehmen.

Falls ich in Rainside bleiben kann, nehme ich mir vor, will ich öfter herkommen. Vielleicht einmal pro Jahr. Das wäre eine schöne Tradition. Gemeinsam mit Hank?

Unsere Führung endet auf einem größeren Platz am Rande des Wäldchens. Der Boden ist mit Sand bedeckt und die Sonne brennt hier fast ungehindert auf uns herab.

»Ich danke euch für euren Besuch und gebe euch jetzt gerne in die Obhut von Marcus, unserem Imbissbetreiber. Natürlich dürft ihr nach eurer Stärkung auch gerne noch weiter hier herumspazieren, wenn ihr möchtet.«

Wir bedanken uns bei Sascha für die spannende Führung und tragen unsere leeren Mägen hinüber zu der Bretterbude, von der der lecker Geruch von gegrilltem Fleisch und Gemüse zu uns weht.

»Worauf hast du Lust?«, fragt Hank mich und mein Blick huscht zwischen der mit Kreide beschriebenen Tafel, der Auslage und dem Mann, der dann wohl Marcus sein muss, hin und her. Ehrlich gesagt habe ich Appetit auf etwas richtig Fettiges und Ungesundes.

»Pommes«, sage ich. »Mit Ketchup. Und eine von diesen Hühnerkeulen.«

»Einmal das kleine Flatterviech-Menü«, schaltet Marcus sich ein. »Habe ich gehört. Was bekommt der andere Herr?«

Hank zögert und als ich zu ihm rüberschaue, wirkt er fast wie versteinert. Fällt ihm die Auswahl so schwer? Vorhin hatte sein Gesicht so viel Farbe, jetzt erscheint es mir blass. »Ist dir nicht gut?«, frage ich leise und besorgt.

Er lächelt mir zu. »Doch. Sehr gut.« Nun wendet er sich an Marcus. »Ich nehme dasselbe, aber meine Pommes mit Mayo.«

»Und was wollt ihr trinken?«

Hank und ich wechseln einen Blick und sagen dann gleichzeitig: »Coke.«

Marcus schnaubt amüsiert. »Kommt sofort.«

Der Chef nickt uns zu und nennt uns den Preis. Hank wirft einen Schein in die Schüssel und wir setzen uns an einen Tisch, der dankenswerterweise von einem gestreiften Sonnenschirm beschattet wird. Ich bin knallenden Sonnenschein gar nicht mehr gewöhnt, muss aber auch sagen, dass ich nie ein großer Fan war. Sonne ist schön, aber ich mag sie lieber in kleinen Mengen. Als Glitzern auf den Blättern und als goldenes Muster auf hölzernem Dielenboden. So ungefiltert auf meinem Nacken ist sie mir einfach zu stark.

Hank sitzt mir gegenüber und wirkt wieder normal. Das erleichtert mich. Was war denn eben los? Habe ich mir das nur eingebildet? Manchmal frage ich mich, ob meine Fantasie nicht doch etwas zu groß und zu lebendig ist.

Vom Imbissstand her schwirrt Popmusik zu uns herüber. Ich zeichne mit der Spitze meines Turnschuhs ein Muster in den Sand und atme durch. Wir sind schon ganz schön viel gelaufen und das Leisesein und vorsichtige Bewegen im Reservat war anstrengender, als man glauben mag. Ich bin froh über diese Pause und so langsam entspannen sich meine Muskeln.

Marcus serviert uns die Pommes in runden, dunkelbraunen Schüsseln, was sie beinahe wie ein edles Mahl erscheinen lässt. Für Mayo und Ketchup gibt es kleinere Behälter, die er daneben abstellt.

Die Hähnchenkeulen kommen auf flachen, länglichen Tellern, die dunkelgrün sind, aber von derselben Machart wie die Schüsseln. Unsere Getränke schillern in ganz normalen Gläsern, jedes mit einem Bambusstrohhalm versehen.

»Lasst es euch schmecken.« Marcus verschwindet wieder hinter den Tresen.

Hank sieht erst sein Essen und dann mich an.

»Das … heilt gerade etwas in mir«, sagt er mit gedämpfter Stimme und sein Blick vermittelt mir, dass er das ernst meint.

Ich lächle. »Erzähl mir alles darüber, wie eine Portion Pommes dich heilt, Sheriff.«

Er zupft mit den Fingern eine einzelne Fritte aus seiner Schüssel und hält sie sich vors Gesicht. »Es klingt nach zu wenig, wenn ich einfach nur sage, dass ich keine Pommes haben durfte, als ich das letzte Mal hier war. Also, zu wenig, um etwas Besonderes zu sein.«

Neugierig mustere ich ihn und obwohl ich Hunger habe, greife ich noch nicht nach meinem Essen, weil ich nichts von dem verpassen will, was Hank mir offenbaren wird.

»Es kann schon ziemlich enttäuschend sein, diese leckeren Pommes zu riechen, und keine zu bekommen«, sage ich.

»Das schon … aber es geht nicht nur um die Pommes. Ich bin mit der Gewissheit aufgewachsen, dass mein Vater alles bestimmt, was mit mir zu tun hat. Auf welche Schule ich gehe, welche Turnschuhe ich trage oder welches Essen ich am Imbissstand bekomme.«

»Klingt nach einer sehr kontrollierenden Erziehung.«

Hank zieht nachdenklich die Augenbrauen zusammen und starrt auf eine undefinierbaren Punkt auf der Tischplatte. »Es war nicht so, dass mir viel verboten wurde, aber … er hat einfach alles entschieden und ich habe zeitig gelernt, das hinzunehmen und mich nicht dagegen gewehrt. Ich habe angefangen, es als eine Form von Bequemlichkeit anzusehen, dass ich keine Entscheidungen treffen muss. Ich meine, das meiste davon war ja auch nicht schlecht für mich. Er hat eine gute Schule ausgesucht und dass er mich Richtung Polizeiausbildung gelenkt hat, bereue ich nicht. Ich … Es ist nur so seltsam, dass ich heutzutage immer noch manchmal darauf zu warten scheine, dass jemand für mich entscheidet.« Jetzt richtet sich sein Blick wieder nach außen und er schaut mir in die Augen. »Das ist unverständlich für einen normalen Menschen, oder?«

Ich schüttele den Kopf. »Nein. Ich kann mir das ganz gut vorstellen.« Vielleicht ist es für andere tatsächlich schwerer zu verstehen, aber ich kann fühlen, was Hank meint. Vielleicht hilft mir meine Fantasie dabei, oder die vielen Geschichten, die ich in meinem Leben gelesen habe. Man sagt ja, Lesen fördere die Empathie. Aber ich sehe den jungen Hank vor mir, der irgendwann aufhört, sich zu überlegen, was er eigentlich will und stattdessen abwartet, was sein Vater ihm serviert. Der auf diese Weise älter wird und … sich jetzt darüber freut, sich für die Pommes entschieden zu haben, die er vor Jahren vielleicht schon haben wollte.

»Warum habe ich nicht rebelliert?«, fragt er mich.

Ich lächle ihn an. »Ist vielleicht einfach nicht deine Art. Du … bist doch eher der Typ, der Streitereien aus dem Weg geht. Ähnlich wie ich. Und du wusstest wahrscheinlich auch, dass es nichts bringt. Energieverschwendung. Du bist lieber effizient mit deiner Kraft.«

Seine Züge entspannen sich sichtlich. »Ach, Wyatt.«

»Ja?«

Er hebt die Fritte an. »Auf dich.« Dann schiebt er sie sich in den Mund und schließt genüsslich die Augen.

Wir essen gemeinsam, tunken unsere Pommes ein und genießen den Blick auf den Wald neben und hinter uns und die sanften, grünen Hügel vor uns. Obwohl das Essen nur von einem Imbiss stammt, schmeckt es wahnsinnig lecker. Die Pommes sind perfekt gesalzen und knusprig, das Hühnchenfleisch ist zart und die Kruste wahnsinnig lecker. Und vor mir sitzt der Mann, an dem ich mich nicht sattsehen kann.

»Hast du dir deswegen keinen Hund geholt?«, frage ich Hank nach einer Weile. »Das habe ich mich gefragt, seit du mir erzählt hast, dass du zur Polizei-Hundestaffel wolltest und dass du Hunde liebst. Das sie dich nicht genommen haben, war ein Tiefschlag, aber ... du hättest dir in Rainside doch einen holen können. Also auch ohne die Staffel, meine ich.«

Er nickt. »Ich habe damals zwar daran gedacht, aber es mir immer irgendwie ausgeredet, so nach dem Motto: 'Wer weiß, ob du lange hierbleibst oder ob du genug Zeit für einen Hund hast' und so weiter. Es gab immer irgendetwas, das mich hat zögern lassen. Wahrscheinlich habe ich unbewusst darauf gewartet, dass jemand die Entscheidung für mich trifft. Obwohl ich längst erwachsen war.«

»Du könntest es jetzt machen.«

Hank wollte gerade das Glas an die Lippen setzen, aber er stellt es wieder ab und sieht mir in die Augen.

Kapitel 21

Hank

ICH WEIß GAR nicht mehr genau, wann ich ihm das erzählt habe. Es muss ganz am Anfang gewesen sein. Ja, ich glaube, an dem Tag, als er mich zum Muffinsbacken eingespannt hat.

Dass er sich das gemerkt hat ...

»Ich könnte es jetzt machen«, stimme ich ihm zu. »Aber ... ich weiß ja gar nicht, ob ich in Rainside Valley bleibe, oder ob ich bald wieder nach San Francisco zu meinem Bruder ziehe. Da ergibt sich demnächst eine neue Chance auf einen Platz in einer Staffel. Dieses Wochenende schon.«

Diese Sache auf den Tisch zu legen ist einerseits befreiend und andererseits belastend. Befreiend, weil ich das Gefühl hatte, ein Geheimnis vor Wyatt zu haben, und belastend, weil ich sehen kann, dass ihn diese Information traurig macht, auch wenn er sich um ein Lächeln bemüht. Weil er ein guter Kerl ist.

»Das sind tolle Neuigkeiten.« Er schweigt einen Moment. Dann trinken wir beide aus unseren Gläsern, als wollten wir uns vor weiteren Worten zu diesem Thema drücken.

Es nervt mich, dass ich damit gerade die Stimmung versaut habe. Wäre es besser gewesen, das weiter zu verschweigen und dann einfach zu verschwinden? Immerhin habe ich ihn auf ein Date eingeladen, signalisiert, dass ich Interesse an ihm habe. Ich kann gut verstehen, dass er irritiert davon ist.

Fuck, wahrscheinlich denkt er, dass ich ihn nur eingeladen habe, damit vorher noch was für mich rausspringt. Aber das war nicht meine Absicht. Ich wollte ...

»Ich weiß ja auch nicht, ob ich noch lange in der Gegend bleibe. Wenn das Café noch weiter in den Abgrund rutscht, bin ich in ein paar Wochen auch wieder fort«, murmelt Wyatt und lächelt schwach. »Also tun wir wahrscheinlich gut daran, einfach den Tag gemeinsam zu genießen und eine schöne Erinnerung daraus zu machen, hm?«

Und wieder einmal überrascht mich dieser fröhliche, verständnisvolle, kreative Mann. Statt mir Vorwürfe zu machen oder zu diskutieren, will er sich auf das Wesentliche konzentrieren. Meine Zuneigung wächst ebenso wie meine Bewunderung für ihn. Er wirkt manchmal so jugendlich und fast schon naiv, aber er hat gleichzeitig eine sehr erwachsene Sicht auf das Leben.

Ich nicke. »Bereiten wir uns die beste Zeit.« Eigentlich will ich noch sagen, dass ich noch Chancen für sein Café sehe. Das Event mit dem Texteschreiber könnte die Sache noch drehen.

Wir essen unsere letzten Fritten und trinken unsere Gläser leer.

Glaube ich wirklich an seinen Traum, oder würde ich das nur sagen, um ihm ein gutes Gefühl zu geben? Die Frage dreht sich in meinem Kopf wie ein Kinderkarussell. Und wenn ich daran glaube, dann könnte ich mich doch auch dafür entscheiden, zu bleiben, oder?

Wie wichtig ist mir mein eigener Traum? War er überhaupt jemals so groß? Oder ist das nur eine Sache, der ich hinterherlaufe, weil mein Vater diese Entscheidung irgendwann für mich getroffen hat?

Ich verdränge die Fragen aus meinem Kopf. Wir können kein schönes Date haben, wenn ich die ganze Zeit am Nachdenken bin. Ich muss das abschalten.

Wir räumen unser Geschirr weg und bedanken uns bei Marcus für das leckere Essen. Dann spazieren wir zurück zum Wagen.

»Also, was steht jetzt an?«, fragt Wyatt und schenkt mir ein Lächeln, das zwar etwas unsicher, aber fest entschlossen wirkt. Ich will es ihm gleichtun

»Jetzt fahren wir zu einem Platz, an dem wir gut Campen und unsere Lektüre genießen können.« Und so einfach wird es wieder locker und leicht zwischen uns. Wir steigen ein, die Musik läuft und wir können wieder plaudern.

Ich frage Wyatt, welche Bücher er mitgebracht hat und er gibt mir ein paar Schlagworte zum Inhalt, sodass ich richtig neugierig darauf werde.

»Hast du schon in Sherlock Holmes reingelesen?«

»Gestern Abend die ersten zehn Seiten«, sage ich stolz. Es war tatsächlich ungewohnt, einfach nur dazusitzen und in einem Buch zu lesen. Mein Körper fühlte sich dabei so tatenlos an, so als wäre das irgendwie zu wenig. Aber nach ein paar Minuten habe ich gemerkt, wie es mich erdet und runterholt. Wie es das Kreisen meiner Gedanken stoppt und sie in andere Bahnen leitet. Ich hätte noch mehr gelesen, wenn ich nicht so schnell müde davon geworden wäre.

»Das ist ein guter Anfang«, sagt er und grinst. »Lass mich raten: im Bett?«

Ich nicke.

»Und dann bist du müde geworden.«

»Hast du vor meinem Fenster gestanden?«, scherze ich.

»Nein, dann hätte ich auch angeklopft.«

Kurz stelle ich mir vor, wie Wyatt mich nachts besuchen kommt und räuspere mich knapp. »Macht Lesen immer müde oder liegt das an mir?«

Ich kann mich ehrlich gesagt nicht daran erinnern, wie das in der Schulzeit war. Da mussten wir ja zwangsweise einiges lesen, aber das war eben eine Pflicht. Ich kann mich zumindest nicht erinnern, dabei gegen zufallende Augenlider gekämpft zu haben.

»Zumindest wenn man abends oder nach dem Mittagessen liest ... Lesen beruhigt, es senkt den Stresspegel, die Herzfrequenz, den Blutdruck ... meistens macht man es sich dabei ja auch gemütlich und befindet sich in einer stillen Umgebung – das fördert Müdigkeit.«

»Also muss ich Metal hören, wenn ich länger lesen möchte?«

»Oder du setzt dich auf einen Kaktus.«

Ich fahre mit ihm zu einem anderen Wäldchen nahe Rainside Valley, das ich noch von früher kenne. Dort gibt es eine Stelle mit einem kleinen Bach und einer Lichtung, die ideal zum Campen ist. Hoffentlich ist der Platz in der Zwischenzeit nicht zu bekannt geworden.

Wir parken in der Nähe einer Tankstelle, nehmen unsere Sachen und stapfen hinüber. Inzwischen ist der Nachmittag angebrochen und die Sonne schiebt sich dankenswerterweise immer wieder hinter die Wolken, sodass Licht und Wärme etwas abgemildert werden.

Der Wald empfängt uns kühl und dunkel und mit einem Geruch nach Harz, kühlem Stein und Gräsern. Wyatt hat beide Hände an die Schultergurte seines Rucksacks gelegt und gibt wirklich das Bild eines Frischlings-Campers ab. Ich schmunzele, als ich ihn so betrachte und gehe voraus.

»Sei vorsichtig, wo du hintrittst«, sage ich. »Einem rollt schnell mal ein Zapfen oder Stein unter der Fußsohle weg und mit dem veränderten Schwerpunkt durch den Rucksack, sitzt du schnell auf dem Hintern.«

»Verstanden«, sagt Wyatt und richtet seinen Blick aufmerksam auf den Boden vor uns.

Sonnenlicht und Schatten malen ihre Bilder auf den Waldboden. Blätter flirren und rascheln. Der Wald riecht nicht nur anders – er klingt auch anders als der Wald vom Wolfspark und der Rainside Forest.

Ich höre weniger Zwitschern und mehr Rascheln und Gräserflüstern. Wahrscheinlich liegt es daran, dass dieser Flecken etwas höher angesiedelt ist. Während ich mich umsehe, versuche ich, mich zu erinnern.

Es ist lange her, seit ich hier zuletzt wandern war. Das muss einer meiner letzten Besuche bei Grandma und Grandpa gewesen sein. Da war ich schon ein Teenager und mein Herz schlug fürs Angeln. Grandpa hatte es geschafft, auch ein wenig mein Interesse an der Jagd zu wecken, aber das hat sich nie weiter ausgeprägt.

Das Fallenbauen und -stellen war nie mein Ding. Ebenso das Schießen auf Tiere. Darin erkannte ich keinen Reiz. Ich hätte sie lieber nur beobachtet. Das Angeln mochte ich vor allem, wegen der Atmosphäre ... das plätschernde Wasser, der

Himmel, die gemeinsame Zeit. Grandpa hat immer viel dabei erzählt. Und manchmal schlief er einfach ein und schreckte hoch, wenn sich an der Angel etwas regte – das war witzig.

»Ich habe ein Eichhörnchen gesehen«, raunt Wyatt mir zu. Da ist wieder seine jugendliche Seite und ich merke, wie sehr ich das mag. Ich bleibe stehen, drehe mich zu ihm und fasse ihn bei der Schulter.

Er wirkt überrascht, bleibt aber bei mir und sieht mich kurz fragend an. Nur so lange, bis ich ihn küsse. Dann kommt er mir lachend entgegen und schlingt die Arme um mich. Ich fahre ihm durchs Haar, löse mich wieder und winke ihn hinter mir her.

Lächelnd und voller Elan folgt er meiner Geste.

Es ist wohl mein Instinkt, der uns zu der Stelle führt, die ich suche, denn ich habe nicht das Gefühl, irgendetwas wiederzuerkennen. Aber dann stehen wir plötzlich auf der Lichtung, die ich gesucht habe und sie ist perfekt. Kleiner zwar, als ich sie in Erinnerung habe, aber wahrscheinlich deswegen auch immer noch unbekannt genug, dass wir hier mit niemandem darum verhandeln müssen. Hier in der Umgebung gibt es viele Leute, die gerne Campen und viele beliebte Orte sind auch mal spontan besetzt.

»Hier werden wir unsere Zelte aufschlagen«, verkünde ich. »Oder unser eines Zelt, in dem Fall.« Ich streife mir die Tasche vom Rücken und löse die Klettverschlüsse.

»Schöner Flecken Erde«, sagt Wyatt, stemmt die Hände in die Hüften und sieht sich genauer um. Dann greift er nach seiner Wasserflasche und trinkt einen Schluck.

Ich mache mich an den Aufbau des Zeltes – meine ungeliebteste Arbeit, deswegen will ich sie schnellstmöglich erledigt haben. Zum Glück ist das Modell, das Bruce mir verkauft hat, wirklich gut. Es lässt sich schnell errichten und ist auch nach all den Jahren im Keller immer noch robust genug um seinen Job zu tun.

Nach zehn Minuten sind alle Haken in den Boden getrieben und unsere Behausung für die Nacht steht. Ich werfe meinen zusammengerollten Schlafsack hinein und Wyatt tut grinsend dasselbe mit seinem, Debbies Leihgabe.

In meinem Magen kribbelt es, als ich dieses Bild in mich aufnehme, weil es bedeutet, dass wir zusammen übernachten. Nochmal. Dieses Mal geplant und freiwillig.

»Was machen wir jetzt? Müssen wir Feuerholz sammeln? Und Steine für unser Lagerfeuer?« Wyatt fühlt sich schon ganz in einer Ferienlager-Geschichte. Ich grinse.

»Ja, ein bisschen Brennstoff wäre nicht schlecht. Inspizieren wir kurz die Umgebung und sammeln dabei etwas ein.«

Wir verlassen die Lichtung, gehen aber nur so weit, dass wir die Plane des Zeltes noch durch die Zweige blitzen sehen können. Das Plätschern des Baches leitet mich. Ich führe Wyatt zum Ufer und er hockt sich hin, um die Finger ins Wasser zu halten.

»Wie klar das Wasser ist!«

So rein wie deine Seele, denke ich und nicke.

Am Grund des Bachs glitzern Steine und winzige Fische, für die sich die Mühe des Fangens allerdings nicht lohnt. Wyatt betrachtet sie eine Weile, ehe er aufsteht und wir weitergehen.

»Ich beneide euch doch ein bisschen. Also euch Leute, die ihr eine Kindheit hattet, in der ihr in solchen Wäldern unterwegs wart. Es ist wunderschön hier.«

»Du warst doch in solchen Wäldern unterwegs«, sage ich. »In deiner Fantasie?«

Er lächelt und nimmt meine Hand. Darin wird er immer sicherer und ich auch. Es fängt an, sich vertraut anzufühlen.

»Das stimmt und ich will diese Ausflüge nicht missen, aber das hier ist doch etwas anderes. Es berühren zu können, ist großartig.« Seine Finger schlingen sich fester um meine, so als würde er mich mitmeinen.

»Allerdings haben Fantasieausflüge den Vorteil, dass man sie jederzeit abbrechen kann«, sage ich. »Campingausflüge mit Freunden werden zum Problem, wenn sich plötzlich jemand schlecht fühlt.«

»Sprichst du aus Erfahrung?«

»Ich war damals, gleich nach meiner Ankunft in Rainside Valley, mit ein paar der anderen Männer draußen und Bruce bekam Fieber. Das war das Ende der Welt.« Ich schnaube. Rückblickend kann ich mich darüber amüsieren, aber damals war es ziemlich stressig. »Er hat so laut gelitten, dass wir im Umkreis des Camps keine Tiere fangen konnten. Und Joanne hat sich solche Sorgen gemacht, dass sie sich auf den Heimweg gemacht hat, um von der Apotheke Grippemittel zu holen. Sie war den ganzen Tag unterwegs und völlig durchnässt, als sie zurückkehrte. In der Nacht haben wir uns damit abgewechselt, Wadenwickel bei Bruce zu machen. Sämtliche mitgebrachte Handtücher waren im Einsatz.«

»Aber er hat es gut überstanden?«

»Na sicher ... als wir wieder zu Hause waren, erfreute er sich bester Gesundheit.«

Wyatt verkneift sich sein Schmunzeln nur mäßig. »Immerhin ein Ausflug, den ihr alle nie vergessen habt, nehme ich an.«

»Das kann man wohl sagen. Und er hat uns auch zusammengeschweißt, würde ich sagen. Es war ja auch niemand zornig deswegen, aber ... es lief eben ganz anders, als wir erwartet hatten. Alles, was wir nicht machen konnten, haben wir dann beim nächsten Mal umgesetzt.«

»Ich mag diesen Zusammenhalt. Zwischen Brüdern gibt es das zwar auch, aber ich finde die Vorstellung schön, so viele Leute in meiner Nähe zu haben, die nicht mal mit mir verwandt sind und trotzdem zu mir stehen. In Büchern gibt es das öfter ... in der Realität ist es schwer zu finden, glaube ich.«

Ich denke darüber nach und versuche, im Kopf die Leute zu zählen, von denen ich mir sicher bin, dass sie wie Familie zu mir stehen. Gar nicht so einfach. Ich bin nach wie vor nicht gut darin, die Gefühle von anderen zu erkennen. Es kann sein, dass es viel mehr sind, als ich annehme.

Wyatt senkt die Stimme ein wenig und ich kann förmlich spüren, wie unser Gespräch intimer wird. »Hattest du mal Probleme hier ... ich meine ... wie offen sind die Leute, wenn du einen Mann gut findest?«

»Ich hatte in meiner Zeit in Rainside Valley nie einen festen Partner«, gestehe ich. »Aber zumindest kann ich sagen, dass ich sowohl beruflich als auch privat nie von irgendwelchen Anfeindungen gehört habe. Die Rainsider tuscheln zwar gerne, aber sie sind insofern recht entspannt, dass hier jeder sein Ding machen kann. Steven hat einen festen Freund, soweit ich weiß, und ich habe ihn nicht über Probleme klagen hören.«

»Wer ist Steven?«

»Debbies Bruder. Er vermietet Ferienhäuser in und um Rainside.«

»Oh, vielleicht miete ich gerade eine seiner Wohnung.«

»Möglich, aber er ist nicht der einzige, der hier mit Tourismus Geld verdient.«

Wyatt zögert und ich beiße mir auf die Lippe. Ich hätte das anders sagen sollen – so hörte es sich ja an, als würde ich Wyatt als Touristen sehen. Dabei ist er in den wenigen Wochen durchaus schon ein Teil der Stadt geworden.

»Hast du dir schon freie Wohnungen angesehen? Also dauerhafte Optionen?«, frage ich, um klarzumachen, dass ich es nicht so gemeint habe.

Gräser rascheln und Kiesel klicken unter unseren Schritten. Ich sammle beiläufig ein paar abgebrochene Zweige ein und gebe ein paar davon an Wyatt weiter.

Wir reden noch eine Weile über Rainside und wie es ist, dort zu leben und ich merke, dass ich mich als Teil davon sehe. Vor allem, wenn Wyatt bleiben will.

So viel scheint von der Einladung für den Texteschreiber abzuhängen. Aber ich werde nicht mehr in Rainside sein, wenn das Event startet. Ich muss dann bereits in San Francisco sein, damit ich mit dem Polizeichef reden und einen guten Eindruck machen kann. Ich habe also nicht die Möglichkeit, einfach abzuwarten und zu sehen, wie es sich bei Wyatt entwickelt. Ich muss meine Entscheidung treffen, ohne zu wissen, was die Zukunft für mich bereithält.

Wenn ich mich für Rainside Valley entscheide, dann nicht nur wegen ihm. Und wenn ich mich für San Francisco entscheide ... dann nicht nur, weil Wyatt fortgeht.

KAPITEL 22

Wyatt

GESPANNT SEHE ICH Hank dabei zu, wie er das Lagerfeuer herrichtet. Er bricht die Zweige auseinander und legt eine Kreis aus Steinen. In der Mitte stapelt er dann das Holz und obwohl es lässig und wahllos wirkt, wie er sie drapiert, sieht es am Ende professionell aus.

Ich weiß, dass die Camper von Rainside ihr Essen oft selbst jagen, aber wir haben etwas mitgebracht, schließlich bin ich Anfänger. Wir essen meine Muffins und kramen Bücher heraus.

Es ist später Nachmittag und das rötlich-goldene Licht, das schräg durch die Stämme und Sträucher fällt, ist wunderschön. In so einer Atmosphäre kann man sich leicht in fremde Welten entführen lassen. Ich setze mich im Schneidersitz auf die Decke, die Hank ausgebreitet hat und schlage mein Buch auf. Hank lässt sich neben mir nieder. Eine Weile suchen wir, jeder für sich, eine bequeme Position zum Sitzen und Lesen, dann lehnen wir uns Rücken an Rücken gegeneinander. Ich lächle glücklich in mich hinein. Das hier ist der Inbegriff von Romantik für mich.

Zu hören, wie Hank die Seiten umblättert, erfüllt mich mit Zuneigung, und ihn so nahe bei mir zu spüren, schenkt mir Geborgenheit, ganz ohne, dass er auch nur einen Arm um mich legen muss. Wir sind einfach da, spüren einander und existieren gemeinsam. Ich kann in die Welt zwischen den Seiten abgleiten, ohne den Kontakt zu ihm zu verlieren – das ist beinahe, als würde ich ihn dahin mitnehmen.

Um uns herum singt der Wald sein Lied. Irgendwo zirpt eine Grille, hin und wieder knackt irgendwo ein Zweig und hinter dem leisen Rauschen der Baumkronen plätschert der Bach. Meinetwegen können wir für immer hierbleiben … wenn uns nicht irgendwann der Lesestoff ausginge.

Wir lesen, essen die mitgebrachten Muffins und blättern Seiten um, bis das Licht immer weiter abnimmt. Ich höre, wie Hank das Buch zuklappt und beiseitelegt und lasse meine Lektüre ebenfalls sinken.

Langsam wendet er sich zu mir um und ich lasse mich mit dem Rücken auf die Decke sinken. Ich mag es, sein Gesicht zu betrachten, seine Umrisse, seinen Kiefer. Ohne große Worte beugt er sich zu mir herunter und ich recke das Kinn, um meine Lippen näher zu seinen zu bringen. Er schmeckt nach meinen Vanillemuffins.

Ich lecke ihm den Zucker von den Lippen und er fängt an zu lachen.

»Wie gefällt dir das Buch?«, frage ich und sinke wieder ganz zurück auf die Decke. Hank stemmt sich hoch.

»Es hat einen anderen Flair als die Fernsehserie, die ich gesehen habe. Holmes ist noch schwerer zu durchschauen.«

»Er lässt sich nicht in die Karten gucken.«

»Es ist kurzweilig. Aber auch ein bisschen distanziert.«

Ich schmunzele. Das mit der Distanziertheit dachte ich am Anfang auch von Hank.

»Ja, das stimmt. Es ist anders geschrieben als moderne Krimis. Da sind die Ermittler meist etwas menschlicher gezeichnet.«

»Watson ist angenehm menschlich.«

»Das stimmt. Ich mag ihn auch.«

»Was hast du gelesen?«

Ein wenig befangen zeige ich ihm das Cover. »Ist ein Roman über einen Flaschengeist in der modernen Welt. Er gerät in den Besitz eines erfolglosen Musikers.«

»Und der bringt seine Karriere durch ihn ins Rollen?«

»Nein, er will seine Zauberkräfte gar nicht benutzen.«

»Nicht?«

Ich schüttle den Kopf. »Es ist eine Liebesgeschichte. Ich denke, der Musiker wird den Dschinn am Ende befreien, damit sie zusammen sein können.« Kurz habe ich Angst, dass Hank mich auslachen könnte, weil es ein bisschen albern klingt, aber das ist nicht Hanks Stil. Er scheint über den Inhalt nachzudenken.

»Wenn dir ein Flaschengeist drei Wünsche erfüllen würde – welche wären das?«

»Dass mein Buchcafé ein richtiger Teil von Rainside Valley wird«, sage ich sofort. Dann überlege ich. Ich würde mir gerne wünschen, dass Hank bleibt, damit wir zusammen sein können, aber ich weiß gleichzeitig, wie egoistisch dieser Wunsch ist, und will ihn damit nicht belasten. Er soll das tun, was sein Herz ihm sagt, und womit er sein Glück findet. Ich weiß ja, wie drängend so ein Lebenstraum sein kann. Wer wüsste das besser als ich?

»Dann, dass mein Bruder nicht so viele Überstunden machen muss. Ich mache mir schon ein bisschen Sorgen um seine Gesundheit.« Mein Blick gleitet in die Ferne. Ob Ryder sich wohl die Zeit nehmen kann, mal in die Natur

235

zu sitzen und einen Sonnenuntergang hinter Baumkronen beobachten kann?

»Und als Drittes wünsche ich mir, dass George R. R. Martin 'Das Lied von Eis und Feuer' noch zu Ende schreibt.« Ich lache leise, weil ich damit vermutlich sehr vielen Menschen auf der Welt ebenfalls einen Wunsch erfüllen würde.

»Sind das die Bücher von dieser Fernsehserie?«

»Ja, genau. Aber mit der Serie waren die Fans zum Ende hin nicht so zufrieden, um es vorsichtig auszudrücken. Deswegen hoffen wir immer noch auf die fehlenden Romane, aber da tut sich seit Jahren nichts.«

Wir schweigen einen Moment. Dann frage ich zurück: »Und was wären deine drei Wünsche?«

Hank zögert. Er zögert sogar ziemlich lange. »Ich weiß nicht. Gesundheit, Geld, immer gebügelte Hemden haben, ohne selbst bügeln zu müssen.«

Ich lache kurz. »An diesen Wünschen ist nichts auszusetzen.« In Gedanken füge ich hinzu, dass sie nur ein wenig unpersönlich klingen. Ist Hank die Frage zu privat oder hat er sich vielleicht lange keine Gedanken mehr darüber gemacht, was er sich vom Leben wünscht? Als Kinder haben wir ja selten Probleme, solche Fragen zu beantworten, aber Erwachsene verlieren ihre Wünsche und Träume manchmal aus den Augen.

»Dann bereiten wir mal das Abendessen vor«, sagt Hank und steht auf. Er schürt das Feuer. Gutes Timing – so langsam merke ich, wie kühlere Luft in den Kragen meines Hoodies kriechen will. Hank kennt sich eben aus.

Ich rücke näher ans Feuer heran und überlasse die Handgriffe ihm, beobachte seine Bewegungen und seinen ernsten, ruhigen Gesichtsausdruck. Bald drückt er mir einen Spieß mit einem Marshmellow in die Hand und reicht mir eine Büchse, aus der mir ein sehr intensiver Geruch entgegenweht. Trockenfleisch.

Mit einem schiefen Grinsen greife ich danach und beiße beherzt ab. Keine Ahnung, wie das schmecken wird, aber ich bin bereit für die ganze Camping-Erfahrung.

»Meistens angeln wir oder besorgen uns frisches Fleisch«, erzählt Hank. »Aber so geht es auch.« Ich nicke und betrachte unsere Auswahl. Es ist noch Kuchen übrig, wir haben Marshmellows und auch zwei Sandwiches mitgebracht, dazu das Trockenfleisch, das zwar ziemlich zäh ist, aber eigentlich ganz gut schmeckt.

Hank zieht eine Decke hervor und legt sie mir um die Schultern. »Es wird jetzt schnell runterkühlen, da darf man nicht leichtsinnig sein«, sagt er leise und sanft.

»Danke.« Ich lege eine Hand an die Decke und genieße die Geborgenheit, die mir Hanks Geste schenkt. Wie schön wäre es, wenn es so bleiben könnte?

»Also, dein Bruder baut sich eine Softwarefirma auf, während du an deinem Buchcafé arbeitest, richtig?«

Der Übergang wirkt ein bisschen seltsam, aber ich mag es, dass Hank mehr über mich und meine Familie erfahren will. »Ja. Unser Dad hat jedem von uns eine Art Startkapital vererbt. Das hat er zu Lebzeiten angespart, als er bei der Army war. Immer die heftigsten Einsätze ... Ryder hat mir mal erzählt, dass er unseren Vater gefragt hat, warum er sich für die Army entschieden hat, obwohl er nie so besonders patriotisch war. Ich meine, es gibt ja Viele, die aus großer Überzeugung kämpfen und etwas Heldenhaftes darin sehen und so weiter, aber so war er nie. So habe ich ihn auch nicht wahrgenommen. Und er hat zu Ryder gesagt, dass er nichts anderes gut genug konnte. Also nicht gut genug, um damit so viel Geld zu verdienen, dass er uns etwas hinterlassen kann.« Ich ziehe mein Marshmellow zurück und betrachte es.

»Und eure Mum?«

»Die ging ins Ausland, als ich Anfang zwanzig war. Einfach so ...« Ich schnaube, weil es mir immer noch so absurd und surreal vorkommt. »Ich kam an dem Tag nach Hause und sie war fort. Knapp ein Jahr später ist sie gestorben. Irgendwo in Europa. An Heroin. Sie war vorher schon süchtig ... nach allen möglichen Stoffen.«

Hank atmet hörbar ein. Ich vergesse manchmal, wie krass diese Geschichte auf andere wirken muss. Für uns als Kinder war es ganz normal, dass unsere Mutter öfter zugedröhnt als 'normal' war. Sie hat sich zwischendurch Mühe gegeben, uns zu versorgen, aber nie die Kurve bekommen. Wahrscheinlich war die ganze Dynamik zwischen unseren Eltern keine sehr gesunde. Und vielleicht ist Dad auch nicht nur wegen des Geldes so lange weggegangen, sondern auch, weil er es nicht ertragen konnte. Oder er dachte, das sei das Beste, was er tun könnte – wenigstens für Geld sorgen.

»Das ist hart.«

Ich halte den Spieß wieder ins Feuer.

»Ich bin froh, dass ich Ryder hatte. Er war streckenweise mein Elternersatz. Und die Geschichten ... Darin habe ich Geborgenheit gefunden. Und Dinge übers Leben gelernt. Sicher auch ein Stück Realitätsflucht.«

»Ich ... habe nicht erwartet, dass das Thema so düster sein würde«, murmelt Hank. »Ich wollte nicht ...«

»Alles gut«, sage ich schnell. »Die meisten Geschichten bestehen nicht nur aus Fröhlichkeit, hm? Das gehört wohl einfach dazu.«

Hank schaut mich an und ich schaue zurück. Das Feuer tanzt golden in seinem Gesicht, macht seine Züge weicher.

»Ich kenne ja die Statistiken ... es ist beeindruckend, dass du ... dass ihr ... Ich habe das Gefühl, schon wieder etwas zu sagen, was falsch klingt. Ich will nur meine Bewunderung ausdrücken. Das war alles andere als ein leichter Start ins Leben.«

Ich nicke und schenke ihm ein Lächeln. »Ich denke, das Beispiel unserer Mutter hat uns beide ausreichend abgeschreckt.«

»Bücher sind auf jeden Fall besser als Rauschmittel.«

»Auch wenn sie ebenfalls süchtig machen können«, füge ich hinzu und puste über meinen Marshmellow. Hank kaut seinen bereits, also wird meiner auch durch sein. Eine Weile essen wir schweigend und lauschen nur den Geräuschen des Feuers und des immer mehr in der Dunkelheit versinkenden Waldes.

»Dadurch, dass ich teilweise mehr in Buchwelten als in der Realität gelebt habe, habe ich auch einiges versäumt und an manchen stellen falsche Erwartungen aufgebaut. Ich wünsche mir für jede Geschichte ein Happy End – und wenn es kein Happy End gibt, dann eine Fortsetzung.«

Bei meinen eigenen Worten kommt mir der Gedanke, dass vielleicht auch Hank und ich eine Fortsetzung bekommen können, wenn es jetzt kein Happy End gibt. Wer weiß, vielleicht verschlägt es mich irgendwann im Leben nach San Francisco und ich begegne dort diesem gutaussehenden Hundestaffelführer. Oder unser Happy End besteht darin, dass jeder sein eigenes Happy End ohne den anderen findet. Auch wenn ich viele Liebesromane gelesen habe, glaube ich nicht, dass es für jeden Menschen nur genau *ein* passendes Gegenstück gibt. Ich glaube, wir können in verschiedenen Menschen unser Glück finden. Aber das heißt nicht, dass es mir leicht fällt, das Gefühl loszulassen, das ich bei Hank habe.

»Ich bin echt gespannt, wie das morgen wird«, sage ich, nachdem wir eine Weile geschwiegen haben. »Denkst du, falls der Schreiber kommt und sich offenbart, dass die Leute aggressiv reagieren werden? Also muss ich mich auf einen Tumult einstellen?«

»Es wäre sicherlich besser ein paar Aufpasser dazuhaben. Manche haben sich sehr bedroht gefühlt, könnte sein, dass da Emotionen überkochen. Ich werde den Kollegen sagen, dass sie dich unterstützen sollen.« Hank schnaubt amüsiert. »Die werden sowieso neugierig sein und dort sein wollen, ist also keine große Sache für sie.«

Wenn ich so darüber nachdenke, bin ich mir immer sicherer, dass der Schreiber nicht kommen wird. Wer würde so ein Risiko eingehen? Oder er kommt, um sich die Lage anzusehen, gibt seine Identität aber nicht preis. War es dumm, das Event auszurufen? Na ja, jetzt kann ich sowieso nicht mehr zurück. Was sollte eine gescheiterte Veranstaltung noch zerstören? So wie es jetzt ist, läuft das Café ja auch nicht. Ich muss optimistisch bleiben.

»Bist du schon aufgeregt wegen deinem Gespräch mit dem Polizeichef?« Ich möchte das Thema wechseln, weil ich das Gefühl habe, dass wir nur über mich reden. Natürlich will ich auch wissen, was Hank bewegt. Aber gleichzeitig habe ich auch Sorge, die Stimmung zu trüben.

Dabei ist es schön, hier zu sitzen, das knisternde Feuer vor uns, der Tanz der Flammen, und der dunkle Wald, der uns umgibt und uns glauben lässt, wir seien die einzigen Menschen auf der Welt. Es ist tausendmal besser, als in einem kahlen Lagerraum eingeschlossen zu sein.

»Nein.« Wahrscheinlich weiß er genau, was er sagen wird. Oder er zerdenkt solche Dinge nicht so sehr wie ich. Ich bin jemand, der sich so eine Situation im Vorfeld auf dreißig verschiedene Arten vorstellen und jede einzelne durchgehen würde. Meistens macht mich das nur nervöser, als ich vorher schon war, obwohl ich mir dabei immer denke, dass es mir ja helfen könnte, vorbereitet zu sein. Hirne sind gut darin, sich selbst auszutricksen.

»Wahrscheinlich, weil du unterbewusst weißt, wie gut du den Job machen würdest.« Ich schenke ihm ein Lächeln. »Es wird sicher klappen.«

Hank nickt mir zu greift nach einem Spieß mit Gemüse. Unser Gespräch fährt sich fest. Die Erkenntnis lässt meine Schultern sinken.

Okay, es ist an der Zeit für etwas, das uns beide auflockert und ins Hier-und-Jetzt zurückholt.

»Spielen wir nach dem Essen eine Runde Wahrheit oder Pflicht?«

Das weckt Hank sichtbar auf und entreißt ihn hoffentlich seinen Gedanken. Er hebt die Brauen und sieht mich zweifelnd an – ziemlich viel Bewegung für sein Steingesicht.

»Wahrheit oder Pflicht? Das ist ein Partyspiel für Teenager.«

»Ist Campen nicht die Erwachsenen-Version von Teenager-Klassenfahrten?«

Ein kurzes, brummiges Lachen fliegt zu mir herüber. Es klingt, als hätte ich Hank da auf etwas gestoßen. »Doch, du könntest Recht haben.«

»Na also, und ich habe als Jugendlicher nie an sowas teilgenommen ... wir haben immer vorher behauptet, dass ich krank geworden bin. Meine Mum wollte die Kosten nicht bezahlen, keine Tasche packen, und sich den ganzen Stress aufhalsen. Deswegen blieb ich immer zu Hause. Jetzt ist die Gelegenheit!«

Hanks Züge werden weicher. Ich mag es, wenn das passiert.

»Na gut, dann lass uns spielen. Aber erst, wenn ich aufgegessen habe.«

KAPITEL 23

Hank

JE DUNKLER ES um uns herum wird, umso präsenter
wird Wyatt für mich. Das Feuer taucht ihn in ein
sanftes, rötliches Licht und macht mir jeden seiner
Züge, jedes Lächeln, jede Geste noch bewusster. Hier
sind nur wir beide; die Welt da draußen verschwindet – wenigstens für ein paar Stunden. Vielleicht ist es das, was die
Leute »Lagerfeuer-Romantik« nennen. Ich kann jedenfalls
kaum wegsehen. Und ich kann auch nicht weg*fühlen*. Seine
Anwesenheit schenkt mir einen Frieden, den ich im Alltag
nicht finde. Da ist Geborgenheit, obwohl wir uns gar nicht
berühren. Nähe, nur in einem Lächeln.

Ich würde wohl alles mitmachen, was er vorschlägt.
Selbst so etwas Albernes wie Wahrheit oder Pflicht. Trotzdem beeile ich mich nicht mit meinem Gemüsespieß. Ich
will mich nicht beeilen, will nichts tun, das die Zeit schneller vergehen lässt. Diese Nacht soll bitte so lange andauern,
wie es möglich ist.

Schließlich sind wir beide satt und stoßen mit Bierdosen an. Ausnahmsweise kein Craftbier, sondern normales. Ich beobachte, wie ein feuchtes Glänzen auf Wyatts Lippen zurückbleibt und erinnere mich an seine Küsse.

Ob es heute Nacht so sein wird wie im Lagerraum? Ich hätte nichts dagegen, mich jetzt sofort zu ihm zu legen.

»Also ich fange an, ja? Wahrheit oder Pflicht?« Er sieht mich grinsend an.

»Wahrheit.«

Wyatt zieht eine Schnute.

»Was?«, frage ich.

»Ich hatte gedacht, du bist mutiger.«

»Dann eben Pflicht«, sage ich schulterzuckend.

Er lacht. »Nein, jetzt hast du dich schon entschieden. Dann muss ich eben eine Frage finden, die dir ein Geheimnis entlockt. Moment.«

Wyatt schaut mich konzentriert übers Feuer hinweg an und ich rechne mit allem. Fragen nach meiner Lieblingsstellung oder irgendsoetwas. Ich kenne dieses Spiel ja.

»Wenn du deinem Leben einen Buchtitel geben müsstest – welcher wäre das?«

Ich blinzele ein paar mal.

»Was?«, fragt Wyatt verdutzt.

»Ich hatte mit etwas anderem gerechnet.«

»Womit zum Beispiel?«

Ich schnaube. »Nicht so wichtig.« Ich will ihn ja nicht auf dumme Ideen bringen. »Lass mich mal überlegen. Einen Buchtitel für mein Leben...«

Das ist tatsächlich eine schwierige Aufgabe, und es ist einfach, sich mit einer Antwort vor Wyatt zu blamieren. Er ist tausendmal belesener als ich und kennt entsprechend sicher einen Haufen Titel, die für so eine Frage eine gute

Antwort serviert hätten. Aber ich kann auch nicht ewig schweigen, das steigert nur die Spannung und wird im Zweifel auch die Ernüchterung über meine schlechte Antwort vergrößern.

»Vom Winde verweht.«

Wyatt lacht. Was okay ist – ich mag es, wenn er fröhlich ist.

»Ich kenne das Original nicht. Aber der Titel kommt mir passend vor, weil ich mich von den Entscheidungen meines Vaters durchs Leben wehen lassen. Oder weil ich noch darauf warte ...«

Während ich spreche, wird Wyatt wieder still und nickt mir zu. »Gut ausgewählt«, sagt er und scheint es ernst zu meinen. Das kommt einem Ritterschlag gleich. »Ich wünsche dir, dass die Fortsetzung 'Ich bin der Wind' heißt.«

Wir sehen uns einen Moment lang in die Augen und ich weiß, dass er Recht hat. Es ist das, was ich auch für mich will. Meine eigenen Entscheidungen treffen. Meine eigenen Risiken eingehen.

»Jetzt bist du dran. Wahrheit oder Pflicht?«

»Pflicht.«

»Hol einen Kiesel aus dem Bach.« Ich werfe einen Blick über meine Schulter. Es sind nur ungefähr fünfzehn Schritte bis zum Steinufer. Von da aus wird man das Feuer noch sehen können.

Es ist eigentlich nicht schwierig, aber ich lese die Furcht in Wyatts Augen. Er vermutet Gefahren in der Dunkelheit. Fast will ich die Aufgabe zurückziehen, aber ich ahne auch, dass er mich aufgezogen hätte, wenn ich eine zu leichte Pflicht ausgewählt hätte, also belasse ich es dabei.

»Wenn du rufst, rette ich dich vor egal was, okay?«, verspreche ich ihm, als er langsam an mir vorbeigeht und kurz stehen bleibt, um in den Wald zu spähen. Ich muss daran denken, wie er zu mir gesagt hat, dass jeder Träumer jemanden braucht, der auf ihn aufpasst und etwas in mir will mehr als alles andere dieser jemand sein. Vielleicht habe ich ihm auch deswegen diese Aufgabe gegeben.

»Okay«, sagt er und ringt sich ein Lächeln ab. »Wir wollen uns ja nicht langweilen. In Geschichten ist es auch die drohende Gefahr, die die Spannung hochhält.«

Er leuchtet mit seinem Handy vor sich und geht mit langsamen, großen Schritten vom Lager weg. Ich drehe mich zur Seite, damit ich ihm leichter hinterherschauen kann. Natürlich bin ich bereit, jederzeit aufzuspringen und ihm zu folgen, aber das Schlimmste, was passieren kann ist wohl, dass er stolpert oder ausrutscht. Mit einem Angriff durch wilde Tiere ist eher nicht zu rechnen.

Ich höre Wyatts Schritte und auch seinen Ausruf, als er wohl den gewünschten Kiesel aufhebt. Die Geräusche seines Rückweges sind deutlich lauter. Er grinst übers ganze Gesicht, als der Feuerschein ihn wieder erfasst, auch wenn er ein bisschen blass aussieht.

»Es ist wirklich unfassbar dunkel nachts im Wald. In Geschichten wirkt das immer gar nicht so. Da finden sich die Leute auch im Dunkeln zurecht.«

Er gibt mir den Kiesel und ich nicke ihm zu.

»Danke für das kleine Abenteuer.« Er meint es wirklich so. Ihn macht es glücklich, dieses Erlebnis seiner Sammlung an Erfahrungen hinzuzufügen wie ein Kapitel zu einer Geschichte.

Er setzt sich wieder hin und wischt sich ein paar Strähnen aus der Stirn.

»Wahrheit oder Pflicht?«

»Pflicht.«

»Bring den Kiesel wieder zurück.« Er grinst. Ich schüttele nur den Kopf.

»Nein.«

»Was? Dass du dich nicht traust, hätte ich ja nicht geda-«

»Ich will ihn als Andenken behalten.«

Wyatts Blick verändert sich, aber ich kann nicht sagen, was er denkt. Auf jeden Fall habe ich ihn überrascht.

»Okay, aber wenn du die Aufgabe nicht erledigst, muss es ja eine Strafe geben, oder? Sonst wäre das Spiel zu langweilig.«

»Gut, dann verhäng eine Strafe.«

Wyatt sieht mich eine Weile an, scheint sich nicht einig zu werden, was er tun soll. Irgendwann erhebt er sich, die Decke immer noch um die Schultern geschlungen. Er kommt ums Feuer herum zu mir, kniet sich vor mich. Ich sehe ihm in die Augen.

Dann lehnt er sich vor und küsst mich.

Für einen Moment vergesse ich all meine Gedanken und versinke in dieser Berührung wie die Welt um uns herum in der Nacht. Dann fällt mir wieder ein, was ich sagen wollte: »Das ist eine Belohnung, keine Strafe.«

»Ich weiß.« Mehr sagt er nicht, sondern greift mein Gesicht und küsst mich noch intensiver. Ich spüre, wie er sich nach vorn lehnt und lasse mich nach hinten sinken, schließe die Arme um ihn, als er sich auf mich legt.

Es ist noch genauso prickelnd und aufregend wie beim letzten Mal – seine freche Zunge und das Zupfen seiner Schneidezähne an meiner Unterlippe. Ich kenne niemanden, der so küsst und irgendetwas sagt mir, dass ich auch nie wieder jemanden treffen werde, auf den das zutrifft. Wyatt ist einzigartig, in all seinen Facetten.

Ich genieße seine Spiele, und die kleinen Abschweifungen, wenn er zwischendurch meine Nasenflügel küsst, oder meine äußeren Augenwinkel. Es kitzelt und kribbelt und überall ist sein Geruch, vermischt mit der Note des schlafenden Waldes und unseres Lagerfeuers.

'Wahrheit oder Pflicht' ist vergessen. Das hier ist das neue Spiel.

Wyatt zieht den Reißverschluss meiner Fleecejacke auf, wandert mit der Hand unter den Stoff und streichelt mich durch das T-Shirt hindurch, das ich darunter trage. Ich spüre sein verzücktes Lächeln an meinem Mund, als er meine Muskeln tastet. Er kann es nicht verbergen.

Etwas, das verdächtig wie ein Schnurren klingt, dringt aus seiner Kehle.

»Du bist echt heiß, Mr. Sheriff.«

So ein unverblümtes Kompliment habe ich seit Jahren nicht bekommen. Und als Typen noch so mit mir geredet haben, war ich noch kein Sheriff. Ich weiß nicht, was ich sagen soll ... ein 'Danke' klingt so lapidar.

Ich schweige und greife in sein Haar, um ihn tiefer zu küssen, erobere ihn mit meiner Zunge. Meine andere Hand gleitet zu seinem Po und packt beherzt zu; ich lasse ihn spüren, dass ich bereit für mehr als nur harmlose Knutscherei bin.

Er scheint es auch zu sein. Wyatt streift mir die Jacke von den Schultern so weit es geht und ich ziehe meine Arme heraus. Neben dem Feuer und mit Wyatt auf mir ist es für mich warm genug, auch ohne Klamotten.

Sanfte Hände schieben mein T-Shirt nach oben und weiche Lippen liebkosen meine Haut, wechseln sich mit einer kecken Nasenspitze ab. Wyatt leckt durch das schmale Tal zwischen meinen Brustmuskeln und streicht fest über meine Seiten; seine Daumen gleiten über meine Rippen, weiter hinauf, bis sie meine Nippel erreichen. Dort streicheln sie die kleinen dunkleren Flecken zarter Haut, bis sie sich verhärten.

Ich seufze, als ich seine Zunge dort spüre. Wyatt erkundet mich wie eine Geschichte, liest mich wie ein Buch. Direkt meine Hose zu öffnen, wäre für ihn wahrscheinlich, als würde er das Ende vor dem Anfang lesen. Und ich gebe mich ihm hin. Offenbare ihm alle meine Kapitel.

Und ich öffne seine eigenen.

Zwischen den Streicheleinheiten küssen wir uns immer wieder und ich schaffe es, ihm seinen übergroßen Hoodie auszuziehen. Darunter offenbart sich mir ein zierlicher Körper mit einem niedlichen Bauchnabel und einem kleinen Tattoo auf Herzhöhe. Völlig unerwartet ist es ein Buch mit aufgeschlagenen Seiten, aus denen Magie zu strömen scheint. Ich schmunzele darüber und richte mich auf, um die Stelle zu küssen.

Wyatt kniet auf meinem Schoß, ein Bein auf jeder Seite. Wir berühren uns dort, wo unsere Welt gerade am heißesten ist, spüren die Erregung des jeweils anderen. Kühle Hände legen sich auf meine Schultern und ich schmiege mein Gesicht in Wyatts Halsbeuge, küsse ihn dort, wo bebend sein Atem entlangströmt.

Er gibt wieder dieses menschliche Schnurren von sich und reibt sein Becken verführerisch an meinem. In meinem Kopf entstehen Bilder von dem, was wir tun könnten ... und mir wird klar, dass ich nicht darauf vorbereitet bin, so mit ihm zu schlafen. Ich habe weder Kondome noch Gleitmittel dabei, aber an einem Blowjob unterm Sternenhimmel ist ja auch nichts auszusetzen.

»Hör auf ... ich muss ... kurz aufstehen. Und ich kann nicht, wenn es sich so gut anfühlt.« Ich lasse von ihm ab. Seine Wärme verlässt mich, als er sich ein wenig wackelig erhebt und seine Hose öffnet. Ich nutze den Moment, um mich ebenfalls weiter auszuziehen. Es ist nicht das erste Mal, dass ich nackt im Wald bin – wenn wir früher in Seen geschwommen sind, hatten wir auch nur selten Badehosen dabei.

Aber es ist das erste Mal, dass Wyatt mich so sieht und das erste Mal, dass ich ihn so sehe. Den Gedanken, dass es zugleich das letzte Mal sein könnte, verdränge ich so schnell, wie er aufkommt.

Wir wissen beide, was wir hier tun, worauf wir uns einlassen. Wir riskieren, dass wir tiefer in etwas hineinstürzen, aus dem wir in den nächsten Wochen mühevoll wieder herausklettern müssen. Aber wir sind bereit dazu. Wir wollen es.

Wyatt steht nackt bis auf Socken und Schuhe über mir und ich genieße den Anblick. Er grinst und der Feuerschein verrät mir nicht, ob seine Wangen gerötet sind oder nicht. Aber was ich weiß ist, dass dieser Mann nicht so schüchtern ist, wie ich es von einem Bücherwurm erwartet hätte. Er ist frech und mutig unter seiner Kleidung.

»Hey!«, entfährt es mir, als er sich von mir wegdreht und aus meinem Blickfeld verschwindet. »Wo gehst du hin?« Ist das die verspätete Strafe für meine Weigerung bei 'Wahrheit oder Pflicht'? Wie perfide ...

Ich strecke die Hand nach ihm aus, dann setze ich mich auf und schaue ihm nach. Er hockt vor seinem Rucksack und fummelt an einem der eingenähten Fächer herum. Als er sich mir wieder zuwendet, erkenne ich, dass er viel besser vorbereitet ist als ich.

Ein silbernes Päckchen glänzt in seiner Handfläche. In der anderen hält er eine Tube. Er wusste schon, bevor wir aufgebrochen sind, dass er mich spüren will.

Er kommt eilig wieder zu mir und bibbert leise. Ich lächle und lege die Arme um ihn, reibe seinen Rücken mit den flachen Händen warm. Mir wird nicht so schnell kalt. Debbie sagt manchmal zu mir, dass ich eine menschliche Heizung bin. Das mache ich mir jetzt zunutze.

»Wie machst du das?«, fragt er. »Wie kannst du so warm sein?« Seine Muskulatur entspannt sich unter meiner Berührung.

»Ich weiß nicht. Ich bin einfach so.«

»Du bist perfekt«, säuselt er und es ist fast lustig, dass wir uns so auf unsere Umarmung konzentrieren, obwohl wir nackt aufeinandersitzen.

Während ich ihn weiter aufwärme, lässt Wyatt eine Hand zwischen uns gleiten. Seine Fingerspitzen streifen meinen Schaft, als sei er zu schüchtern, mich direkter anzufassen. Das nehme ich ihm nicht ab. Es ist Teil des Spiels.

Warme Schauer laufen über meinen Nacken, während Wyatt und ich tiefe Blicke tauschen. Was zwischen uns passiert, ist weit intensiver als bloße Berührung. Wir sind uns auf eine Weise nahe, die er sicher besser beschreiben könnte als ich. Auf eine Weise, die in meinen Blutbahnen, in meinem Kopf und in meinem Herzen kitzelt. Das klingt alles andere als gesund, aber ...

Ich stöhne auf, als er anfängt, mich zu massieren. Der Laut eines Mannes, der seit Jahren nicht mehr so von jemand anderem angefasst wurde. Wie eingerostet kommt die Stimme aus meiner Kehle. Diese sanften, feingliedrigen Finger, die ich so oft Buchseiten umblättern sah, liebkosen meinen Schwanz und sind alles andere als zimperlich dabei.

Er beißt sich seitlich auf die Unterlippe und ich stelle mir vor, es wäre meine Lippe, auf der er kaut. Ich will mehr. Wie viele Kapitel noch bis zum Finale?

Wyatt wackelt mit den Augenbrauen und blickt demonstrativ zwischen uns hinab. Ich nehme es als Kompliment. Grinsend lässt er von mir ab und greift nach dem Kondom, das er vorhin neben mir auf die Decke gelegt hat. Ich nehme sein Handgelenk und stoppe ihn. Er sieht mich fragend an, folgt aber meiner Bewegung, als ich mich ein wenig zurücksinken lasse und ihn an der Hüfte weiter zu mir ziehe.

Jetzt kniet er nicht mehr über meinem Schoß, sondern eher auf Brusthöhe. Sein Schwanz ragt mir entgegen, genau die richtige Größe für meine Hand, wie mir scheint. Ich stütze mich auf einen Ellbogen und greife nach ihm, spüre die samtige, heiße Haut unter meinen Fingern. Er scheint allein durch meinen Blick noch etwas anzuschwellen. Ich recke mich nach ihm und umschließe seine Spitze mit den Lippen.

Das süße Wimmern, das auf mich herabregnet, jagt mir eine Gänsehaut über den Rücken. Ich lasse meine Zunge kreisen, sauge an ihm, locke mehr von diesen Lauten hervor und finde so heraus, dass man auch auf Gänsehaut eine Gänsehaut bekommen kann.

Ich nehme ihn tiefer in mich auf, will ihm mehr geben, aber er schiebt mich sanft an den Schultern zurück.

»Ich will erst kommen, wenn du in mir bist. Nicht vorher.«

Meine Atemzüge gehen tief. Er drückt mir die Tube in die Hand und ich schraube den Deckel ab. Noch verharrt er so über mir, lädt mich ein, ihn vorzubereiten. Ich befeuchte meine Finger und schiebe sie zwischen seine Beine.

Irgendwie habe ich damit gerechnet, dass er verkrampft sein würde, aber da ist kaum Widerstand. Ich verteile die Feuchtigkeit an seinem Eingang, dann gleiten meine Finger in ihn hinein und streifen dort den Rest ab. Ich würde gerne noch ein bisschen mit ihm spielen, aber gleichzeitig pocht mein Schwanz so voller Sehnsucht, dass ich nur das erledige, was nötig ist.

»Gut, jetzt du«, sagt er grinsend und reißt das Kondompäckchen auf. Er krabbelt an mir hinunter und streift mir routiniert das Latex über. Meine Hände liegen an seinen Hüften und mir wird bewusst, dass sich meine Finger die ganze Zeit bewegen. Er muss es bemerkt haben, in seinem Blick steckt ein Hauch von Amüsement, aber auf eine zärtliche Art und Weise.

»Ich will dich auch«, flüstert er und greift nach meinem Schwanz. Es geht viel schneller, als ich dachte. Er senkt seinen Schoß auf meinen und ich bin in ihm. Samtige Hitze schmiegt sich fest um meinen Schwanz und ich schließe die Augen. Ein Atemzug vergeht, dann bewegt er sein Becken und setzt meine Welt in Brand.

Meine Lider flattern und mein Atem geht schneller. Wyatt ist so geschickt, so geschmeidig in seinen Bewegungen wie ein Tänzer. Er braucht meine Führung nicht.

Das Geräusch unserer schweren Atemzüge vermischt sich mit dem Knistern des Feuers. Wyatt schiebt seine Hände unter meine, die immer noch in seine Hüften gekrallt sind, löst meine Finger von dort und verflechtet sie mit seinen eigenen. Dann lehnt er sich vor und pinnt meine Hände an den Boden.

Als er für einen Moment langsamer wird, öffne ich die Augen. Sein Gesicht ist nahe vor meinem. Wir küssen uns. Kecke Zähne zupfen an meiner Unterlippe. Eine süße Illusion von Wehrlosigkeit durchströmt mich. Ich koste sie aus. Das ist eine Welt, die ich nicht kenne. Wieder eine Facette an diesem Mann, die ich niemals erwartet hätte.

Wir lächeln uns hitzig an. Dann stoße ich von unten zu. Wyatt stöhnt lauter und stoppt den Tanz seines Beckens, stattdessen drückt er sich mir entgegen, eine stille Bitte um mehr.

Jetzt bin ich es, der den Takt angibt. Ich stoße fest zu, tief in ihn hinein. Es ist so wahnsinnig gut. Ich spüre Wyatts Zittern, und halte es erst für pure Erregung, aber nach ein paar Sekunden wird mir klar, dass er fröstelt. Meine Hände lösen sich aus seinem Griff und ich ziehe ihn ganz auf mich. Danach greife ich die Decke, die ihm irgendwann von den Schultern gerutscht ist und streife sie über seinen Rücken.

Er küsst mich. Sanft. Liebevoll. Dankbar.

Jetzt bewegen wir uns gemeinsam. Erst langsam, dann etwas schneller.

»Wyatt...«, seufze ich. Ich bin kurz davor.

»Ich liebe es, wenn du meinen Namen so sagst.«

Wir machen weiter. Im Einklang. Und dann sind wir schneller beim letzten Satz angekommen, als ich dachte. Ich stöhne gegen Wyatts Hals. Mein Schwanz pocht und das Ziehen in meinen Eiern ist so heftig, dass ich mich frage, ob ein Kondom überlaufen kann. Wahrscheinlich nicht.

Schwer atmend liege ich unter ihm und schaudere unter dem wohligen Beben meines Höhepunktes. Wyatt schiebt seine Hand zwischen unsere verschwitzten Körper, richtet sich ein wenig auf und massiert seinen Schwanz.

Wie hypnotisiert sehe ich dabei zu und kann fühlen, wie sich sein Muskelring dabei anspannt. Ich bin noch in ihm, erschöpft aber mit jeder Faser anwesend. Die Show dauert nur eine halbe Minute ... wenn sie länger gegangen wäre, wäre ich allein davon wieder hart geworden.

Wyatts Anblick, wie er mit meinem Schwanz in sich zum Orgasmus kommt, wird sich wohl auf ewig in meine Erinnerung brennen. Am Ende bricht er auf mir zusammen und ich halte ihn fest in den Armen.

KAPITEL 24

Wyatt

DER WALD IST mein Zeuge: Das war der Wahnsinn ... aber auch wahnsinnig anstrengend. Zum
Glück ist Hank sehr bequem. Ich bette den
Kopf auf seine Brust und lasse mich von ihm umarmen
und halten, während die Decke mich von oben wärmt.

Erst jetzt nehme ich unsere Umgebung wieder wahr.
Das Feuer, das Gras, die Bäume und vor allem die vielen
Schatten, in denen sich alles mögliche verbergen könnte.
Aber ich habe keine Angst. Wenn uns jetzt ein Panther an-
fällt oder so, dann ist es Schicksal. Ich würde nicht nackt
aufspringen und diese kuschelige Position aufgeben. Nein,
ich würde einfach glücklich sterben.

Aber es kommt kein Panther.

Hier sind nur Hank und ich.

»Wir können nicht einfach so einschlafen, oder?«, frage
ich nach einer Weile.

Er streicht mir durchs Haar. »Leider nicht. Das Feuer wird bald ausgehen und spätestens dann wird es kalt und ungemütlich.«

»Frierst du schon?«, frage ich und richte mich etwas auf. Hank hat ja nur diese dünne Picknickdecke zwischen sich und dem Waldboden. »Wir sollten ins Zelt umziehen und die Schlafsäcke benutzen.«

Das ist vernünftig, aber schade finde ich es dennoch. Im Schlafsack wird mir seine Umarmung fehlen. Vielleicht ist das gut so ... immerhin ist das hier sehr wahrscheinlich unsere letzte Nacht zusammen. Ich sollte langsam damit abschließen und nicht immer noch mehr wollen.

Ich stehe auf und schlinge sogleich die Decke um mich. Jetzt kommt mir die Nachtluft wirklich kalt vor. Vorhin hat uns sicherlich auch die Erregung gewärmt. Jetzt brauchen wir Stoffschichten.

Hank zieht seine Boxerbriefs wieder an und streift sich relativ lässig das beiseite geworfene T-Shirt über. Er ist nicht so eine Frostbeule wie ich. Ich brauche noch einen Moment, um den Mut zusammenzukratzen, die Decke loszulassen, um mich ebenfalls anzuziehen.

Hank hält mich auf, als ich gerade den Entschluss gefasst habe. »Warte, bleib einfach so«, sagt er und hockt sich vor mich. In den Händen hält er meine Unterhose und streckt sie mir so hin, das ich nur die Beine heben muss, um hineinzuschlüfen. Er zieht sie mir hoch und sorgt dafür, dass alles vernünftig eingepackt ist.

»Wolltest du in dem Hoodie schlafen?«, fragt er dann.

»Nein, in meiner Tasche ist ein Pyjama.«

»Darf ich?« Er deutet auf mein Gepäck. Ich nicke und sehe dann dabei zu, wie er meine Schlafsachen herauszieht. Hank ist umsichtig und liebevoll, während er mir hilft, meinen Deckenumhang zu halten und mich gleichzeitig anzukleiden.

Wir verstauen die Bücher und die Essensreste, ziehen unsere Schuhe aus und krabbeln dann ins Zelt, wo die Matten und Schlafsäcke bereits ausgerollt sind. Ein kleiner Campingstrahler steht am Kopfende zwischen uns und beleuchtet das Innere. Hank reguliert die Helligkeit nach unten, sodass er uns nicht blendet.

Ich fühle mich wie ein Burrito, als ich den Reißverschluss meine Schlafsacks langsam hochziehe. Kalt ist mir aber immerhin nicht mehr.

»Sternenhimmel oder Sonnenschutz?«, fragt Hank, der noch auf seinem geöffneten Schlafsack kniet. Ich runzle die Stirn.

»Sternenhimmel?«

Er greift nach oben, zur Spitze des Zeltes und löst mit ein paar Handgriffen eine Art Abdeckung. Dahinter liegt ein durchsichtiger Bereich.

»Moment.«

Hank rollt sich in seinen Schlafsack ein – deutlich schneller und geschickter als ich – und schaltet das Licht aus. Nun erkenne ich, was er meinte: Wir können durch die Spitze des Zeltdaches schauen. Wirklich viel Sternenhimmel ist ehrlicherweise nicht zu sehen. Das meiste wird von Baumkronen verdeckt, aber ein Stückchen Himmel ist da. Ich lächle.

»Das ist schön«, sage ich. »Bruce hat also auch romantische Zelte im Sortiment.«

»Alles, was das Herz eines Campers begehrt.«

Wir witzeln noch eine Weile darüber herum, wie man bestimmte Campingausrüstung 'romantischer' gestalten könnte. Ich schlage Armlöcher für Schlafsäcke vor, damit man sich trotz Schlafsack umarmen kann. Aber wir kommen auch noch auf allerlei andere Ideen und lachen gemeinsam über die albernsten Vorschläge. Langsam werde ich müde, aber ich möchte eigentlich nicht schlafen. Wenn ich einschlafe, dann vergeht die Zeit und ich weiß, dass Hank dann weggehen wird. Fliegen. Nach San Francisco. Und ich werde dem Schicksal meines Buchcafés entgegenstreben – dem Untergang oder dem überraschenden Aufstieg.

»Ich hab dich wirklich gern«, höre ich mich sagen. Ich will, dass er es weiß und ich bin mir nicht sicher, ob ich es bei einem Abschied noch schaffen würde, das auszusprechen. »Wirklich gern.«

Kapitel 25

Wyatt

NACH UNSEREM ABSCHIED am nächsten Tag springe ich sofort unter die Dusche. Die Tränen, die mir dabei über die Wangen laufen, spüle ich weg. Ich will nicht traurig sein und tatsächlich habe ich es geschafft, bei unserem Abschied nicht zu weinen. Ich wollte Hank nicht das Gefühl geben, dass er bleiben muss, nur, damit ich nicht traurig bin. Es ist sein Leben, sein Traum.

Es ist gut, so wie es gelaufen ist. Jeder von uns folgt am Ende seinem eigenen Weg. Vor mir liegt ein spannender Tag im Buchcafé. Ich bin wirklich neugierig, was heute passieren wird. Hoffentlich wird mich das bald so sehr verschlingen, dass ich nicht mehr an Hank denken muss.

Nach der Wäsche meines müden Körpers ziehe ich mich an und gehe hinüber ins Buchcafé. Es ist ein schöner Tag in Rainside Valley. Sonnenlicht schwappt über die Berggipfel, die das Tal umarmen. Inzwischen erreicht der goldene Schein beinahe alle Ecken und Winkel des Örtchens – als Hank und ich vor einer Stunde hier ankamen, erreichte die Sonne gerade mal die Dächer und Baumkronen und verpasste all diesen Formen goldene Ränder.

Es ist schon ein bisschen wie Nachhausekommen. Das Café ist für mich der Dreh- und Angelpunkt meines Lebens in Rainside Valley. Hier hat alles angefangen. Mich streift die Erinnerung daran, wie Ryder mich hier abgesetzt hat. Das ist schon wieder mehrere Wochen her. Inzwischen ist das Haus ein ganz anderes und die Fassade strahlt im Licht des Morgens.

Die Blumen auf den Fensterbänken wachsen üppig, obwohl ich sie nie gieße. Das erledigt der Regen für mich. Ich lächle und schließe die Tür auf. Heute entscheidet sich, ob das hier mein Zuhause bleibt, oder ob ich bald für immer von hier verschwinde.

Ich beginne sofort mit den Vorbereitungen, obwohl es noch früh am Morgen ist. Einerseits, weil ich nicht weiß, ob die Leute sich an die Zeiten auf dem Flyer halten werden und andererseits, weil ich beschäftigt sein möchte.

Ich husche zwischen der Küche, dem Lager und dem Baumraum in und her. Es wir noch einmal frisch gefegt und durchgewischt. Dann verteile ich Kissen und Decken und bringe mithilfe einer Leiter Lichterketten und andere Deko an den Wänden, Fenstern und auch an dem Baum an. Zwischendurch gehe ich immer wieder zur Türschwelle und betrachte mein Werk von dort aus. Ich will, dass die Leute direkt beim Reinkommen schon umgehauen werden, deswegen muss ich es regelmäßig aus dieser Perspektive kontrollieren.

In der Mitte des Raumes, sozusagen auf dem besten Platz unter der Baumkrone, habe ich ein Pult aufgebaut. Dort kann unser Autor stehen und reden ... oder vorlesen. Wasser und Glas stehen ebenfalls bereit.

Zu guter Letzt verteile ich Bücher. Denn natürlich möchte ich die Besucher auch heute zum Schmökern animieren. Ich muss ja auch davon ausgehen, dass mein geladener Gast nicht kommt oder sich nicht zu erkennen gibt. Dann sollen die Leute sich das Warten gerne mit einem Buch verschönern. Wie immer wähle ich die Titel sorgfältig aus und stelle regelrechte Studien dazu an, wo welches Buch am besten platziert werden sollte. Verträumte Geschichten am Fenster, für die Leute, die eher zögerlich sind und sich im Gedränge des Publikums nicht wohlfühlen. Kurzweilige Action für die, die sich ganz nahe herantrauen.

Als ich damit zufrieden bin, klaube ich alle Lautsprecher aus dem Hauptraum und bringe sie hier unter. Zwischendurch backe ich zwei Fuhren Muffins, die das Thema 'Mystery' haben. Da ich nicht so viel Zeit hatte, mich darauf vorzubereiten, verziere ich sie einfach mit Fragezeichen. Die Leute werden die Botschaft schon verstehen.

An Geschmacksrichtungen entscheide ich mich für die, die bisher am beliebtesten waren. Außerdem koche ich zwei große Kannen Kaffee und eine Kanne Tee, die ich in Thermobehältern bereithalte.

Natürlich steht auch Eiscreme parat. Ich bin bereit, den Leuten alle ihre Wünsche zu erfüllen, wenn sie hier erscheinen. Mit einem Seufzen werfe ich einen Blick auf mein Handy. Ryder hat mir ein Foto von sich auf einer Parkbank geschickt, um mir zu beweisen, dass er genügend Pausen einlegt. Es sieht gestellt aus, aber es ist besser als nichts.

Bisher war noch kein einziger Gast hier und ich habe schon mehrmals überprüft, ob ich das Schild draußen richtigherum gedreht habe. Aber es stimmt: Es ist offen und niemand kommt.

Vielleicht dachten sich die Leute 'Ich brauche vormittags nicht hingehen, wenn ich abends sowieso dort bin' ... ich hoffe, dass sie das dachten. Ich muss so ehrlich zu mir sein: Wenn es so weitergeht wie vor diesem Tag, dann lässt sich mein Traum nicht leben. Dann bleibt es ein Luftschloss.

Ich hoffe, mit deinem Traum läuft es besser, sende ich in Gedanken an Hank. Aber da mache ich mir eigentlich keine großen Sorgen. Sein Traum ist etwas viel Handfesteres, Realistischeres. Teil einer Polizeihundestaffel zu sein – das ist umsetzbar. Da sagt einem keiner, man sei ein Träumer.

Vielleicht sollte ich irgendwann in ein paar Jahren mal San Francisco besuchen und nach Hank und seinem Hund sehen. Ich glaube, das würde mir Frieden geben, wenn mein eigener Plan scheitert.

Bodendielen knarren. Es ist noch nicht so weit, aber irgendjemand hat sich doch vor dem Event herbemüht. Ich stecke das Handy weg und straffe die Schultern. Es ist Colt, der durch die Tür des Hauptraumes marschiert. Er wirkt energiegeladen und gut gelaunt. Sein Kurzhaarschnitt ist frisch aufpoliert.

»Hey, der erste Gast des Tages. Einen Begrüßungseisbecher?«, frage ich.

»Einen Kaffee würde ich nehmen.« Colt sieht sich um. »Ist noch gar nichts vorbereitet oder lässt du es mit Absicht so ... unaufgeregt?«

Ich grinse, während ich an der Theke eine Tasse Kaffee einschenke. »Wir machen es nebenan. In dem Raum mit dem Baum.«

»Ach ja. Schon wieder vergessen. Cool. Brauchst du noch Hilfe, bevor es losgeht?«

Ich bringe ihm Tasse, Löffel, Zucker und Milch auf einem kleinen Tablett und Colt nickt mir dankend zu. Er hat sich an einem der Tische niedergelassen und späht aus dem Fenster.

Könnte er es doch sein? Kommt er als Erster, um die Lage abzuchecken und zu beobachten, wie sich alles entwickelt?

»Es ist alles vorbereitet. Ich weiß nicht, wie es nachher ist ... wie viele kommen. Kann sein, dass ich dann Leute brauche, die das Publikum im Zaum halten oder so.«

»Hat sich der Autor bei dir gemeldet?«

»Was? Nein. Ich weiß nach wie vor nicht, wer es ist und ob er kommen wird. Es ist für mich genauso überraschend wie für das Publikum.«

»Ätzend«, kommentiert Colt mit einem Lachen. »Wenn das mein Laden wäre, würde ich wahnsinnig werden. Ich muss immer wissen, was geplant ist und was passiert. Ich kann nur gut arbeiten, wenn ich die Kontrolle habe.«

»Ich bin auch nervös deswegen, aber eigentlich mag ich auch Spotaneität und Überraschungen. Das stört mich nicht ... ich habe nur Angst, dass die Leute vielleicht böse werden und ich sie irgendwie beruhigen muss.«

»Du brauchst ein paar Aufpasser.«

»Hank hat versprochen, seine Kollegen darum zu bitten. Ich hoffe, sie kommen.«

Colt winkt ab. »Ach, bestimmt. Hank ist zuverlässig und die anderen sind sicher eh neugierig, was hier passieren wird. Ich denke, die werden den Job schon machen.«

Er leert seine Tasse und verschränkt die Arme hinter dem Kopf. Wir schauen beide durchs Fenster auf die Straße. Die Sonne scheint immer noch. Es könnte einer der wenigen völlig regenfreien Tage in Rainside Valley werden.

»Zeigst du mir den anderen Raum? Ich bin neugierig, wie du es hergerichtet hast.«

Gedanklich mache ich wieder einen Strich auf meiner Liste der Verdachtsmomente. Wenn ich der Autor wäre, würde ich auch vor allen anderen den Raum sehen wollen, in dem ich nachher meinem Publikum gegenübertrete.

Ich bedeute Colt, mir zu folgen, und gehe hinüber in den Baumraum. Sobald ich drin bin, wende ich mich um, weil ich seine erste Reaktion sehen möchte. Colts Grinsen wird breiter und er öffnet seine verschränkten Arme, um die Hände in die Hüften zu stemmen. Er sieht beeindruckt aus, oder?

»Nicht schlecht. Der Raum hat ordentlich an Flair gewonnen.«

»Vor allem Dank Greysons Hilfe. Der Rest ist ein bisschen Dekoration.«

»Und am Anfang stand ein Mann mit einer Vision – ohne den wäre das alles nicht passiert.«

Ich lächle. »Es ist ein Gemeinschaftsprojekt. Und ich hätte auch nichts dagegen, wenn Vieles hier von den Rainsidern beeinflusst werden würde. Auch die Events. Wir könnten etwas für die Kinder und Jugendlichen machen. Spielenachmittage oder -abende.«

»Oh Moment, an Spieleabenden hätten auch einige Erwachsene Interesse«, sagt er und hebt einen Finger. »Kennst du Dungeons & Dragons? Sowas meine ich.«

»Natürlich kenne ich Pen & Paper Rollenspiele. Für wen hältst du mich?«

»Ich wollte schon immer in diese Sache einsteigen«, erzählt Colt. »Also falls du hier sowas etablieren würdest...« Er deutet mit einer vagen Geste in den Raum hinein. »Wäre das grandios. Da würden sicher auch Leute ein Stückchen für fahren. Also ich rede davon, Leute außerhalb von Rainside Valley anzuziehen.«

»Das wäre natürlich schön, aber ich glaube, da braucht man jemanden, der es leitet und ich habe zwar viel gelesen, aber die Regelwerke von D&D gehören nicht dazu. Also ich bin kein Spielleiter will ich damit sagen. Wenn wir so jemanden finden könnten, klar, gerne. Ich mache Muffins passend zu der Kampagne, die ihr spielt.«

Colt läuft den Raum ab und lässt mich an seinen Gedanken teilhaben. Ich nehme alles dankbar in mich auf und finde so noch ein paar Verbesserungen für mein Konzept. Dann tauchen weitere Besucher auf.

Die ersten (nach Colt) sind Joanne und Bruce, der einen Camping-Klappstuhl unter dem Arm trägt.

»Ich wollte keinem seine Sitzgelegenheit streitig machen.«

Colt schnaubt. »Unsinn, der Stuhl ist doch sowieso für Jo.«

»Sie kann auf meinem Schoß sitzen.«

Joanne schreitet lächelnd in den Raum hinein und breitet die Arme aus. »Das sieht ja toll aus, Wyatt. Beeindruckend, wie du den Baum in Szene gesetzt hast. Auf die Idee muss man erst Mal kommen.«

Ich grinse und erkläre, wie es dazu kam. Und während ich dabei bin, kommen schon wieder die nächsten. Es sind Donna und Janet in Begleitung von Greyson, meinem Baumraum-Retter. Er hält den älteren Damen die Tür auf und hilft ihnen mit ihren Mänteln.

»Herzlich willkommen«, begrüße ich die Truppe. »Schön, euch hier zu sehen. Einfach hier entlang.« Ich weise auf den Durchgang. »Noch habt ihr freie Platzwahl. Bestellungen einfach direkt an mich. Kaffee, Tee, Milchshakes, Eisbecher, Muffins, Kuchen.« Ich merke, wie ich heißlaufe. Jetzt beginnt es und ich weiß, dass ich mein Bestes geben muss. Es ist meine letzte Chance, die Rainsider zu überzeugen.

»Lass uns erst Mal einen Moment atmen«, sagt Janet mit einem Lachen und tätschelt großmütterlich meinen Arm. Ich nicke und atme durch.

Zur Ruhe komme ich nicht. Im Minutentakt treffen jetzt neue Leute ein. Ich finde zwischendurch gerademal Zeit, um Greyson noch einmal ausgiebig für seine Arbeit zu danken und ihn darauf hinzuweisen, dass er Gratis-Muffins bekommt, bis ich ihn bezahlen kann, dann fordern mich wieder die Neuankömmlinge.

Ich sehe so einige Leute, die ich bisher noch nicht mal aus der Ferne erblickt habe. Es scheint, dass sich heute ganz Rainside Valley bei mir versammeln will – was meinen Bauch gleichzeitig vor Freude kribbeln lässt und meine Hände zittrig macht, weil ich Angst habe, sie zu enttäuschen.

Hanks Kollegen kommen in Uniform. Ich schüttele jedem von ihnen die Hand und neige dankbar den Kopf, als sie mir versichern, dass sie Bescheid wissen und mir ihre Unterstützung sicher ist. Auf meinen Sheriff ist Verlass.

Mit dem Ausschenken von Kaffee und Tee komme ich nicht mehr hinterher. Als ich beinahe über die Türschwelle falle und Bruce mich gerade noch abfangen kann, rast mein Herz. Colt hebt die Hand und sagt: »Ich helfe kellnern. Noch jemand?«

»Ich mache mit«, ruft eine junge Frau, deren Namen ich nicht kenne. Ich glaube, ich habe sie ein paar Mal in Joannes Laden gesehen. Sie lächelt freundlich und fragt mich, ob ich eine Schürze für sie habe.

Colt und Joannes Freundin Amber huschen wie die kleinen Feen durch das Buchcafé und verteilen Getränke und Gebäck. Manche Dinge aus Büchern sind gar nicht so weit von der Realität entfernt, zum Beispiel die Hilfsbereitschaft mancher Menschen. Mein Stresspegel sinkt wieder ein bisschen, weil diese Leute mich spüren lassen, dass ich nicht allein bin. Die Rainsider mögen etwas misstrauisch sein, aber im Herzen sind viele von ihnen sehr freundlich.

Vielleicht sind sie ein bisschen wie der Regen: Oberflächlich betrachtet irgendwie ungemütlich und kühl. Die Gemütlichkeit und Schönheit von Regenwetter erschließt sich einem erst, wenn man länger hinschaut und sieht, wie die Tropfen Muster malen, oder wie sich Licht in ihnen bricht. Und wenn man hinhört, wie das Prasseln alles anderen Geräusche verschluckt und die Welt dadurch ruhiger und irgendwie langsamer wird.

Ohne, dass ich es will, wird mir klar, wie gerne ich das mit Hank teilen würde. Regentage am Fenster oder draußen in der Natur. Mit grellbunten Jacken, auf denen die Tropfen so richtig laut trommeln. Oder mit einem gemeinsamen Schirm auf einem Spaziergang. Oder schutzsuchend unter einer ausladenden Baumkrone, während er mich mit seiner Umarmung wärmt.

Ich schlucke den Kloß, den mein Tagtraum da gerade in meine Kehle zaubert, und konzentriere mich wieder auf das Hier und Jetzt. Ich habe jede Menge Gäste, die meiner Aufmerksamkeit bedürfen.

»Hat er sich schon zu erkennen gegeben?«, wispert Colt mir zu, als er sich ein neues Tablett holt. »Hat er irgendwas gesagt?«

»Wer?«, frage ich kurz, bevor mir klar wird, was er meint. »Nein, bis jetzt nichts. Niemand.«

Er gibt ein unzufriedenes Brummen von sich und lädt sich zwei Muffins und einen Kaffee aufs Tablett.

Zwar versuche ich, die Besucher zu beobachten, um festzustellen, wer es sein könnte, aber ich habe keine Chance.

Die Anspannung scheint die Leute durstig zu machen und ihren Appetit auf Süßes anzuheizen. Gut für mich. Aber die Stimmung wird kippen, wenn sich mein Stargast nicht sehen lässt.

Langsam mache ich mir wirklich Sorgen wegen dieses Szenarios. Vielleicht brauche ich die Aufpasser am Ende gar nicht wegen des Schreibers, sondern weil die Leute sauer auf mich sind und sich von mir verarscht fühlen.

Ich merke, wie mein Herz wieder schneller schlägt und biege im Flur kurz nach rechts ab, nach hinten zum Lagerraum. Ich brauche kurz einen Moment allein, muss mich beruhigen, bevor der Stress mich überwältigt.

Du wolltest doch ein volles Buchcafé, witzelt die Stimme in meinem Kopf. Aber im Moment ist es nicht voll, sondern überfüllt. Niemand hier hat die Muße zum Lesen. Es ist nicht gemütlich, sondern aufgeregt und angespannt.

Ich setze mich auf den Getränkekasten, der die Tür offenhält, sodass ich nicht Gefahr laufe, mich hier zu allem Überfluss einzusperren.

Dann erlaube ich mir, dem Druck nachzugeben, den ich spüre, lehne mich vor und berge das Gesicht in den Handflächen. Vorsichtig massieren meine Finger den Bereich um meine Augen, die Schläfen, die Stirn. Weil ich früher mehr gelesen habe, als gut für mich war, kenne ich alle Möglichen Entspannungsmassagen fürs Gesicht, die der Durchblutung der Augen helfen und so weiter. Jetzt gerade ist allerdings mein ganzer Körper im Stress.

Ich versuche es mit Atemtechniken und guten Gedanken. Sage mir, dass schon alles glatt gehen wird. Dass der Autor sich zu erkennen geben wird. Dass die Leute das Café nicht in schlechter Erinnerungen behalten werden, egal, wie das heute ausgeht – immerhin gab es leckere Muffins und frischen Kaffee.

Aber es hilft nur wenig ... und ich merke, dass die Anspannung wegen des Events nur der halbe Grund für mein Zittern und die kalten Hände ist.

Wenn ich ehrlich bin, dann ist es vor allem der Abschied von Hank, der mich belastet. Das Wissen, dass es vorbei ist, bevor es richtig anfangen konnte. Ich habe das unterdrückt, so gut ich konnte, aber ich bin eben nicht gut darin. Und mein Körper erlaubt mir nicht, damit weiterzumachen.

Ich schniefe und mir laufen warme Tränen über die Wangen. Eigentlich wollte ich auf keinen Fall nochmal heulen. Nicht auf dem Event. Ich muss hier die Stellung halten, souverän sein. Und ich muss zurück zu meinen Gästen.

Während ich noch versuche, mich zu beruhigen, kommen Schritte näher.

KAPITEL 26

Wyatt

WENN MEIN LEBEN eine Geschichte in einem Buch wäre, wäre das wohl der Moment, in dem Hank vor mir steht, mir sagt, dass er sich umentschieden hat und nicht ohne mich sein kann. Dann fallen wir uns in die Arme und alles ist gut.

Entsprechend hoffnungsvoll hebe ich den Kopf, als die Person den Durchgang erreicht und wische mir mit den Ärmeln übers Gesicht, um die Tränenspuren wenigstens oberflächlich zu entfernen.

»Greyson? Was gibt es?«

»Das hier ist die Tür, die immer klemmt, meintest du?«, fragt er.

»Ja, genau.« Will er sie jetzt reparieren, oder was? Ein wenig irritiert von seiner Frage starre ich den Knauf an. »Musst du dich aber nicht jetzt drum kümmern.« Ich ordne entschlossen meine Haare. »Sorry, ich muss kurz ...«

Greyson dreht sich zur Seite, als ich an ihm vorbei über den Flur laufe und die Tür des kleinen Badezimmers aufstoße. Ich lasse sie offen. Er hat sowieso gesehen, was los ist, also kann er auch zusehen, wie ich mir das Gesicht am Waschbecken auffrische.

»Ist alles in Ordnung?«, fragt er gedämpft. »Kann ich etwas für dich tun?«

»Du hast schon so viel getan«, sage ich und ringe mir ein Lächeln ab. So schwer fällt es mir gar nicht. Ich stelle den Wasserhahn ab und trockne mir das Gesicht.

»Ich bin es«, sagt er auf einmal. Drei Worte, die mich komplett erstarren lassen.

»Was?«

»Du kannst mich jetzt ankündigen. Ich bin bereit.«

Ich komme gar nicht so schnell mit! »Du bist es?«, frage ich flüsternd. »Der Verfasser der anonymen Texte?« Mein Blick gleitet musternd über Greysons Gestalt, als würde ich ihn jetzt zum ersten Mal sehen. Aber da ist nichts Neues. Er sieht genauso aus wie immer.

»Ich bin es«, wiederholt er, die Schultern jetzt ein bisschen eingezogen, was ziemlich seltsam bei einem kräftigen Kerl wie ihm aussieht. Er wirkt geknickt. Ich fasse mich wieder.

»Okay«, sage ich schnell. »Okay, das ist gut. Dann gehe ich jetzt rein, informiere die Aufpasser, rufe die Leute zur Ruhe und kündige dich an.«

»Klingt nach einem Plan«, sagt er.

Ich schließe die Badezimmertür hinter mir und blicke kurz den Flur entlang. Das laute Gemurmel der Menschenmasse in meinem Eventraum ist auch hier zu vernehmen. Sie sind wie ein laut summender Bienenschwarm. Das hat etwas Bedrohliches.

»Bist du bereit?«, frage ich.

Er nickt.

Ich schmecke die Tränen noch, als ich losgehe, aber innerlich werde ich jetzt ganz ruhig. Greyson ... damit habe ich nicht gerechnet.

Im Baumraum überwältigt mich der Trubel beinahe. Die Leute unterhalten sich immer lauter miteinander. Ein paar halten tatsächlich Bücher in der Hand – meine Strategie scheint aufzugehen. Aber gleich werde ich sie davon ablenken.

»Es geht los«, sage ich leise zu Hanks Kollegen, die daraufhin ihre Krägen richten und wachsame Mienen aufsetzen.

An einer Stelle der winzigen Mauer, die den Wurzelbereich des Baumes umgibt, wartet das Pult auf mich. Ich begebe mich dorthin und schon das scheint den Geräuschpegel im Raum etwas zu senken. Aus einigen lauten Gesprächen wird unverständliches Getuschel.

Ich schalte das kleine Mikrofon an, das ich hier aufgestellt habe.

»Test, Test.« Meine Stimme schallt durch die Lautsprecher. »Danke, dass ihr alle heute gekommen seid. Ich hoffe, meine Muffins versüßen euch den Besuch angemessen. Es steckt ganz viel Liebe in ihnen. In allem, was ich hier anbiete.« Ich schicke ein unsicheres Lächeln in die Runde. Die Leute sehen mich an, viele blicken freundlich auf mich, andere sehen eher neutral bis angespannt aus. Ich weiß, worauf sie warten.

»Für heute habe ich euch einen ganz besonderen Gast versprochen. Einen Autor aus Rainside Valley, von dem ihr fast alle schon etwas gelesen habt. Seine Werke ... nun ja, haben uns alle in Aufruhr versetzt und Gefühle bewegt ... deswegen seid ihr hier. Und er ist *auch* hier. Lassen wir ihn herein und hören wir, was er zu sagen hat. Komm herein.« Die letzten beiden Worte rufe ich etwas lauter, um sicherzugehen, dass Greyson seinen Einsatz nicht verpasst.

Alle Köpfen drehen sich zur Tür und mein Herz springt wie ein verrückter Flummi. Wenn mein Kinn nicht im Weg wäre, würde es wahrscheinlich durch die Baumkrone und raus aufs Dach hüpfen.

Was mache ich, wenn Greyson jetzt kneift? Wenn er gegangen ist? Es sich anders überlegt hat? Quälende Sekunden verstreichen, während ich wie alle anderen auf die Tür starre.

Dann kommt er herein und ich realisiere selbst erst nach und nach, was das bedeutet. Erstens: Mein Event wird ein Erfolg – die Leute bekommen das, wofür sie das Café heute besucht haben. Zweitens: Alle Verdächtigungen in meine Richtung sind nichtig. Drittens: Niemand braucht mehr Angst haben oder sich beobachtet fühlen. Ich weiß zwar nicht, wie das hier ausgehen wird, aber das Buchcafé bekommt seine Chance.

Das Publikum ist wie erstarrt. In den ersten Augenblicken passiert gar nichts. Niemand spricht, niemand zeigt auf ihn, und niemand versucht irgendetwas. Und da Greyson ein großer Kerl ist, hat er schon zwei Drittel des Weges bis zum Pult zurückgelegt, bevor die Leute aus ihrem Schlaf erwachen.

Binnen eines Atemzuges erhebt sich neues Gemurmel, lauter und lebhafter als zuvor. Ich schnappe einzelne Satzfetzen auf.

... woher er das gewusst hat.

... hat mir das untergejubelt.

... geht ihn gar nichts an.

... sicher? Passt doch gar nicht zu ihm.

... verstehe gar nichts mehr.

Ich nicke Greyson ermunternd zu, als er neben mich an das Podium tritt und sich die Hände an der Hose abwischt.

»Entschuldigt«, sagt er etwas zu laut uns Mikrofon, räuspert sich, und setzt dann etwas leiser neu an. »Das will ich zuerst loswerden: Es tut mir leid, dass ich manche von euch in Angst versetzt habe. Das war nicht meine Absicht. Besonders tut mir leid, dass ich diesem jungen Mann damit geschadet habe.« Er deutet auf mich. »Wyatt ist ein toller Kerl, ihr solltet jedes negative Gefühl ihm gegenüber weghobeln, überstreichen und ihm einen Neuanfang gestatten. Er hat nichts mit den Briefen zu tun. Das war ich – und er hatte das Pech, dass meine Aktion mit seiner Ankunft in Rainside Valley zusammenfiel.«

Ich spüre die Blicke wandern. Von ihm zu mir und wieder zurück. Ich bin ihm sehr dankbar dafür, dass er das so klar sagt, aber ich denke, es wäre am besten, wenn er schnellstmöglich die Fragen beantwortet, die die Leute untereinander austauschen.

»Was sollte das Ganze?«, ruft jemand in den Raum. Es klingt nicht mal unfreundlich, nur etwas ungeduldig.

»Ich wollte, dass ihr meine Texte lest.« Er seufzt. »Ich wollte unmittelbare Reaktionen sehen. Das bekommt man nicht, wenn man Texte auf irgendwelchen Websites hochlädt. Außerdem ... kenne ich euch. Ich wollte *eure* Reaktionen, nicht die von irgendwelchen Fremden im Internet. Und ihr solltet nicht wissen, dass ich sie geschrieben habe.«

Seine Worte erreichen die Menschen. Einige stellen die Diskussionen ein und mustern Greyson jetzt etwas wohlwollender. Ich kann sehen, wie sie anfangen, zu verstehen.

»Ich bin Handwerker. Tischler. Ich arbeite mit Holz und Nägeln, mit Sägeblättern und Schleifmaschinen. So kennt ihr mich. Ich bin der Kerl mit den breiten Schultern, der mit dem Hammer. Nicht der, der Geschichten schreibt. In vielen Köpfen passt das nicht zusammen. Da entsteht ein Kurzschluss und niemand schaut mehr auf den Text. Davon wollte ich frei sein. Es war einfach nur mein Weg, um unvoreingenommene Meinungen zu erfahren.« Er seufzt nochmal. »Ich habe nichts Unrechtes dabei getan. Ich bin nirgends eingebrochen. Teilweise hatte ich Hilfe von ein paar unserer Jüngsten.« Sein Lächeln wird wärmer. »Sie haben mir versprochen, nichts zu sagen und mir von euren Reaktionen zu berichten, wo ich nicht vor Ort sein konnte. Ich wollte wirklich nie etwas Böses.«

Ich nicke, weil ich ihn gut verstehen kann. Mit Vorurteilen habe ich auch schon oft zu kämpfen gehabt. Aber ich muss auch zugeben, dass ich viele Klischees erfülle. Manchmal kann einen das sehr unter Druck setzen und man hat das Gefühl, anders gesehen zu werden als man ist, die Rolle spielen zu müssen, die andere einem anhängen.

Ein Arm hebt sich in der Menge und die Leute bewegen sich auseinander, um Colt Platz zu machen, der jetzt nach vorne strebt und zu uns kommt. Vor dem Pult angekommen dreht er sich zum Publikum um.

»Wenn ich kurz dürfte«, ruft er. Greyson reicht ihm das Mikrofon nach unten. »Danke. Ich wollte nur sagen, dass ich mich auch entschuldige. Dass teilweise so eine Angst entstanden ist, ist auf meinem Mist gewachsen. Ich hab' das angefacht, weil ich es unterhaltsam fand. Dass es Wyatt und seinem tollen Haus hier geschadet hat, missfällt mir und ich hoffe, dass ihr ihm eure Liebe zeigt, jetzt, nachdem ihr Bescheid wisst.«

Er klingt fast, als habe er die ganze Zeit gewusst, dass Greyson der Schreiber war, aber ich glaube, das macht er nur, um den Leuten zu vermitteln, dass es nie Anlass dazu gab, wirklich an einen Serienkiller zu glauben.

Die Leute reden miteinander, werfen Blicke zu Colt und Greyson und auch zu mir, verschränken die Arme oder öffnen sie wieder. Einige sehen verwirrt aus, andere ratlos, viele haben neutrale Mienen aufgesetzt.

»Und was hat dein Feldtest am Ende ergeben, Greyson?«, ruft Bruce auf einmal.

Colt reicht Greyson das Mikrofon zurück.

In meinen Muskeln sitzt die pure Anspannung. Ich bin froh, dass bisher kein Tumult ausgebrochen ist und habe die vorsichtige Hoffnung, dass es so ruhig bleiben wird wie jetzt. Es ist gut, dass die Leute Fragen stellen.

»Er war schwierig auszuwerten«, sagt Greyson und reibt sich den Nacken. »Ich hatte darauf gesetzt, dass ihr was zu den Texten sagt, aber alles war überschattet von den Fragen: Woher kam das? Wer hat mir das zukommen lassen? Was soll es bedeuten? Vielleicht hätte ich einen Feedbackbogen beilegen sollen.« Er lacht ein wenig unbeholfen und einige aus dem Publikum stimmen mit ein.

»Serienmörder fragen nicht nach Feedback«, sagt jemand weiter hinten.

»Nun ja, ich habe das zum ersten Mal gemacht und es war alles andere als perfekt. Aber ich habe zumindest gesehen, dass ihr die Texte mehrfach gelesen und den Inhalt analysiert habt ... nur nicht auf dieselbe Art, wie ich es mir erhofft hatte.«

Ich nicke nachdenklich. Gelesen haben die Leute seine Texte. Aufmerksam. Sehr aufmerksam. Aber niemand hat sich so damit auseinandergesetzt wie mit einem Kapitel aus einem Buch. Sie haben Spuren darin gesucht, Hinweise.

»Vielleicht können wir das jetzt noch nachholen«, sage ich an Greyson gewandt. »Lies uns aus deinen Texten vor.« Die Idee kam mir gerade in diesem Moment. Wenn er als Autor hier vor uns steht, ist es nur naheliegend, dass er auch für uns liest.

»Ähm.« Greyson räuspert sich. »Hat jemand …«

Ich strecke ihm meinen Brief hin. Den habe ich immer bei mir. Zu spät wird mir klar, dass es vielleicht peinlich werden könnte, wenn die anderen merken, wie persönlich der Inhalt ist. Aber es macht nichts. Ich bin eben ein Träumer. Das ist kein Geheimnis.

»Ich lese jetzt etwas vor«, verkündet Greyson. Ich höre den veränderten Unterton in seiner Stimme. Er ist nervös, möchte aber selbstbewusst wirken. Harte Schale, weicher Kern.

Nach einem Räuspern beginnt er. »Ein Träumer baut die schönsten Schlösser, ist der Architekt großer Gedanken und ein Künstler mit atemberaubender Farbpalette. In der Realität allerdings ist er oft unscheinbar.

Manchmal hat jemand das Glück, ihn zu entdecken. Wenn der Träumer *auch* Glück hat, ist derjenige ein guter Mensch: ein Bewunderer von schönen Schlössern, großen Gedanken und atemberaubenden Farben. Wenn er Pech hat, ist er ein Zweifler, Zerstörer oder schlichtweg ein Banause.«

Ich sehe Greyson von der Seite an, während seine Stimme durch den Raum schallt und mache mir so richtig bewusst, dass er der Texteschreiber ist. Ihm habe ich das große Hindernis zu verdanken, mit dem mein Café zu kämpfen hatte … aber ich spüre keinen Zorn. Das alles hier hat auch er ermöglicht. Dieses Event und davor noch die Renovierung dieses Zimmers.

»Träume sind das, was Magie wie man sie aus Geschichten kennt, am Nächsten kommt. Jeder Mensch hütet ein kleines Bisschen davon in sich und in manchen kommt es nur nachts zum Vorschein, weil der Zauber tagsüber von strikter Realität unterdrückt wird, von Verstand und Vernunft. Aber Träumer versprühen immer etwas davon und wenn man hinschaut, lassen sie einen teilhaben.«

War er deswegen so großzügig, was Schnelligkeit und Zahlungsmodalitäten betrifft? War er so entgegenkommend, weil er das Gefühl hatte, etwas wiedergutmachen zu müssen? Langsam setzen sich alle Teile dieses Puzzles zusammen.

Am Ende ist Greyson auch nur ein Mann mit Träumen, Wünschen und Ängsten und er hat einen etwas unkonventionellen Weg genommen, um weiterzukommen. Jetzt wird alles gut werden. Mit dem Café und sicher auch mit Greyson. Die Leute hören ihm gespannt zu. Ich denke, sie werden seine zweite Seite akzeptieren, den Autoren im Körper eines Tischlers. Warum auch nicht. Es ist vielleicht etwas ungewöhnlich, aber so vielfältig ist das Leben. Sie werden verzeihen – hoffe ich, und wenn das geschieht, werden sie vielleicht auch das Café mit anderen Augen sehen.

»Wie findet man nun einen von ihnen?

Man muss nach schönen Schlössern Ausschau halten.« Damit senkt er das Papier und deutet in den Raum hinein. Allen muss klar sein, dass er mein Buchcafé meint. Die Leute raunen leise.

Ich seufze leise in mich hinein, bin erleichtert über das alles und erinnere mich im Stillen an das, wozu der Fund dieses Briefes geführt hat.

Hank und ich in diesem Lagerraum ... das war wirklich wild. Ich glaube, das werde ich niemals vergessen, egal, wie alt ich werde und wie sich mein Leben entwickelt.

Nun applaudiert das Publikum. Erst etwas verhalten, dann mit mehr Kraft. Ich glaube, sie werden langsam warm mit der neuen Situation. Ohne, dass Greyson danach fragen muss, reicht noch jemand einen Text nach vorne und bittet darum, dass er ihn vorliest. Wieder lauschen alle.

Greysons Stimme ist wunderbar zum Vorlesen geeignet. Sie ist voll und trifft einen guten Punkt zwischen brummig und sanft. Von ihm würde ich mir gerne den einen oder anderen Liebesroman vorlesen lassen.

Ich blinzele, als ich merke, dass es in dem Text tatsächlich auch um Liebe geht. Oder um die Vorstufe davon. Verstohlene Blicke und der unbestimmte Drang, die Person so oft wie möglich zu sehen.

Die Gesichter in der Runde haben sich entspannt. Niemand sieht mehr aufgebracht aus. Die Leute sind ins Zuhören versunken und bei einigen regt sich der Durst. Jemand winkt nach Colt und er nimmt sofort wieder die Arbeit auf. Ich löse mich ebenfalls vom Pult, aber Amber hält mich zurück, als ich Richtung Küche verschwinden will. »Das ist doch dein Event, du musst beim Moderieren helfen«, sagt sie und schickt mich weg.

Ich kehre in den Baumraum zurück. Die zweite Lesung ist vorbei und die Leute stellen wieder Fragen.

»Was für Geschichten sind das, die du schreibst? Hast du schon einen ganzen Roman fertig?«

Greyson lächelt und freut sich sichtlich darüber, als Autor ernstgenommen zu werden. Er beantwortet alle Fragen, die die Leute an ihn herantragen gewissenhaft und mit diesem sympathischen Lächeln, das mich von Anfang an für ihn eingenommen hat.

Ich freue mich für ihn. Ich glaube, er hat einen großen Schritt auf seinen Traum zu gemacht. Von jetzt an kann er offen mit seiner Schreiberei umgehen und natürlich werde ich ihm anbieten, noch öfter hier zu erscheinen und uns etwas vorzulesen, von seinen Fortschritten zu berichten und so weiter. Das würde mir Spaß machen und den Leuten sicher auch.

Es ist ein Abend, an dem sich Träume erfüllen.

Greysons Traum, Hanks Traum drüben in San Francisco, und mein Traum von einem Buchcafé auch. Er ist gerettet. Dessen bin ich mir sicher, als die Leute sich nach und nach weiter im Baumraum und im Hauptraum verstreuen und Bücher in die Hand nehmen.

Ich wünschte, Ryder könnte das sehen.

Ich wünschte, Hank könnte das sehen.

KAPITEL 27

Hank – zwei Stunden zuvor

AUF DEM WEG zum Flughafen fühle ich mich nicht wohl. Abschiede sind niemals schön, das sage ich mir mehrere Meilen lang, aber es wird davon nicht besser.

Die Landschaft saust an mir vorbei und ich werde das Gefühl nicht los, dass mein Leben das auch gerade tut. Habe ich die richtige Entscheidung getroffen?

Angestrengt stelle ich mir mein neues Leben in San Francisco vor. Mein Bruder hat alles so weit für mich organisiert – wo ich wohnen kann und so weiter. Auch meine Einladung zum Abendessen mit dem Polizeichef ist ja von ihm organisiert. Ich werde ihm viel zu verdanken haben.

Es rührt mich immer noch, dass er das für mich möglich macht. Dass er sich daran erinnert, wie sehr ich mir das damals gewünscht habe und wie enttäuscht ich war, als es nicht geklappt hat.

Damals.

Das Bild eines mehrere Jahre jüngeren Hanks baut sich vor meinem inneren Auge auf. Nach Rainside Valley zu gehen war mehr oder weniger eine Kurzschlussreaktion, aber nur auf den ersten Blick. Ich bin geblieben. Weil es mir hier gefällt. Ich mag es, in dem alten Häuschen zu leben. Ich mag die Menschen, das Essen, die Natur und die Art, wie man hier lebt.

Ich will eigentlich gar nicht so sehr zurück nach San Francisco. Es ist vielmehr sein Zuhause als meines.

So gleiten meine Gedanken dahin und veranstalten nebenbei ein Tauziehen. Mein alter Traum von der Hundestaffel und Zusammensein mit meinem Bruder, oder dieser neue, zerbrechliche Traum von einer Zukunft mit diesem Mann, den ich gerade mal einen Monat lang kenne.

Ich weiß doch gar nicht, ob Wyatt auf lange Sicht zu mir passt. Vielleicht ... lässt er dauernd die Zahnpastatube offen oder sowas. Vielleicht war das zwischen uns nur ein kurzer Funken, der schnell wieder verglimmt. Das ist es nicht wert, diese Chance aufs Spiel zu setzen. Etwas Handfestes. Richtig?

Dachte ich bei unserem Abschied nicht noch, dass ich mich entschieden hätte? Warum denke ich dann immer noch so darüber nach, als stünde nichts fest?

Wahrscheinlich wird das erst aufhören, wenn ich im Flieger sitze und die Endgültigkeit spüre.

Die Vorhalle des Flughafens ist nicht so überfüllt wie ich es erwartet hatte. Vielleicht liegt es am Wochentag und der Uhrzeit. Zwar hallt ein stetes Gemurmel von den hohen Wänden wieder, vermischt mit den typischen Geräuschen von Geschäftigkeit, wie Klicken, Tippen, rollenden Kofferrädern und so weiter, aber es ist leise genug, um Platz für meine Gedanken zu lassen.

Ich bin zu früh da. Viel zu früh.

Ich hätte noch eine Stunde mehr mit Wyatt verbringen können. Oder ich hätte für immer dableiben können. Diese Bilder beschwören sich fast von selbst herauf, sind nicht mit angestrengter Konzentration verbunden. Ich sehe Wyatt, der uns in seiner Küche Kaffee macht, sich an die Theke lehnt und mir von Neuerscheinungen erzählt, die er für sein Café bestellen will. Und ich sehe mich, wie ich die Tasse in der Hand halte und bei seinen Worten lächle.

Ich sehe mich, wie ich ihn abends vom Café abhole und ihn, wie er mir Muffins für die Arbeit einpackt, fast schon wie ein Ehemann, nicht nur wie ein fester Freund.

Mit einem Kopfschütteln vertreibe ich die Tagträume. Dann greife ich in meinen Rucksack, den ich als Handgepäck mitführe und ziehe meine Warte-Lektüre heraus. Sherlock Holmes. Mit einem Seufzen streiche ich über den Einband. Ich kann Wyatt gar nicht entkommen.

Obwohl ich mich zum Lesen zu zwingen versuche, schweifen meine Gedanken ab. Sie sind wie glitschige Aale, die sich frisch gefangen meinen Händen entwinden und wieder ins Wasser platschen.

Ob das Event wohl ein Erfolg geworden ist? Ich sehe auf die Uhr. Inzwischen ist die Bude sicher voll und ich drücke Wyatt die Daumen, dass der Texteschreiber aufgetaucht ist und bei der Sache mitmacht. Ich wüsste schon gerne, wer es war.

Ich lasse das Buch auf meinen Schoß sinken und blicke auf die Textzeilen, ohne die Worte zu lesen. Dann bin ich wieder im Wald, Rücken an Rücken mit Wyatt, umringt vom Flüstern der Baumkronen und eingetaucht in warmes Sonnenlicht.

Das war der perfekte Moment. Ich war glücklich und in meinem Kopf war alles angenehm ruhig und stressfrei. Dort habe ich nicht infrage gestellt, ob ich gerade da hin gehöre oder nicht. Es war einfach richtig und meine einzige Angst war, dass es bald wieder vorbei sein würde.

Ich mache mir hier etwas vor.

Ich will den sicheren Weg gehen, die Entscheidung befolgen, die jemand anders getroffen hat. Ein bisschen mein Vater, ein bisschen mein Bruder und ein bisschen mein Vergangenheits-Ich.

Aber das ist nicht mehr das, was ich will.

Lautstark klappe ich das Buch zu und stopfe es in meinen Rucksack.

Auf dem Weg zurück rufe ich meinen Bruder an und sage ihm, dass ich doch nicht komme. Es sei etwas dazwischengekommen. und ich melde mich später ausführlich bei ihm.

Ich werde es ihm noch genauer erzählen, aber jetzt nicht. Jetzt habe ich nur noch Wyatt im Kopf und obwohl noch längst nicht sicher ist, dass das hier gutgehen wird, fühle ich mich viel besser als auf dem Weg zum Flughafen.

Etwas tief in mir drinnen ist jetzt ruhiger, zufriedener. Ich habe endlich entschieden – das merke ich daran, dass meine Gedanken viel weniger zurückschweifen wollen als zuvor. Da ist nur die bange Sorge, dass Wyatt nicht in Rainside Valley bleiben wird und ich ihn verliere, obwohl ich zurückkomme.

Ich trete fester aufs Gas. Der Himmel hängt voller Wolken, aber keine davon sieht aus, als wolle sie demnächst regnen. Die Straßen von Rainside Valley sind trocken, als ich endlich wieder dort ankomme.

Es ist schnell dunkel geworden und ich sehe kaum jemanden auf den Gehwegen. Hoffentlich bedeutet das, dass sie alle bei Wyatt sind und seine Kasse füllen.

Meine Nervosität wächst und ich rutsche auf dem Polster des Fahrersitzes herum. Meine Fingerspitzen prickeln und mein Herz schlägt schneller, als wäre es eine Art Näherungssignal für Wyatt.

Ich gebe mir keine Mühe, den Wagen sauber am Wegesrand zu parken. Er steht etwas schief, als ich herausspringe, aber es ist mir gleichgültig. Mit großen Schritte eile ich nach drinnen, bereit, mich meiner Entscheidung und deren Konsequenzen zu stellen.

Es kann sein, dass ich mir damit nur wenige weitere Tage mit Wyatt erkauft habe. Wenn er das Café schließen muss, werde ich ihn nicht zum Bleiben bewegen können. Aber so habe ich entschieden. Ich. Habe. Entschieden. Das fühlt sich so gut und richtig an, dass die möglichen negativen Folgen in den Hintergrund rücken.

Ich stoße die Eingangstür auf. Der Geräuschpegel drinnen ist hoch – ein gutes Zeichen. Meine Augen weiten sich, als ich sehe wie voll der Raum zu meiner rechten ist. Die Tür steht offen, weil einige Leute eilig zwischen den beiden Haupträumen hin und her huschen, leere und volle Tabletts auf den Händen balancierend.

»Amber? Colt?«, murmele ich, aber sie nehmen keine Notiz von mir. »Ist er gekommen? Der Texteschreiber?«, frage ich Petunia, eine Frau mittleren Alters aus meiner Nachbarschaft, die nahe der Tür steht.

»Oh ja, er gibt gerade Autogramme auf seine Briefe. Harold meint, die könnten bald viel Geld wert sein.«

Ich schnaube und schiebe mich in den Raum hinein, muss mir etwas Platz machen, um sehen zu können, wer da vorne steht. Es ist Greyson. Greyson, unser Tischler. Ihn hatte ich ja im Verdacht, nachdem Wyatt mich gerufen hatte. Aber es gab kein Motiv und meine Untersuchung wurde ja auch jäh durch eine gewisse Tür unterbrochen.

Greyson also. Ich habe das Gefühl, einiges verpasst zu haben, obwohl ich nur ein paar Stunden weg war. Natürlich könnte ich die Leute fragen, aber im Moment ist etwas anderes wichtiger. Jemand anderes.

Mein Blick findet Wyatts hellen Schopf und ich muss unwillkürlich lächeln. Ihn zu sehen tut so gut. Er steht in Greysons Nähe und redet mit den Leuten, die ihre Briefe nach vorne bringen, um sie signieren zu lassen. Das Event scheint ein Erfolg zu sein.

Vorsichtig aber energisch schiebe ich mich zwischen den Leuten durch. Ich muss nach vorne zu Wyatt. Er hat mich noch nicht bemerkt. Es wird die perfekte Überraschung.

Zwei Kollegen entdecken mich und werfen mir fragende Blicke zu. Ich werde es ihnen später erklären. Dann endlich erreiche ich Wyatt und er dreht sich genau in diesem Moment zu mir um.

Kurz gefriert sein Ausdruck in kompletter Ungläubigkeit, dann spüre ich nur noch eine Erschütterung und rieche Wyatts Duft. Immer eine süße Gebäcknote vermischt mit seinem Parfüm.

Ich schließe ihn in die Arme und halte ihn fest. »Du bist ja wieder hier«, sagt er mehrere Male, als könne er es wirklich nicht glauben. »Gab es Probleme mit dem Flug?«

»Das Problem mit dem Flug war, dass er mich von hier weggebracht hätte«, sage ich.

»Aber war das nicht Sinn und Zweck der Sache?« Wyatt spricht leise genug, dass wahrscheinlich nur ich es hören kann, aber gerade noch laut genug, um die Umgebungsgeräusche zu durchdringen. »Was wird aus der Hundestaffel?«

»Die wird auch ohne mich zustande kommen.« Ich streiche Wyatt durchs Haar. So seidig weich, wie ich es gewohnt bin. Mir ist klar, dass die anderen das sehen können. Wyatt und mich. Dass sie ihre Schlüsse ziehen werden. Darüber habe ich vorher nicht nachgedacht und auch jetzt ist es mir relativ egal. Ich habe diese Entscheidung getroffen. Und ich bin stolz darauf.

»Es hat geklappt, Hank«, sagt Wyatt und löst sich ein wenig von mir, um mir ins Gesicht zu sehen. Er strahlt bis über beide Ohren und ich lächle zufrieden. »Ich glaube, ich kann das Café noch retten.«

»Das kannst du und das wirst du.«

Er küsst mich. Viel zu kurz für so eine wunderschöne Berührung, aber ich verstehe, dass er gerade nicht viel Zeit hat. Er muss sich um sein volles Haus kümmern. Wir haben danach noch Zeit. Und morgen. Und übermorgen.

Wir lassen voneinander ab, aber einander nicht aus den Augen. Wyatt redet mit Greyson und seinen Gästen, muss rüber zur Küche und wieder zurück, aber wir finden uns immer wieder, halten uns mit Blicken fest und lächeln uns zu. Es sind wortlose Versprechen und ich kann nicht glauben, dass es am Ende doch so einfach ist.

Ich musste nur eine Entscheidung treffen.

Nein, es war nicht *einfach*. Das ist nur, wie es aussieht. Es hat Mut gekostet, an diesen Punkt zu kommen. Mut, die Konsequenzen zu akzeptieren, egal wie sie ausfallen. Den Preis für diese Chance zu bezahlen.

Und ich muss immer noch einen Anruf machen und ein paar Leuten ein paar Dinge erklären. Aber es wird okay sein. Mein Bruder wird es verstehen – letztendlich ging es von Anfang an darum, etwas gegen meine Einsamkeit zu unternehmen. Und das habe ich jetzt ganz allein geschafft. Na gut, mit Wyatts Hilfe.

Ich beobachte das lebhafte Treiben im Café noch stundenlang. Bis in die Nacht hinein wollen Leute mit Greyson reden, sie bestellen Craftbier bei Wyatt und essen alle Muffins auf. Colt und Amber bleiben stoisch an seiner Seite, während die Gäste einer nach dem anderen aufbrechen. Viele verkünden, öfter herkommen zu wollen, weil das der beste Abend seit Langem gewesen sei.

Ich kann sehen, wie Wyatt immer mehr Hoffnung fasst. Er wird hier jede Menge Events veranstalten und die Leute weiter an sich binden. Und es wird ihm gelingen, das weiß ich einfach. Der Damm ist gebrochen. Von jetzt an werden sie alle Wyatts Magie erliegen. Er hat Freunde gefunden ... Colt und Greyson sehen ihn jetzt schon an, als wäre er ihr neuer bester Freund. Es ist schwer, zu übersehen, wie wunderbar er ist.

Von lautem Gähnen begleitet schließen wir das Buchcafé ab. Wyatt wollte noch aufräumen, aber ich habe ihm versprochen, morgen früh mit ihm herzukommen und beim Saubermachen zu helfen, damit er pünktlich öffnen kann.

»Musst du nicht arbeiten?«

»Ich ... habe Urlaub genommen für San Francisco«, sage ich. »Ich muss nur irgendwann mal kurz vorbeigehen und denen erklären, dass ich bleibe.« Ich lache knapp. »Aber das sollte kein Problem sein.«

Wyatt bleibt auf der Schwelle des Cafés stehen und sieht mich an. Es ist dunkel um uns herum. Da ist nur ein Hauch Laternenlicht, das uns von der Seite anleuchtet.

»Ich kann gar nicht glauben, dass du bleibst. Bist du dir sicher?«

»Ich bin sicher.«

Wyatt lächelt und lehnt sich vor. Ich komme ihm entgegen. Dieser Kuss ist lang und wirklich innig. Jetzt nehmen wir uns die Zeit. Er schlingt die Arme um meinen Nacken und ich ziehe ihn sachte zu mir. Seine Wärme schwappt zu mir herüber, aber ich spüre auch Müdigkeit und Erschöpfung in seinen Liebkosungen.

»Gehen wir zu dir?«

KAPITEL 28

Wyatt

ICH NEHME MEINEN Sheriff mit zu mir nach Hause. Wir trinken eine Tasse Tee in meiner Küche und ich erzähle ihm alles, was im Buchcafé passiert ist. Sein eigener Bericht von der Fahrt zum Flughafen fällt knapper aus.

»Es hat mir keine Ruhe gelassen.«

»So, als wenn du dich fragst, ob du den Herd ausgeschaltet hast?«

Ich lehne an der Theke und schaue grinsend zu Hank, der an meinem Esstisch Platz genommen hat, um seinen Tee zu trinken.

Er hebt den Kopf und sieht mich ernst an. »So, als würde ich einen großen Fehler machen. Aber es war schwierig für mich, das einzusehen. Für meinen Kopf war es die bessere Entscheidung, nach San Francisco zu gehen.«

»Aber dein Herz wollte bei mir sein.«

»Das wollte es. Und das will es. Und mein Kopf hat schnell Ruhe gegeben. Ich schätze er mag deine Anwesenheit genauso wie mein Herz.«

»Aber dein Verstand steht auf Sicherheit ... und das mit mir war nicht sicher.«

»Ich denke, ich werde noch einiges über das Treffen eigener Lebensentscheidungen lernen müssen, aber eins habe ich jetzt schon verstanden: Du kannst nicht nur danach entscheiden, was möglichst risikolos ist. Zumindest nicht, wenn du am Ende zufrieden sein willst.«

»Ich habs geschafft«, sage ich und stelle meine leere Tasse ab. Ich gehe zu Hank hinüber und setze mich auf seinen Schoß. Er wirkt nicht allzu überrascht davon – so langsam kennt er mich gut genug um mit solchen Aktionen zu rechnen.

»Ich habs geschafft und ich bleibe in Rainside Valley, wenn nicht plötzlich alle ihre Meinung ändern. Die Leute waren so begeistert, auch wenn viele meinten, Lesen sei nicht unbedingt ihr Ding. Sie sind neugierig und sie mögen des Gemeinschaftliche. Deswegen werde ich weiterhin auf solche Events setzen.«

Hank nickt und küsst meine Wange. Ich lehne mich gegen ihn. Eigentlich würde ich gerne noch ein bisschen Zweisamkeit mit ihm verbringen, aber ich bin so müde, dass ich jetzt schon fast einschlafe.

»Lass uns ins Bett gehen.« Er spricht diese fünf wundervollen Worte und hebt mich einfach hoch. Mein Bauch kribbelt davon und ich kralle mich leise lachend an ihm fest, während er mich durch die Wohnung trägt.

Im Bad vor dem Waschbecken stellt er mich ab und ich reiße ein Päckchen mit Zahnbürsten für ihn auf. Dann machen wir uns bettfertig. Gemeinsam diese kleine Abendroutine zu verbringen, fühlt sich bereits an, als wären wir schon lange zusammen. Das mit uns beiden ist einfach richtig. Hank ist richtig. Ich bin so unendlich froh, dass er zurückgekommen ist. Dass er bei mir bleiben will.

Wir kriechen gemeinsam in mein Bett. Es ist eigentlich nur für eine Person gedacht, aber ist etwas breiter, sodass wir aneinandergekuschelt trotzdem genug Platz finden.

Hier in meinem Bett und in seinen Armen fühle ich mich so geborgen wie nirgendwo anders. Ich werde wohl erst glauben, dass es echt ist, wenn ich morgen aufwache und er immer noch bei mir ist.

Ich kann noch gar nicht ganz begreifen, wie viel das hier bedeutet. Hank hat sich entschieden, hier zu bleiben und diese Jobchance vorbeiziehen zu lassen. Weil er bei mir bleiben will. Das ist eine Menge. Das ist nichts, das du für jemanden tust, den du nur *gut leiden* kannst.

Ich schmiege mich enger an ihn. Das hier ist definitiv ein neues Kapitel in meiner Geschichte.

Am Morgen wache ich so auf, wie ich eingeschlafen bin: in Hanks Armen. Ich hoffe, sie werden noch anständig durchblutet. Leise lächelnd kuschle ich mich an ihn und atmete seinen Geruch tief ein.

Etwas in mir will quiekende, glückliche Geräusche von sich geben, aber ich halte mich zurück, um ihn nicht zu wecken. Ich bin einfach ganz still für mich alleine glücklich.

Ich weiß nicht, wie viele tiefe Atemzüge vergehen, bis Hank aufwacht, aber als er sich regt, richte ich mich etwas auf und beobachte sein Gesicht. Im Schlaf wirkt es nicht so versteinert wie sonst. Aber ich mag beide Seiten – den entspannten Hank und den ernsten.

Als er in meine Augen sieht, ist da ein kleines Strahlen in seinen Zügen.

»Guten Morgen«, brummt er.

Ich küsse seine Nase. »Der beste Morgen.«

Eigentlich wollte ich ihm Zeit zum Aufwachen geben, aber Hank scheint damit schneller zu sein, als ich dachte. Er zieht mich sanft auf sich und schlingt Arme und Beine um mich. Ich lache leise. Mann, ich bin echt verknallt.

Wir küssen uns gegenseitig wach und als andere Körperteile sich ebenfalls aus dem Schlaf erheben, wird mir heiß. Ich möchte ordentlich feiern, dass wir jetzt zusammen sind.

Ich lasse meine Lippen über seinen Hals streifen und meine Hände über seinen Oberkörper wandern. Ich liebe es, wie er sich anfühlt und ich werde ganz kribbelig, wenn ich an unser erstes Mal denke. Es kommt mir vor, als wäre das eine Ewigkeit her.

Meine Hände streichen über harte Muskeln. Hanks warmer Atem brandet gegen mein Gesicht. Ich ziehe ihm das Shirt aus und öffne das Hemd meines Pyjamas. Er greift nach mir, will meine Haut genauso gerne fühlen wie ich seine. Kräftige Finger streicheln mich und ziehen mich wieder herunter, näher zu ihm. Während wir uns küssen, finden seine Hände den Weg zu meinem Hosenbund und ziehen ihn hinunter. Ein wenig ungeschickt hebe ich nacheinander die Beine an und versuche, mich aus dem Stoff herauszufädeln. Es klappt nicht so einfach. Am Ende muss ich doch kurz aufstehen, um den Stoff loszuwerden. Es ist fast wie beim letzten Mal, nur etwas kuscheliger und statt der Nervosität ist da jetzt noch mehr Vorfreude und vor allem ganz viel Glück und Sicherheit.

»Kannst du das nochmal machen?«, fragt Hank mit rauer Stimme.

»Was?«

»Das, was du letztes Mal gemacht hast. Das war ...« Er schüttelt den Kopf und grinst.

»Mal sehen«, erwidere ich und öffne die Schublade des Nachtschränkchens.

Dann toben wir uns aus. Die Matratze quietscht und scheint ordentlich unter meinen Bewegungen zu leiden, aber darüber schmunzele ich nur kurz, denn der Mann unter mir zieht schnell jeden letzten Funken meiner Aufmerksamkeit auf sich.

Ich liebe es, obenauf zu sein, weil ich dann alles überblicken kann. Sein Muskelspiel, seine Mimik, den feuchten Glanz, der bald seinen Körper überzieht.

Es ist ein Bild wie aus den heißesten Tagträumen ... mein Sheriff unter mir ... in mir. Seine starken Hände an meinen Hüften. Ich spüre seine Stärke und zugleich nehme ich wahr, wie schwach ich ihn mache.

Aber auch meine Kraft hat ein Ende. Ich werde bald langsamer, muss öfter ausruhen, lasse mein Becken langsamer kreisen. Wir genießen es beide, haben es nicht mehr so eilig wie beim ersten Mal.

Dann lege ich mich auf seine Brust und er schafft es irgendwie, mich auf den Rücken zu drehen, ohne aus mir herauszurutschen. Lernt man sowas in der Art in der Polizeischule?

Ich grinse über meine dreckigen Fantasien.

Hanks Gesicht ist vor meinem und obwohl dieses Mal kein Sternenhimmel über uns ist, gibt es keinen besseren Anblick für mich. Ich schlinge die Beine um ihn und genieße es, wie er mich nimmt. Fest und tief und gleichzeitig mit einer Sanftheit, die mir sagt, dass ich etwas Kostbares bin.

Ich greife zwischen uns und gebe dem Pochen und Ziehen in meiner Mitte nach. Heute komme ich als Erster, aber Hank folgt mir schon Sekunden darauf. Unsere Küsse schmecken nach Zuneigung, tiefer Befriedigung und dem vorsichtigen Glauben daran, dass wir uns das hier nicht einbilden.

Minuten später fallen mir die Augen wieder zu. Ich habe keine Ahnung, ob ich mir noch eine Runde Schlaf erlauben kann, aber ich bin zu müde. Hank streicht mir über den Kopf. Alles ist gut.

Mein Kiefer knackt vom Gähnen. Der Wecker klingelt und ich bin ausgeruhter als ich befürchtet hatte. Ein Kaffee und es wird okay sein, schätze ich. Der Gedanke daran, dass für mein Buchcafé jetzt eine ganz neue Ära anbricht, beflügelt mich.

»Immer noch sicher, dass du helfen willst?«, frage ich und blicke auf Hank hinunter, der nackt auf der Seite liegt und mir zusieht.

»Ganz sicher.« Er setzt sich auf und streckt die Arme über den Kopf. Ein paar Dehnübungen später stapft er schon in meine Küche. Ich höre Schranktüren und das Piepsen der Kaffeemaschine.

Gut, erst ein Kaffee, dann eine Dusche, beschließe ich. Und dann der erste Tag von einer wunderbaren neuen Zeit in meinem Leben.

»Wow, hier müssen wir erst mal lüften«, sage ich, sobald ich den Hauptraum betreten habe. In meiner Erinnerung von gestern Abend war es nicht so chaotisch, aber da war ich auch vollgepumpt mit allen möglichen Gefühlen und noch dazu ziemlich erschöpft.

Die Stühle stehen wild im Raum verteilt, auf den Tischen warten noch Tassen und Teller, Bücherstapel sind umgekippt und auf der Vitrine leuchten die Fingerabdrücke.

»Ich putze und du räumst auf?«, schlage ich vor und Hank richtet mit einem zustimmenden Brummen den ersten Stuhl vom Boden auf.

Ich schalte die Musik ein und entdecke im Kühlschrank noch genau ein Stück Kuchen – das letzte, was von gestern übrig geblieben ist. Ich bringe den Teller grinsend nach vorn. »Hier ist unser Frühstück«, verkünde ich und schneide den Kuchen in zwei Teile. Hank kommt herbei und schiebt sich seine Hälfte mit einem Haps in den Mund.

Ich lache knapp und tue es ihm gleich. Dann machen wir uns richtig an die Arbeit. Gut gelaunt, zu zweit und mit Musik geht jeder Handgriff schneller.

Wir reden wieder über gestern, dieses Mal vor allem über Greyson und sein Motiv hinter den Briefen.

»Ich werde mir alles nochmal detailliert von ihm erzählen lassen, für den abschließenden Bericht. Wenn ich mir überlege, wie sehr mir einige versichert haben, dass sich jemand reingeschlichen haben muss ... Ich nehme an, Greyson wird mir für jeden einzelnen Fall erklären können, wie er es geschafft hat, ohne sich irgendwo Zugang zu verschaffen. Die Leute werden zu oft Opfer ihrer eigenen Wahrnehmung oder falschen Erinnerung. Da gibt es haarsträubende Studien drüber.«

Ich ermutige Hank zum Weiterreden, weil mich das Thema interessiert. Generell die ganze Polizeiarbeit – ich habe mich nur in den letzten Wochen nicht getraut, dahingehend nachzuhaken, weil ich nicht noch verdächtiger wirken wollte. Aber jetzt ist ja alles ausgeräumt.

Nach dem Hauptraum widmen wir uns dem Baumraum. Auch hier gibt es einiges zu tun. Wir fegen zuerst und müssen dann Flecken aufwischen. Ich sortiere die Bücherstapel neu und bringe andere Exemplare in ihr Regal zurück. Hank sammelt leere Gläser und Tassen von den Fensterbrettern und der kleinen Mauer ein.

Schließlich sind wir wirklich mit allem fertig, bevor ich den Laden offiziell öffnen muss. Zufrieden stemme ich die Hände in die Hüften und betrachte unser Werk.

»Danke für deine Hilfe.«

»Gerne. Und gerne öfter. Ich wünsche dir, dass du jetzt häufiger großen Andrang hier hast.«

»Vielleicht nicht ganz so großen«, wiegele ich schmunzelnd ab. »Aber gerne sechzig Prozent davon.«

»Also dann auf sechzig Prozent.«

Ich umarme Hank und besiegele seine Ansage mit einem Kuss. Wir haben zwar nicht explizit darüber gesprochen, aber für mich sind wir jetzt zusammen. Ich meine, dieser Mann hat mit seinen Handlungen mehr als deutlich gemacht, dass er ernste Absichten hat. Und ich meine es genauso ernst mit ihm.

Hank hält mich eine Weile und wir wiegen uns scherzhaft zu dem Popsong hin und her, der leise aus den Boxen schallt. Dann lösen wir uns voneinander.

»Ich muss dann jetzt schnell neue Muffins ansetzen und Kuchen backen.«

»Ich helfe dir gleich dabei ...« Hank sieht auf die Uhr. »Ich will nur vorher meinen Bruder anrufen und ein paar Dinge erklären, für die ich gestern keine Ruhe hatte.«

Ich nicke ihm zu. Ja, es gibt sicher einiges zu besprechen für ihn.

Hank

Innerlich bin ich ruhig, als ich die Nummer wähle. So viel von der Last, die ich vor meiner Entscheidung gespürt habe, ist inzwischen von mir abgefallen. Ich hoffe nur, Chester wird mir nicht allzu lange böse sein, denn wahrscheinlich habe ich ihn ja ziemlich blöd dastehen lassen.

»Hey du«, meldet er sich. »Jetzt bin ich aber auf die Geschichte gespannt.« Tatsächlich klingt er recht gut gelaunt und das erleichtert mich. Ich stapfe auf dem Gehweg vor dem Buchcafé auf und ab, während ich anfange, von Wyatt und der Sache mit dem Fall und dem Buchcafé zu erzählen.

»Ich war schon am Flughafen, aber ich konnte nicht weg. Ich musste zurück. Es tut mir leid, dass ich dich damit in eine blöde Situation gebracht habe. Wenn irgendwelche Kosten deswegen entstanden sind, übernehme ich die natürlich. Aber ich bereue meine Entscheidung nicht, ich ... bin zum ersten Mal seit Langem so richtig glücklich.«

Einen Moment lang herrscht Stille in der Leitung und ich höre nur die Umgebungsgeräusche hier in Rainside Valley. Ein Auto fährt vorbei und in der Ferne bellt irgendwo ein Hund.

»Das ist die beste Nachricht, Hank«, sagt Chester schließlich und seufzt. »Wenn es so ist, dann hast du alles richtig gemacht.« Wieder schweigen wir eine Weile und ich atme durch, genieße die Erleichterung, die mich durchströmt.

»Es ist schade, dass ich dich dann nicht sehe ... Aber es ist klar, wo du jetzt sein willst und ich gönne dir das von ganzem Herzen. Koste es aus. Verliebtheit ist was Schönes. Aber vergiss nicht, dass ich existiere.«

Ich muss kurz lachen. Dass Chester es mir so leicht macht, stärkt meine Zuneigung zu ihm. »Danke. Ich melde mich.«

Wir verabschieden uns und legen auf. Ich stecke das Handy ein und hebe den Kopf, atme tief die Luft von Rainside Valley ein und weiß, dass ich jetzt wirklich zu Hause bin.

Dann gehe ich nach drinnen, um Wyatt beim Backen zu helfen.

Wyatt

An meinen sexy Sheriff als Hilfsarbeiter könnte ich mich glatt gewöhnen. Leider werde ich in Zukunft auf ihn verzichten müssen, schließlich hat er eine eigene Arbeit ... aber ich erfreue mich an jeder einzelnen Sekunde, die wir zusammen verbringen.

Eine Weile, nachdem ich den Laden öffne, verschwindet er, um ein paar Dinge zu regeln. Ich selbst lege im Kopf ebenfalls eine To-Do-Liste an. Ich muss mir eine dauerhafte Wohnung suchen und natürlich will ich Ryder von meinem Erfolg erzählen.

Glücklich bewirte ich meine Gäste, von denen heute einige mehr über die Schwelle treten. Ich empfehle Bücher, serviere Muffins und Kaffee und beantworte Fragen. Der Tag vergeht wie im Flug und wenn der Rest meines Lebens genau so verliefe, dann gäbe es nichts, über das ich mich je wieder beklagen würde.

Am späten Nachmittag, als das Café offiziell schon zu ist, verbringe ich die meiste Zeit hinten in der kleinen Küche, wasche ab, räume auf und bereite schon etwas für den nächsten Tag vor. Als ich schließlich wieder in den Hauptraum trete, zucke ich kurz zusammen, weil jemand da ist, den ich gar nicht eintreten gehört habe. Dann beuge ich mich auf der Theke nach vorn, stütze beide Ellbogen auf und brenne mir diesen Anblick in Erinnerung: Hank hat es sich an meinem Lieblingsleseort im Café bequem gemacht und hält sogar ein Buch in der Hand. Das letzte Licht der Abendsonne umhüllt seine Silhouette mit einem magischen Rotviolett. Er lümmelt ganz entspannt auf der großen Fensterbank und das kleine Lächeln, das seine Mundwinkel umspielt, als er ganz langsam den Blick hebt und zu mir schaut, sagt mir, dass er weiß, welchen Zauber dieses Bild auf mich ausübt.

EPILOG

Wyatt – vier Monate später

M ACH PLATZ, WATSON.« Ich untermale mein Kommando mit der entsprechenden Geste und bin wie immer stolz, als unser Vierbeiner sich artig in sein Körbchen legt. Hank hat ihn wirklich gut erzogen, aber auch auf mich hört er inzwischen sehr gut.

Gut genug, dass ich ihn jeden Tag mit ins Buchcafé nehmen kann.

Das Körbchen befindet sich in einer Ecke neben der Theke. Dort findet Watson Ruhe und kann den Raum gut überblicken. Er ist wachsam, aber auch sehr lieb – der perfekte Hund für uns, und auch die Besucher mögen ihn.

Die größte Schwierigkeit ist eigentlich, zu verhindern, dass er kugelrund wird, weil die Leute ihm zu gerne immer etwas von ihrem Kuchen oder den Muffins abgeben wollen. Ich verbiete das natürlich, aber gerade neuen Gästen muss ich oft erst mal ins Gewissen reden, bevor sie sich wirklich daran halten.

Alles in allem ist es aber sehr harmonisch im Café und es hat sich in den letzten Wochen als fester Treffpunkt für die Rainsider etabliert. Inzwischen machen wir regelmäßig Spieleabende, Leserunden und wenn es mir gelingt auch Treffen mit Autoren.

Heute findet allerdings eine andere Art von Treffen statt.

Gerade piepst der Backofen. Ich öffne die Klappe und schalte ihn ab. Mmmh, das riecht gut. Ich bugsiere den Kuchen nach draußen und besehe ihn mir in Ruhe.

Er ist ganz besonders geformt: Zwei Jungen, die einander an der Hand halten. Eigentlich sollen es Brüder sein, es könnte aber auch die Darstellung einer Freundschaft sein. Ich freue mich, dass alles heil geblieben ist und suche mir die Utensilien zur Verzierung heraus.

Noch während ich am Dekorieren bin, rattert der Schlüssel im Schloss und die Dielen im Flur knarren. Dann höre ich Hanks »Schönen guten Tag!« und dann das Kratzen und Tapsen von Hundepfoten auf dem Holzboden.

Hank begrüßt Watson und kommt dann zu mir nach hinten. »Riecht gut ... schmeckt sicher auch so.« Er lehnt sich kurz in den Raum hinein und ich komme ihm entgegen, um mir meinen Kuss abzuholen.

»Und sieht auch super aus«, ergänze ich und gestikuliere in Richtung des Kuchens.

»Du fertigst schon wieder Meisterwerke an«, murmelt Hank. »Sie werden bestimmt beeindruckt sein.«

Sie – damit sind die beiden Männer gemeint, die eine halbe Stunde später an die Tür des Buchcafés klopfen. Ich bin so aufgeregt wie schon seit Wochen nicht mehr. Eigentlich wollte Ryder schon vor drei Monaten zu Besuch kommen, sich das Café ansehen und Hank kennenlernen, aber es hat sich alles verzögert, weil er mit seiner Firma so viel zu tun hatte.

Jetzt kommt er direkt zusammen mit Hanks Bruder Chester zu Besuch, es ist also ein richtiges Familientreffen.

Hank legt den Arm um mich und öffnet die Tür. Die beiden jungen Männer draußen lächeln uns an und mein Herz macht einen Hüpfer.

»Herzlich willkommen in Rainside Valley«, sagt Hank. Er klingt so ruhig wie seine Miene aussieht. Ich liebe es, dass er immer so souverän ist. Oder zumindest so wirkt. Das schenkt mir Ruhe, die mir einfach guttut.

Wir umarmen uns zur Begrüßung. Chester klopft mir auf den Rücken und ich sehe, wie Ryder Hank genau unter die Lupe nimmt. Er will sich davon überzeugen, dass ich mir einen guten Mann ausgesucht habe.

Watson hüpft um uns herum, als wir den Gastraum betreten. Hank schickt ihn auf seinen Platz und bittet die anderen beiden, dass sie ihn erst begrüßen, wenn er sich in seinem Körbchen etwas beruhigt hat. Er ist da sehr konsequent.

Ich biete allen Kaffee an und trage den Kuchen auf.

»Oh, das ist ja süß. Also gleich auf mehrere Arten«, bemerkt Chester und zückt direkt sein Smartphone, um ein Foto von meinem Werk zu machen. »Hank hat bei der Schwärmerei über deine Künste wohl nicht übertrieben.«

»Auf dem Gebiet macht Wyatt keiner etwas vor«, sagt Ryder. »Generell bei allen Dingen, für die er eine Leidenschaft entwickelt.«

Hank gibt ein Husten von sich, das wie ein mühsam unterdrücktes Lachen klingt.

»Ach, Hank ist genauso. Ich meine, ich habe schon gedacht, dass er sich mit Hundeerziehung befasst hat, aber er könnte locker Hundetrainer sein oder so.«

»Ist doch gut, wenn jeder seine Stärken ausspielen kann«, fasst Chester zusammen und wir stimmen ihm alle zu.

»Wollen wir den wirklich anschneiden?«, fragt Ryder und deutet auf den Kuchen.

»Wenn wir es nicht tun, gibt es nichts zu essen.« Ich zucke mit den Schultern. Ich weiß ja, dass ich so etwas immer wieder erschaffen kann, deswegen schmerzt es mich inzwischen nicht mehr, wenn meine Kreationen zerteilt und gegessen werden. »Ich hoffe, es schmeckt euch allen.«

Während wir Kaffee und Tee trinken, Kuchen essen und uns über die letzten Monate und die teilweise großen Veränderungen in unseren Leben austauschen, füllt sich mein Herz mit Glück und großer Geborgenheit. Unsere Brüder entdecken Gemeinsamkeiten an sich, und vor allem scheinen sie absolut einverstanden mit uns beiden zu sein. Ich kenne Ryders Körpersprache und Mimik sehr genau, und es beruhigt mich ungemein, zu sehen, dass er sich Hank gegenüber mehr und mehr entspannt.

Nach dem Essen zeige ich unseren Besuchern den Rest des Cafés und erzähle gemeinsam mit Hank von den tollen Events, die wir veranstalten. Ich kann selbst immer noch nicht ganz glauben, wie gut ich inzwischen hier angekommen bin – vor allem, weil die ersten Wochen so schwierig waren.

Chester ist beeindruckt von dem Baumraum und schlägt vor, dass wir ein Gruppenbild mit dem Baum zusammen machen. Gesagt, getan.

Danach unternehmen wir einen Spaziergang durch das Örtchen und jeder darf Watson mal an der Leine halten.

Rainside Valley zeigt sich heute von seiner trockenen Seite – trotzdem haben wir zwei große Schirme dabei, man weiß ja nie.

Wir besichtigen die wichtigsten Orte, zum Beispiel Bruce' Campingladen und Hank erzählt die Anekdote über meinen ersten Schlafsackkauf und meine Gedanken zur Verbesserung der Designs für Pärchen. Wir reden über Joannes Pasteten und Craftbier und Greysons grandiose Arbeit in meinem Café. Irgendwann kommen wir bei Hanks Haus an.

»Und hier wohnst du inzwischen auch«, kommentiert Ryder und bedenkt das Wohnhaus mit einem Nicken.

»Hank, Watson und ich.«

Zuerst hatte ich leichte Zweifel, ob es gut ist, so schnell zusammenzuziehen, aber es erschien uns praktisch und ... na ja, es ist einfach ein Traum, jeden Abend mit dem Mann ins selbe Bett zu kriechen, den du liebst. Keine Abschiede mehr, kein Hin und Her. Wir funktionieren gut zusammen, haben ähnliche Vorstellungen und Hanks Ruhe gleicht meinen Überschwang aus – umgekehrt kann ich ihn gut motivieren, wenn er in seiner Trägheit feststeckt.

»Hach, das klingt alles so kuschelig«, meint Chester. »Ich hätte ehrlich gesagt nicht gedacht, dass du es dir hier doch so bequem machst. Aber jetzt hast du ein richtiges Nest gebaut.«

»Plottwist«, sagt Hank mit einem Grinsen und ich muss lachen. Das Wort habe ich ihm angewöhnt, es ist wie unser eigener kleiner Insider.

»Happy End«, erwidere ich darauf und küsse ihn auf seine stoppelige Wange.

DANKSAGUNG

Ich danke allen großen und kleinen Träumern dafür, dass sie die Magie in unserer Welt festhalten. Ihr seid wundervoll. Nicht jeder Traum kann in Erfüllung gehen, aber sich das Träumen zu verbieten, das wäre, wie einem Vogel die Flügel zu stutzen. Ich wünsche euch allen so viel Glück, Zuversicht und Erfolg wie Wyatt!

Vielen Dank, ihr lieben Menschen, die ihr an dieser Geschichte mitgewirkt habt: Sabrina, Franzi, Cassy und Lunaly. Außerdem gehen dicke Umarmungen raus an meine Fluchbrecher-Patrone Caro, Jenny, Saphiraly und Sabrina.

Danke ihr lieben Leser, dass ihr mich mit dem Ausleihen oder Kaufen meiner Geschichten unterstützt. Wenn es euch in Rainside Valley gefallen hat, würde ich mich über eine kleine Rezension freuen! Ihr helft mir damit wirklich sehr. Macht es gut, bis zum nächsten Mal!

VIP WERDEN

Du kannst übrigens eine exklusive und wunderschöne Gay Romance Kurzgeschichte bekommen, wenn du dich für meinen Newsletter anmeldest! Du musst dich nur auf meiner Website https://gabriella-queen.de unter »VIP werden« dafür eintragen und deine Anmeldung bestätigen. Als Newsletter-Abonnent erhältst du hin und wieder (ca. 8x im Jahr) Mails von mir, in denen ich dich über meine Neuerscheinungen informiere oder kleine Gewinnspiele mit Buchgutscheinen veranstalte. Es lohnt sich auf jeden Fall für dich! Jetzt gleich anmelden und abstauben.

Kennst du schon diese winterliche Eishockey-Romance?

»Ich wusste nicht, wie sehr ich dich liebe, bis ich dich verloren habe. Bis du zurückgekommen bist und mir damit gezeigt hast, was nicht mehr ist.«

In seinem zweiten Jahr an der Boston University hat Bennet sich dazu entschieden, sein Ziel von einer Profi-Eishockey-Karriere zu verfolgen – und dafür den Mann gehen zu lassen, den er liebt. Ebenso wie Riley seinen Traum, für ein Jahr in Irland zu leben, über ihre Beziehung gestellt hat.

Nun, kurz vor Weihnachten, ist Riley zurück in Boston – mit all den alten Gefühlen für Bennet im Gepäck. Die kribbelnde Anziehung zwischen ihnen ist sofort wieder da. Doch Bennet hält Riley eisern auf Abstand. Zu groß ist seine Angst, erneut zwischen seiner ersten großen Liebe und der NHL-Karriere entscheiden zu müssen. Denn an Letzterer hängt so viel mehr für Bennet dran, als ›nur‹ der sportliche Erfolg.

Aber wie soll er Riley vergessen, wenn sie sich in der gemeinsamen WG und auf dem Campus ständig über den Weg laufen? Noch dazu, wenn die für Bennet schönste und gleichzeitig schmerzlichste Zeit des Jahres näher rückt. Kann Riley Bennets Herz zurückerobern und die Vorweihnachtszeit perfekt für sie beide machen?

Trusting him von Svea Lundberg – jetzt lesen!

Kennst du schon die
Schwedenliebe-Reihe von Jona Dreyer?

»Vielleicht ist dieses kleine Dorf hier am Polarkreis wirklich meine Rettung.«
Oscar Berg ist auf der Flucht – vor seinem alten Leben. Kopflos macht er sich auf den Weg nach Norden, bis eine Autopanne ihn zum Anhalten zwingt. Verloren und verzweifelt steht er in der Kälte Schwedisch Lapplands, doch dann naht unerwartet Hilfe in Form eines freundlichen Einheimischen.

Ingmar Lindström sieht sich als Polizist in der Pflicht, sich des seltsamen, gehetzt wirkenden Fremden anzunehmen, den er am Straßenrand aufgelesen hat. Er bringt ihn in sein kleines Dorf Bergetssånger, wo der verängstigte junge Mann sich langsam öffnet und Gefühle in ihm weckt, die er nie für möglich gehalten hätte.

Aber Oscar fühlt sich von jemandem verfolgt, und bald muss Ingmar erkennen, dass die Gefahr, die ihnen droht, durchaus real werden und ihre friedliche Idylle zutiefst erschüttern könnte …

Wenn die Berge singen – jetzt lesen!

Warst du schon in Westwood Falls?

Damon Lorring hätte nie gedacht, dass er mal One-Night-Stands vortäuschen würde. Als angesagter Personal Trainer und König der Clubs haben die Leute ein ganz bestimmtes Bild von ihm. Sein Geheimnis darf niemand erfahren: Er kriegt schon seit Wochen keinen mehr hoch. Selbst die perfektesten Ärsche lassen ihn kalt. Der Verzweiflung nahe treibt Damon eine Lösung auf: ein "Urlaub" in der abgelegenen Wildnis Montanas. Bei einem »Sex-Coach«.

Reed Hayman liebt sein ruhiges Leben im Herzen der Natur Montanas. In seiner Heimat Westwood Falls hat er Wälder, Wasserfälle und Wildvögel, also alles, was man sich wünschen kann. Wäre da nicht seine Vergangenheit, die er gerne überwinden würde, indem er beim anstehenden Klassentreffen einen besonders guten Auftritt hinlegt. Am besten mit einem Partner, der das Selbstbewusstsein besitzt, das ihm fehlt.

Aus Abenteuern in einer wunderschönen Natur, ungewohnten Berührungen und einem Fake-Boyfriend-Spiel wird plötzlich mehr als die beiden Männer sich hätten vorstellen können. Aber so ein Urlaub ist kürzer als man denkt.

Heal me please – jetzt lesen!